Kate Lynn Mason ist bekennende Romantikerin und schreibt sinnlich-prickelnde Liebesromane fürs Herz. Kate hat eine Schwäche für viel zu viel Espresso und dramatische Sonnenuntergänge. Wenn sie nicht gerade tippt, steckt sie ihre Nase in ein Buch oder träumt sich ans Meer.

Seduce me IF YOU DARE

EINE SPICY OFFICE ROMANCE

KATE LYNN MASON

Überarbeitete Neuausgabe April 2025

Copyright © 2025 dp Verlag, ein Imprint der
dp DIGITAL PUBLISHERS GmbH
Made in Stuttgart with ♥
Alle Rechte vorbehalten

Seduce me if you dare

ISBN 978-1-91741-787-7
E-Book-ISBN 978-3-98998-886-6

Copyright © 2018, Romance Edition
Dies ist eine überarbeitete Neuausgabe des bereits 2018
bei Romance Edition erschienenen Titels
Burning Desire: Für dich entbrannt (ISBN: 978-3-90313-046-3).

Copyright © 2022, dp Verlag, ein Imprint der
dp DIGITAL PUBLISHERS GmbH
Dies ist eine überarbeitete Neuausgabe des bereits 2022 bei
dp Verlag, ein Imprint der dp DIGITAL PUBLISHERS GmbH
erschienenen Titels Office Desires – Eine unwiderstehliche Wette
(ISBN: 978-3-98637-916-2).

Covergestaltung: Jasmin Kreilmann
Umschlaggestaltung: ARTC.ore Design
Unter Verwendung von Abbildungen von
depositphotos.com: © gyn9037, © MickeyCZ87
shutterstock.com: © Viorel Sima, © FXQuadro, © T4xtur4
Lektorat: Manuela Tengler
Satz: dp DIGITAL PUBLISHERS GmbH
Druck und Bindung: Books on Demand GmbH, Norderstedt

1. Kapitel

Nate

Im Leben gab es zwei Sorten von Menschen. Entweder zählte man zu den Gewinnern oder man war der Arsch. Leider schien in diesem speziellen Fall Letzteres auf mich zuzutreffen.

Auf einem Holzhocker am Tresen des *Gigi's* auf dem Wilshire Boulevard zwischen West Lake und Downtown L.A. vor mich hinbrütend, verfluchte ich das Schicksal, Karma oder wie auch immer sich dieses Scheißding nennen mochte. Okay, angesichts der vielen Schimpfwörter hätte mir meine ehemalige Heimleiterin die Ohren lang gezogen, aber erstens war die alte Hexe tot und zweitens ich nun mal extrem angepisst.

Ich hatte bei der Firmen-Geburtstagsfeier am gestrigen Dienstag den einen oder anderen Tequila zu viel erwischt und mich dazu hinreißen lassen, mit einer Kollegin in der Putzkammer auf Tuchfühlung zu gehen. An sich keine große Sache, wäre es nicht gerade der fünfzigste Geburtstag meines Bosses Simon Greenwalt gewesen und mich nicht ausgerechnet mein schlimmster Konkurrent Parker Rowe dabei in eindeutiger Stellung erwischt hätte. Fatalerweise hatte er die heiße Begegnung auf seinem Handy festgehalten und drohte,

5

das Video Greenwalt zu präsentieren, sollte ich ihm nicht meinen kürzlich an Land gezogenen Großauftrag überlassen, der auf meiner Karriereleiter einen entscheidenden Schritt nach oben bedeuten könnte.

Käme Greenwalt das kompromittierende Material zu Gesicht, wäre ich erledigt. Mein Boss tolerierte zwar Affären innerhalb der Belegschaft, forderte jedoch absolute Diskretion am Arbeitsplatz ein. Ein korrektes Auftreten und eine an den Tag gelegte Professionalität im Umgang mit Kollegen und Vorgesetzten waren ihm hoch und heilig. Er würde mit Sicherheit keine sexuellen Abenteuer im öffentlichen Rahmen einer Belegschaftsfeier gutheißen, da war ich mir sicher. Rowes Erpressung besaß genug Potenzial, um meine Karriere zu zerstören. Mir den Erfolg zu versauen, den ich mir hart erarbeitet hatte. Verflucht!

Ich setzte mein Glas an die Lippen. Doch nicht mal der *Ardbeg* Single Malt Whisky konnte meine Stimmung heben, obwohl der Tropfen schon ganz ordentlich war. Aus dem Augenwinkel bemerkte ich, wie sich die Tür öffnete und Parker Rowe zusammen mit Mark Sorensen aus der Buchhaltung den Pub betrat.

Großartig. Rowe, dieser Idiot, hatte mir gerade noch gefehlt. Als genügte es ihm nicht, meinen nackten Arsch auf Film gebannt zu haben, setzte er auch noch dieses dämliche Grinsen auf, um es mir unter die Nase zu reiben.

»Hey Nate, alles fit?«

Ich hob einmal kurz das Kinn. Ich würde den Teufel tun und diesem Kerl die Genugtuung geben, die er offenbar dringend brauchte. Rowe war ein Schwein. Er zählte zu den Menschen, die über Leichen gingen, um ihre Ziele zu erreichen, und dafür war ihm kein Mittel zu schmutzig. Auch nicht, wenn er seinen Kopf dafür tief in den Arsch der Chefetage schieben musste.

Ich leerte hastig mein Glas. Parker Rowe hatte genau wie ich vor drei Jahren in der in Los Angeles ansässigen Marketingfirma *Greenwalt & Millard Solutions Inc.* im Bereich Dialogmarketing angefangen.

Seither bemühten wir uns beide, auf der Karriereleiter nach oben zu klettern. Mit dem Unterschied, dass Rowe diesem Ziel vor wenigen Stunden erheblich nähergekommen war – vorausgesetzt, ich überließ ihm meinen neuen Großkunden. Doch das konnte ich – nein, wollte ich – unmöglich tun, denn Rowe hatte mir in der Anfangszeit schon einmal auf unlautere Weise einen Kunden abgeluchst. Er zog es vor, mit harten Bandagen zu kämpfen, wogegen ich im Prinzip nichts einzuwenden hatte, außer wenn schmutzige Methoden ins Spiel kamen, und darin war Parker Rowe ein wahrer Meister.

Ich liebte meinen Job. Ich hatte den ganzen Müll der Vergangenheit hinter mir gelassen und mir etwas aufgebaut. Ich war jemand. In einem bunt gemischten Viertel unweit der Firma hatte ich mir ein Apartment gekauft. Ich besaß einen Hund, ein paar Freunde und genoss mein Single-Dasein. Mein Leben könnte augenblicklich nicht besser laufen. Doch ich war an diesem Abend unvorsichtig gewesen, hatte für ein paar Momente die Kontrolle verloren. Und nun hatte mich Parker Rowe an den Eiern. Ich saß in der sprichwörtlichen Scheiße und musste mir überlegen, wie ich da wieder herauskam. Wie ich diesen Bastard in die Schranken wies. Rowe hatte mich reingelegt. Es war kein Zufall gewesen, dass er genau im passenden Moment in der Putzkammer aufgetaucht war und auch noch mit filmbereitem Handy. Er würde dafür bezahlen. Mir war nur noch nicht klar, auf welche Weise.

Als meiner Lieblingsbardame mit ihrem dunklen Lockenschopf am anderen Ende der Theke auftauchte, winkte ich sie zu mir. Mit wiegenden Hüften setzte Brandi sich auf ihren schwindelerregend hohen High Heels in Bewegung.

»Hey Sexy, was kann ich für dich tun?«

Sie schenkte mir ein laszives Lächeln und beugte sich in meine Richtung, sodass sie mir einen hervorragenden Einblick in ihr beachtliches Dekolleté bescherte. Doch anders als sonst hob sich auch bei diesem verführerischen Anblick meine Laune nicht.

»Bring mir noch einen«, bat ich sie, ohne eine Miene zu verziehen.

Brandi seufzte vernehmlich und zog eine Schnute, als sie mir den Tumbler aus den Fingern nahm. »Du bist heute Abend echt schräg drauf.«

»Sorry, Süße.« Schließlich konnte Brandi nichts für meine miese Laune. Ich verzichtete jedoch auf eine Erklärung. Vor ein paar Monaten hatte ich mich von ihrem Augenaufschlag und den vollen Brüsten zum Sex verführen lassen. Brandi hatte immer ein offenes Ohr und ein nettes Wort für mich übrig, wenn ich in meiner Lieblingskneipe aufschlug, doch Persönliches hielt ich grundsätzlich von meinen Bettgeschichten fern. Sex war Sex, nicht mehr und auch nicht weniger.

Da sie mich abwartend musterte, streckte ich eine Hand aus und strich ihr eine espressobraune Haarsträhne hinter ihr Ohr, an dem ein gigantischer Ohrring baumelte. Ich kam nicht gut damit klar, wenn Frauen mich auf diese Weise anblickten. Konnte schlecht mit Emotionen umgehen. Mit meinen eigenen nicht und noch weniger mit denen anderer Menschen. Zumindest nicht mit jenen, die etwas mit zwischenmenschlichen Beziehungen zu tun hatten.

Ich hatte früh gelernt, mich von derartigen Gefühlen abzuschotten und eine Strategie entwickelt, nichts, was mir irgendwie gefährlich werden könnte, an mich heranzulassen. Auch jetzt weigerte ich mich, die Enttäuschung in Brandis Kulleraugen zu beachten, weil ich mich ihr nicht offenbarte. »Ist was Geschäftliches.«

Brandi ließ einen Kaugummi knallen und zuckte betont gleichgültig mit einer Schulter. »Kein Ding.« Sie hielt meinen Blick fest. »Du sollst nur wissen, dass ich für dich da bin, wenn du mich brauchst.«

Den letzten Satz sagte sie so leise, dass nur ich ihn hören konnte.

»Gut zu wissen. Und jetzt sei ein Schatz und hol mir meinen Drink, okay?« Ich blickte ihr hinterher, wie sie zum Eisschrank ging, verfolgte den wiegenden Schwung ihrer Hüften, bewunderte ihr wohlgeformtes Hinterteil in den heißen Hotpants, aber alles, an das ich denken konnte, war dieser verdammte Scheißfilm, der in Rowes Besitz war und mit dem er mich erpresste.

Eine Stunde später befand ich mich noch immer in Weltuntergangsstimmung. Ich blockte jeden Versuch von Brandi, mit mir zu quatschen, ab und konzentrierte mich stattdessen auf den gigantischen

Flatscreen an der Wand gegenüber, auf dem das Spiel der *Los Angeles Lakers* gegen Miami lief. Obwohl Basketball mein Ding war und ich an der *UCLA* im Team gespielt hatte, bekam ich von dem Match kaum etwas mit. Mein Hirn war ein einziges Gedankenkarussell. Wie würde es mir gelingen, diesen verfluchten Film in meine Finger zu bekommen und ihn zu vernichten?

Ich leerte mein Glas und stellte es etwas unsanft auf den Tresen zurück, wobei ich beschloss, mir einen weiteren Seelentröster zu gönnen. Dann würde ich eben den Wagen stehen lassen und nach Hause laufen. Wäre schließlich nicht das erste Mal. Ich signalisierte dies Brandi und unterdrückte einen Fluch, als mir jemand unvermittelt einen kräftigen Schlag zwischen die Schulterblätter versetzte.

»Hey Westbrook, alles klar?«

Langsam wie in Zeitlupe drehte ich mich beim Klang der mir nur allzu bekannten männlichen Stimme um. Dieser Kerl hatte Glück, dass ich geübt darin war, Gefühlsregungen zu beherrschen, denn mich überkam das dringende Bedürfnis, meine Faust mit Parker Rowes grinsendem Gesicht bekannt zu machen. Ich hatte den Mann noch nie besonders leiden können, aber nach dieser Aktion, die er abgezogen hatte, war er mir regelrecht zuwider. Zur Hölle mit dir! Hoffentlich erstickte er an seinem selbstgefälligen Grinsen. Unauffällig ballte ich meine Rechte, ignorierte das Zucken meiner Unterarmmuskulatur. »Was kann ich für dich tun, Rowe?« Ich begegnete seinem herausfordernden Blick mit vorgetäuschter Lässigkeit.

Rowe stieß ein dreckiges Lachen aus, bevor er seinen Hintern auf den Hocker neben mir schob und mit den

Fingern durch seinen gestutzten roten Bart strich. »Wollte mal sehen, ob du dich inzwischen von dem heißen Ritt gestern Abend erholt hast.« Eine wenig subtile Anspielung darauf, dass er die Karten in der Hand hielt. Ich wusste, was er von mir hören wollte. Nämlich, dass ich klein beigab und ihm meinen Kunden überlassen würde.

Noch gab ich mich allerdings nicht geschlagen. »Du musst dir über meine Befindlichkeiten keine Sorgen machen, Rowe«, erklärte ich betont freundlich und blickte meinem Arbeitskollegen unschuldig in die wasserblauen Augen. Arschloch.

Rowes dünne Lippen verzogen sich erneut zu einem Grinsen.

»Ach komm schon, Westbrook«, säuselte er. »Trag's wie ein Mann. Du bist nicht der Erste, der beim fröhlichen Firmenvögeln erwischt wird.«

Bevor ich reagieren konnte, platzierte er eine Hand gönnerhaft auf meiner Schulter. Noch immer lächelnd lenkte ich meinen Blick zu seinen Fingern. »Nicht jeder wird jedoch anschließend damit erpresst.«

Rowe löste sich von mir und bleckte seine Zähne. »Warum so harte Worte, Kumpel? Es ist doch ganz einfach. Wie schon gesagt: Du überlässt mir *Murphy & Lawson*, ich lösche das Filmchen und alles ist vergessen.«

Meine Kieferknochen mahlten. »Verstehe ich dich richtig? Ich leiste die Vorarbeit und du heimst die Lorbeeren dafür ein?«

Er zuckte mit den Schultern. »Dafür hast du offensichtlich mächtig Spaß gehabt. Bei Gott, ich würde diese geile Schnecke vom Empfang selbst gern mal klarmachen. Ich bin sicher, sie bläst hervorragend.«

Er zwinkerte mir zu und ich musste mich zusammenreißen, nicht die Beherrschung zu verlieren.

Mein Lächeln erstarb. »Du zügelst besser deine Zunge, Rowe«, sagte ich gefährlich leise. »Sprich nicht so über Reese.« Unglaublich, dieser Mensch. Ich hatte nichts übrig für Typen, die sich in derart verachtendem Ton über Frauen ausließen.

»Komm schon.« Parker stieß ein verächtliches Schnauben aus.

»Jetzt tu mal nicht so, als seist du ein verdammter Chorknabe, Alter.«

Nein. Ein Chorknabe war ich mit Sicherheit nicht. Ich liebte Sex. Ich liebte die Frauen. Und ich lebte mein Single-Dasein aus. Bevor ich mit einer Lady ins Bett ging, stellte ich allerdings sicher, dass sie die Spielregeln kannte. Mein Credo lautete, nicht öfter als ein, zwei Mal mit jemandem intim zu werden. So gab es keine emotionalen Verwicklungen, keine Verpflichtungen. Und schon gar keine Versprechen. Weil ich genau wusste, wie schmerzhaft seelische Verletzungen waren, band ich mich niemals an eine Frau. Um sie zu schützen und mich. So hatte ich das all die vergangenen Jahre gehandhabt und keine Frau der Welt würde mich dazu bringen, diese Regel zu brechen. Zum Glück besaß ich einen untrüglichen Sinn dafür, wenn eine Bettgespielin drohte, zu anhänglich zu werden.

Ich nickte nachdenklich, ging aber nicht auf Rowes Äußerung ein. »Reese Denton hat es nicht verdient, dass jemand in dieser Weise über sie spricht, klar?«

In einer belustigten Geste hob Rowe beide Schultern. »Wie auch immer. Auf jeden Fall hattest du dein Vergnügen und ich habe lediglich die Gunst der Stunde genutzt. Wenn du in diesem Business weiterkommen willst, Westbrook, musst du ein cleverer Fuchs sein.«

Ich befahl mir, ruhig zu bleiben. »Ein Fuchs? Von mir aus. Aber mit Sicherheit kein Arschloch, Rowe. Und du«, ich setzte ein tödliches Lächeln auf, »bist eins. Dafür gibt es leider keine Entschuldigung.«

»Das nehme ich mal als Kompliment. Denn wie du siehst, bin ich nun derjenige, der bei Greenwalt gute Karten haben wird. So oder so. Ihn wird die Vorgeschichte nicht interessieren. Für unseren Boss zählt letztendlich nur, wer abliefert.«

So viel Dreistigkeit war kaum zu fassen. Das Schlimme war, dass ich Parker recht geben musste. Greenwalt interessierte sich nicht für Intrigen oder schmutzige Wäsche. Meinen Boss ließen Gerüchte und Querelen unter Mitarbeitern kalt. Für ihn zählte immer nur das, was man am Ende des Tages vorzuweisen hatte.

Zum Glück tauchte Brandi mit dem Whisky auf.

Mit einem gepressten »Danke Süße!« nahm ich meinen Drink entgegen. Brandis Blick flog zwischen mir und Rowe hin und her und blieb bei mir hängen, wobei sich ihre dunklen Brauen zusammenzogen. Clever, wie sie war und so, wie ich sie einschätzte, hatte sie die Spannungen zwischen uns längst bemerkt. Meine Kiefermuskeln arbeiteten, als ich ihr unmerklich zunickte, um ihr zu signalisieren, dass ich das hier im Griff hatte. Gerade so.

Der *Ardbeg* brannte angenehm in meiner Kehle. Ich atmete tief ein und wandte mich erneut meinem Arbeitskollegen zu.

»Tu mir einen Gefallen.« Arschloch. Der stumme Nachsatz schien zur Gewohnheit zu werden. »Schieb deinen Hintern auf einen anderen Stuhl. Am besten ans andere Ende der Theke, okay?« Augenrollend wandte ich mich wieder meinem Drink zu.

Als Rowe keine Anstalten machte, zu verschwinden, warf ich ihm einen finsteren Blick zu. »Welchen Teil von ,Verpiss dich' hast du nicht verstanden, Rowe? Soll ich es noch einmal extra für dich buchstabieren?«

Seine hellen Augen glänzten eigentümlich, während er mich mit gefurchter Stirn musterte. »Ich bin ja kein Unmensch, Westbrook. Daher ein Vorschlag zur Güte: Entweder du überlässt mir deinen Großauftrag oder du bringst es fertig, bis ... sagen wir bis Ende dieser Woche – unsere süße kleine Miss Unschuld zu verführen.« Sein linker Mundwinkel zuckte hämisch. »In diesem Fall würde ich das böse Filmchen, das dir Kopfzerbrechen bereitet, löschen und als Zugabe könntest du deinen Kunden behalten.«

Ich stieß ein sarkastisches Lachen aus. »Wie überaus großzügig von dir.«

»Ich meine es ernst, Westbrook. Du bringst die Heart dazu, mit dir in die Kiste zu steigen, und das Video ist Geschichte.«

»Amelia Heart? Du machst Witze, oder?« Kopfschüttelnd hob ich mein Glas an die Lippen. Vor meinem inneren Auge stieg das Bild unserer neuen Teamkollegin auf. Sie kam frisch von der *Harvard* und ihr Akzent klang so nach Ostküste, wie er nur klingen konnte. Ich schätzte sie auf Anfang zwanzig, vielleicht dreiundzwanzig. Etwa ein oder zwei Jahre jünger, als ich es war. Obwohl sie ganz niedlich war, wirkte sie ziemlich verklemmt und unnahbar. Schon so mancher männliche Kollege hatte bei dem Versuch, sie etwas näher kennenlernen zu wollen, auf Granit gebissen. Mit ihrem unauffälligen Äußeren war sie zudem eindeutig das Gegenteil von sexy. Ein krasser Gegensatz zu den sonnengebräunten California-Girls – langbeinige Blondinen mit Modelmaßen und üppiger Oberweite –, die mir beim Surfen an den Stränden von Santa Monica oder Malibu scharenweise begegneten.

»Kein Witz.« Rowes schmale Lippen verzogen sich zu einem diabolischen Grinsen. Natürlich war diesem Bastard bewusst, dass sein Vorschlag völlig absurd war. »Nennen wir es ein Angebot, Westbrook. Geh darauf ein oder lass es bleiben.«

Was für ein lächerlicher Vorschlag. Ich hatte kein Interesse daran, Amelia Heart zu verführen. Abgesehen davon, dass sie es mit Sicherheit niemals zulassen würde, war sie kein weibliches Wesen, das mich auch nur ansatzweise reizte. Und Rowe konnte mir nicht weismachen, dass die Sache zwischen uns damit gegessen wäre. Ich traute dem Mistkerl keinen Millimeter über den Weg. »Ich denk drüber nach«, knurrte ich ungeachtet meiner Überzeugung, denn ich fürchtete, dass Rowe womöglich sonst schon morgen früh Greenwalt aufsuchen und ihm das Video präsentieren könnte.

»Wie gesagt, nimm die Herausforderung an oder lass es sein.«

Er klopfte mit den Knöcheln auf den Tresen und glitt vom Hocker. »Und jetzt entschuldige mich. Mark wartet dort hinten auf mich. Wir haben etwas zu feiern.«

Oh ja, darauf wettete ich. Ich hatte so eine dunkle Ahnung, was Rowe zu feiern gedachte. Bastard. Garantiert sah er sich bereits als Sieger aus dieser Sache hervorgehen. Verdammt, sein Vorschlag, Amelia Heart zu verführen, war einfach nur grotesk. Plötzlich erinnerte ich mich, dass Rowe Amelia bei diversen Meetings schon öfters intensiv angestarrt hatte – ganz so, als würde er sich für sie interessieren. Warum unterbreitete er mir dann dieses seltsame Angebot?

Ich studierte mein Glas und kalkulierte meine bescheidenen Optionen, als ich eine vertraute Stimme in meinem Rücken hörte. Ich musste mich nicht erst umdrehen, um zu wissen, dass sie zu meinem Freund Joseph Minoso gehörte, der wie viele andere Angestellte unseres Bürokomplexes zu einem Feierabenddrink im *Gigi's* vorbeischneite.

Joe arbeitete eine Etage höher bei *Turner & Claridge Associates*, einer Investmentfirma. Wir hatten uns vor einem Dreivierteljahr hier im Pub kennengelernt und seitdem war Joe so etwas wie ein Freund für mich geworden. Im Gegensatz zu mir war er verheiratet, glücklich dazu, und seine Frau erwartete gerade das erste Kind. Trotz unserer unterschiedlichen Lebensstile verstanden wir uns wie Brüder. Genau wie ich trug er einen Einreiher, seine Jacke hatte er geschultert und die obersten Hemdenknöpfe geöffnet. Und wie immer wirkte er wie aus dem Ei gepellt mit seinen zurückgekämmten, pechschwarzen Haaren, die seine markanten südamerikanischen Gesichtszüge betonten.

»Hey Minoso.« Ich hob eine Hand zum Gruß.

Joe schob sich auf den Barhocker, wo vor wenigen Minuten noch Parker gesessen hatte und grinste mich an. »Hey Westbrook. Sag mal, sind diese Knitterfalten da auf deiner Stirn Nachwirkungen eurer Firmenfeier? Du siehst aus, als hätte dir jemand deinen heiß geliebten Camaro unter dem Hintern weggerissen.«

Joes Bemerkung entlockte mir ein müdes Grinsen. Neben Sammy – meinem Golden Retriever, den ich vor zwei Jahren aus der Auffangstation *Ace of Hearts* in Beverly Hills vor dem Einschläfern gerettet hatte und der während meiner Abwesenheit von Mrs DeVito, meiner italienischen Nachbarin, betreut wurde, bedeutete mir mein Cabrio alles. Meine gesamten Ersparnisse hatte ich in dieses Schätzchen gesteckt. Es gab einfach nichts Besseres, als an schönen, sonnigen Tagen damit an der Küste entlangzucruisen, um den Kopf freizubekommen. Außer gutem Sex vielleicht.

Ich verneinte, als Joe fragend eine Augenbraue hochzog.

»Angepisst bin ich allerdings, gut erkannt. Aber nicht wegen des Autos.« Ich wartete, bis Joe bei Brandi bestellt hatte, und versorgte ihn anschließend mit einer Kurzfassung meiner peinlichen Geschichte.

»Grundgütiger«, meinte Joe sofort und warf einen Blick zu Rowe. »Wäre besser gewesen, du hättest deinen Schwanz in der Hose gelassen.«

»Jepp.« Treffender hätte ich es auch nicht ausdrücken können. Ich hob mein Glas und wir stießen miteinander an. Das Eis klirrte in der bernsteinfarbenen Flüssigkeit. Wir tranken schweigend, verfolgten das Spiel oben auf dem Bildschirm und orderten eine weitere

Runde Drinks, bis Joe mich irgendwann mit dem Ellenbogen anstieß. »Was willst du tun?«

Den Blick aufs Spiel gerichtet, zuckte ich mit den Achseln.

»Keine Ahnung.«

»Dieser Vorschlag deines Kollegen ist absurd. Ich meine, du kannst doch nicht ernsthaft darüber nachdenken, eine unschuldige Frau ins Bett zu zerren, nur um diesen beschissenen Film in die Finger zu kriegen. Es reicht doch, dass du eure Empfangsdame gevögelt hast.«

»Reese. Sie heißt Reese«, murmelte ich und unterdrückte einen Fluch. Ich hatte sie nach unserem Intermezzo auf der Feier heute noch nicht gesehen, weil sie sich einen Urlaubstag genommen hatte. Mir war nicht klar, ob und wie ich ihr von Rowes mieser Tour berichten sollte. Schließlich war nicht nur mein nackter Arsch auf dem verhängnisvollen Video zu sehen. Sie ahnte nicht, dass auch sie gefilmt worden war. Was für eine beschissene, verfahrene Situation. »Wie ich es auch drehe oder wende, Minoso, ich stecke in der Patsche. Soll ich diesem Bastard wirklich meinen neuen Kunden überlassen? Diesen Wahnsinnsauftrag, mit dem ich bei Greenwalt punkten wollte? Und wer garantiert mir, dass Rowe das Video am Ende auch tatsächlich löscht?« Am Rande meines Bewusstseins registrierte ich, dass meine Aussprache etwas unter der Anzahl meiner Drinks gelitten hatte.

Vielleicht sollte ich diesen Abend lieber für beendet erklären. Zumal sich für mein Dilemma keine Lösung in greifbarer Nähe abzeichnete. Egal, wie sehr ich dar-

über grübelte, egal, wie viele Whiskys ich in mich hin-
einschüttete: An der Situation würde sich nichts ändern. Zumindest nicht heute Abend. Ich ließ meinen
Blick durch den Pub schweifen, um Brandi zu rufen,
und entdeckte Reese, die gerade zur Tür hereinkam.
»Da kommt sie übrigens.« Ich stieß Joe mit dem Ellenbogen an. »Reese.«

»Wow«, kommentierte er den Anblick der umwerfen-
den Blondine, die mir gestern Abend zum Verhängnis
geworden war.

Joe war seiner Livvy treu und ich hatte noch nie erlebt, dass sein Blick länger als nötig auf einer anderen
Frau verweilt hätte. Aber verflucht, jeder Mann mit einem halbwegs normalen Testosteronlevel in der Blut-
bahn hätte verstanden, warum ich mich von einer Frau
wie Reese angezogen fühlte. Alles an ihr – ihre Kurven
in dem weit ausgeschnittenen weißen Blusenshirt und
dem schwingenden kurzen Rock sowie die blonden
Haare, die ihr schmales, raffiniert geschminktes Gesicht vorteilhaft umspielten – drückte puren Sex aus.
Reese Denton war das typische California-Girl und entsprach genau meinem Beuteschema. War es ein Wunder, dass ich für einen Moment schwach geworden
war?

Unwillkürlich stieg Amelia Hearts Bild in mir auf und
brannte sich in meine Netzhaut. Himmel! Die Kleine
war das krasse Gegenteil von Reese. Allein ihre züchtig
geschlossene, pastellfarbene Bluse, die sie heute getragen hatte, und der graue Bleistiftrock, der ihr fast bis zu
den Knien gereicht hatte. Selbst die schlichten silber-
nen Pumps hatten ihren schlanken Beinen nicht gerade geschmeichelt. Schon öfters hatte ich darüber

nachgedacht, ob dieses Mädchen im Schrank seiner Grandma gestöbert hatte oder ob man sich vielleicht in Boston wie eine Internatsschülerin aus konservativem Hause kleidete. Schade, dass sie ihr volles brünettes Haar jeden Tag in einen Pferdeschwanz zwängte. Möglicherweise, mit ein bisschen Make-up und anderer Kleidung, wäre sie vielleicht sogar ganz ansehnlich gewesen. Aber so, wie sie sich gab, schrie alles an ihr, jede einzelne Pore: Nicht anfassen!

Wegen mir musste sie gewiss nicht so laut schreien. Rowe hatte wirklich nicht mehr alle Sinne beisammen, wenn er dachte, ich würde diese Kleine flachlegen. Das würde ich weder ihr noch mir antun. Ebenso wenig, wie ich meinen Auftrag abgeben würde. Es musste einen anderen Weg geben, dieses verfluchte Video in die Hände zu bekommen und zu vernichten, bevor es mir zum Verhängnis werden würde. Irgendeinen, um mich aus dieser verteufelt misslichen Lage zu befreien. Nur welchen? Joe hob sein Glas an die Lippen, bevor er sich wieder mir zuwandte. »Die Frau ist echt heiß, aber in deiner Haut möchte ich im Augenblick wirklich nicht stecken.«

»Wem sagst du das«, murmelte ich, eine Faust gegen meine Stirn pressend, weil dort ein fieses Stechen einsetzte. »Hör zu, ich begrüße kurz Reese und dann mache ich mich auf den Weg. Ich brauche eine Mütze Schlaf, wenn ich morgen wieder halbwegs funktionieren möchte. Wir sehen uns wie üblich beim Lunch.«

Wir verabschiedeten uns und auf dem Weg zu Reese' Tisch begegnete ich Brandi, die sich gerade mit einem vollen Tablett einen Weg durch die Gäste bahnte.

»Nate, kann ich dir noch etwas bringen?«

Ich schüttelte den Kopf. »Schreib die Drinks auf meine Rechnung, okay?« Mit einem Zwinkern steckte ich ihr eine Zehndollarnote zu, von der ich wusste, dass sie die nur allzu gern entgegennahm. »Danke Süße.«

Sie neigte den Kopf, um mir anzudeuten, dass ich mich zu ihr herunterbeugen sollte, und ich tat ihr den Gefallen, damit sie mir ein Küsschen auf die Wange hauchen konnte. »Sei brav und tu nichts, was du hinterher bereuen könntest«, murmelte sie an meinem Ohr und lachte leise.

Dieser Rat kam leider einen Tick zu spät. »Pass auf dich auf, Brandi.«

»Hey Nate!« Reese zeigte mir ihr schönstes Zahnpastalächeln, als ich bei ihr am Tisch ankam. »Warum setzt du dich nicht zu mir?« Einladend klopfte sie auf den freien Platz neben sich und bedachte mich mit einem bedeutsamen Blick unter langen getuschten Wimpern hervor.

Sofort stiegen Erinnerungsfetzen in mir auf. Bei Gott, der Sex mit ihr war wirklich nicht zu verachten gewesen. Auch wenn ich mich wegen meines nicht unbeträchtlichen Alkoholpegels gestern nicht an jedes Detail erinnern konnte. »Hey Reese.« Mit einem der Erinnerung an meine unerfreuliche Lage geschuldeten, entsprechend gequälten Grinsen schob ich meinen Hintern neben sie auf die lederne Sitzbank, die sie soeben in Beschlag genommen hatte. »Wollte meiner Lieblingsempfangsdame kurz mal Hi sagen. Alles okay bei dir?«

Sie nickte. »Und bei dir?«

»Bin quasi schon mit einem Fuß aus der Bar.«

»Schade.« In einer verführerischen Geste streichelten ihre Finger mit den langen pinkfarbenen Nägeln über das freie Stückchen Haut, das mein hochgerollter Hemdsärmel freigab.

»Ist mit dir wirklich alles okay? Du siehst etwas mitgenommen aus.«

Ich stöhnte innerlich auf. Mitgenommen? Das war gelinde ausgedrückt. Die Kopfschmerzen wurden sekündlich stärker und im Augenblick fühlte ich mich, als wäre ein Truck über mich hinweggerollt. Es war vielleicht nicht die beste Idee gewesen, so kurz nach einem Kater das nächste Gelage zu veranstalten. Vermutlich würde Reese sich ähnlich mies fühlen, wenn sie von Rowes Erpressung erfahren würde. Vorerst sah ich jedoch keinen Anlass, sie zu beunruhigen. Ich würde zusehen, dass ich die Angelegenheit allein geregelt bekam. Schließlich war das Ganze eine Fehde zwischen mir und ihm. »Alles im grünen Bereich.«

»Schön zu hören. Gestern Abend ging es ja ganz schön hoch her.« Reese' Lächeln wurde eine Spur breiter und das Funkeln in ihren Augen verriet mir, dass auch sie in diesem Moment an unsere Begegnung in der Putzkammer dachte.

Nein. Vehement schob ich die Erinnerung beiseite.

»Reese, hör zu.« Ich machte eine Pause und fuhr mir mit den Fingern durchs Haar. »Diese Sache zwischen dir und mir ... Es war fantastisch.« Ich suchte ihren Blick und hielt ihn fest. »Aber ich würde es begrüßen, wenn das Ganze unter uns bliebe.«

Unter dem Tisch drückte sie meinen Oberschenkel. »Kein Thema. Meine Lippen sind versiegelt.«

Sie ahnte ja nicht, dass weitaus mehr Menschen über unser Stelldichein Bescheid wussten, als mir lieb war. »Du bist super, Reese«, sagte ich herzlich.

»Vielleicht könnten wir mal miteinander essen gehen?« Hoffnungsvoll zog sie ihre Brauen hoch.

»Reese«, ich verstummte und presste die Kieferknochen aufeinander, denn ich wollte diese bezaubernde Lady nicht verletzen. Leider hatte ich es versäumt, sie im Eifer des Gefechts und im Strudel der Leidenschaft mit meinen Prinzipien bekanntzumachen. Dass ich nämlich selten öfter als einmal mit ein und derselben Frau ins Bett ging. »Ich bin kein Mann für eine Beziehung«, fuhr ich sanft fort. »Ich hoffe, du verstehst, dass das mit uns aus einer Laune heraus geschah und ...«

»Nate.« Erneut zeigte Reese mir ihre perfekten Zähne. »Entspann dich. Ich sprach von einem Essen. Nicht davon, dass ich mir einen festen Platz in deinem Terminkalender erhoffe.«

»Danke Süße.« Ich erwiderte ihr Lächeln, verabschiedete mich und erhob mich leicht schwankend. Hoppla.

Als ich zum Ausgang strebte, suchte ich noch immer fieberhaft nach einem Ausweg aus meinem Dilemma. Vielleicht wäre ein kleiner Flirt mit Amelia Heart doch eine Option? Nur um zu sehen, wie sie reagiert, überlegte ich, als ich ein letztes Mal Joe im Vorbeigehen zuwinkte. Um herauszufinden, ob sie empfänglich für meinen Charme sein würde. Vergiss diese whiskygeschwängerte Idee, Nathan Westbrook. Es war wirklich höchste Zeit, die Segel zu streichen.

2. Kapitel

Amelia

Ich parkte meinen nicht mehr ganz makellosen Honda auf dem Parkplatz neben dem Bürokomplex, in dem sich mein Arbeitsplatz in der vierten Etage befand, und stieg aus. Meine Eltern hatten mir den Wagen zu meinem Universitätsabschluss in *Harvard* geschenkt. Ich fuhr gern Auto, allerdings hatte sich rasch herausgestellt, dass Parkbuchten oder Begrenzungssteine nicht gerade zu meinen besten Freunden zählten.

Flink entledigte ich mich meiner bequemen Sneakers, um in meine High Heels zu schlüpfen, und platzierte die Schuhe anschließend auf der Rückbank, bevor ich die Tür verriegelte. Um mich vor dem strahlenden Sonnenlicht zu schützen, kniff ich die Augen zusammen. Meine alte Sonnenbrille war dem Umzug nach L.A. zum Opfer gefallen und ich hatte es bisher versäumt, mich nach einer neuen umzusehen. An das kalifornische Wetter musste ich mich anscheinend erst noch gewöhnen. In Boston war ich nie ohne Schirm aus dem Haus gegangen und zu meiner Schande musste ich gestehen, dass ich den Regen hier manchmal vermisste. Den Strand aber liebte ich. Besonders an windigen, kühleren Tagen genoss ich das Rauschen der Brandung und das Rufen der Seevögel. Dann kam es mir fast so vor, als wäre ich wieder zu Hause, und ich war glücklich.

Trotzdem hatte ich keine Sekunde gezögert, das Angebot von Todd Millard anzunehmen, nach meinem Uniabschluss in L.A. als Assistentin der Webdesign-Abteilung in einer der renommiertesten Marketingfirmen an der Westküste anzufangen. Endlich würde ich aus Dads Schatten treten und mir einen Namen machen. Das war mein erklärtes Ziel, das ich mir gesteckt und stets vor Augen hatte. Alles andere schien mir momentan nebensächlich und unwichtig.

Ich verließ den Parkplatz und ging an der Sicherheitsschranke vorbei Richtung Straße. Nach wenigen Schritten hatte ich den imposanten Bürokomplex erreicht. Vor dem Eingang blieb ich kurz stehen und blickte ehrfurchtsvoll an der glänzenden Steinfassade mit den verspiegelten Fensterflächen empor. Das Turner Building auf dem Wilshire Boulevard, das nach dem Erbauer Evan Turner, der mit seiner Investmentfirma den obersten Stock des Gebäudes belegte, benannt war, stellte wahrhaftig ein imposantes Bauwerk dar. Ich richtete meine Aufmerksamkeit auf die vierte Etage. Genau dort wartete mein neuer Arbeitsplatz auf mich. Möglicherweise war das Gebäude das eindrucksvollste überhaupt in der Nachbarschaft, die sonst von eher flacheren Bauten dominiert wurde. Der Anblick des Bürokomplexes flößte mir auch nach der achten Arbeitswoche noch Respekt ein.

Zu meiner Schande musste ich gestehen, dass ich mich noch immer wie eine Außenseiterin, ein fremder Eindringling in einer mir unbekannten Welt fühlte.

Bisher hatte ich mit keinem meiner Kollegen näher zu tun gehabt. Was auch an mir liegen mochte. Ehrlich gesagt, brannte ich nicht darauf, neue Leute kennenzulernen. Ich war nicht gut darin, Small Talk zu betreiben, und hatte deshalb schon immer ein gutes Buch oder einen gemütlichen Abend mit einem Glas Wein auf der Couch irgendeiner gesellschaftlichen Veranstaltung vorgezogen. Daran hatte sich auch nach der feuchtfröhlichen Geburtstagsfeier meines neuen Arbeitgebers nichts geändert. Weshalb ich dem Himmel für meinen Job vor dem Computer dankte. Der Kontakt zu Kunden fand meist per E-Mail oder Messaging statt, was geradezu perfekt für mich war.

Ich liebte mein zurückgezogenes Leben und hatte es bisher vermieden, auszugehen. Ablenkungen in Form von Dates oder gar Liebeskummer konnte ich wirklich nicht gebrauchen. Zumal ich mit dreiundzwanzig noch alle Zeit der Welt hatte, um Mr Right zu begegnen. Falls der Kerl da draußen überhaupt irgendwo existierte. Bisher hatte ich jedenfalls nur Frösche geküsst. Insofern konnte man behaupten, dass mein Bedarf an Männern – oder Fröschen – erst einmal gedeckt war.

Ich schob den Gedanken an die grünen Tierchen, die es versäumt hatten, sich in einen Prinzen zu verwandeln, beiseite. Entschlossen, das Beste aus diesem neuen Tag zu machen, klemmte ich mir meine lederne Clutch unter den Arm, ging auf das Gebäude zu und betrat die Lobby, eine gelungene Kombination aus Glas, Chrom und Granit. Meine Pfennigabsätze klackerten auf dem anthrazitfarbenen Granitboden, in den winzige Glitzerpartikel eingearbeitet waren und der so geleckt wirkte wie Tante Helens polierter Küchentresen in ihrem Ferienhaus auf Martha's Vineyard. Ganz so, als hätte man bedenkenlos davon essen können. Nicht, dass ich das je vorgehabt hätte.

Ich hielt dem Sicherheitsbeamten mit der gefurchten Stirn meine ID-Karte unter die Nase, passierte das metallene Drehkreuz und winkte Jam zu, der wie immer hinter dem bogenförmigen Empfangstresen saß und die Morgenzeitung studierte. Eine Vase mit weißen Calla-Lilien schmückte das eine Ende des Tresens, am anderen Ende standen ein Snack- und ein beeindruckender Kaffeeautomat aus Edelstahl. Ein mir inzwischen vertrauter und irgendwie tröstlicher Anblick.

»Hey Lady, wie geht es Ihnen an diesem wunderbaren Morgen?« Jams strahlend weiße Zähne verliehen seinem schwarzen Gesicht einen Touch Dramatik. Noch nie hatte ich einen Tag erlebt, an dem Jam nicht gute Laune versprüht hatte. Er schaffte es jedes Mal, mich zum Lächeln zu bringen, egal, wie ich mich fühlte.

»Mir geht es gut, Jam, und Ihnen?«

Wir wünschten uns gegenseitig einen schönen Tag, bevor ich die Fahrstühle ansteuerte. Ich drückte die Ruftaste und atmete tief durch, während ich wartete, um diese dumme Nervosität abzuschütteln, die mich regelmäßig überfiel, wenn ich morgens das Gebäude betrat. Als müsste ich mich irgendeinem Test unterziehen, um jemandem etwas zu beweisen. Die Anspannung, die ich in meinen Nackenmuskeln spürte, würde sich erst legen, wenn ich an meinem Schreibtisch saß und mich in der Arbeit verlor.

Ein helles Pling machte mich darauf aufmerksam, dass der Lift angekommen war. Lautlos glitt die Tür auf und ich trat in die großzügige Kabine, die locker zehn

27

Personen zu transportieren vermochte. Erfreut stellte ich fest, dass der Aufzug leer war. Es gab nichts Schrecklicheres, als früh morgens Konversation betreiben zu müssen. Ich verabscheute den Austausch von Belanglosigkeiten. Fast so sehr wie Kartoffelbrei und das entsetzlich penetrante Parfüm meiner Dozentin im E-Commerce-Kurs an der *Harvard Business School*. Diese Zeit lag glücklicherweise hinter mir. Nun hatte das wirkliche Leben begonnen, auch wenn ich mich zuweilen noch etwas schwertat, mich darin zurechtzufinden.

Ich seufzte leise, als ich mein Aussehen in den verspiegelten Wänden überprüfte und meinen schwarzen engen Rock glattstrich. Jetzt bekam ich die Chance, meinem Dad zu beweisen, dass ich etwas draufhatte. Vielleicht würde er mich dann endlich mit anderen Augen sehen – nicht als das hilflose, zarte Mädchen, dessen einzige Ambition seiner Meinung nach darin bestehen sollte, sich einen wohlhabenden Ehemann zu krallen.

Eigentlich konnte ich mich nicht beklagen. Ich hatte eine gute Kindheit gehabt. War behütet aufgewachsen und hatte die beste Ausbildung genossen. Sogar mein Studium hatten mir meine Eltern finanziert. Auch wenn sie es nie aussprachen – in unserer Familie redete man nicht über Gefühle –, wusste ich, dass sie mich liebten. Auf ihre Art. Leider war ich in den Augen meines Dads nicht perfekt: Ich war kein Mann. Seit ich denken konnte, hatte er sich immer einen Jungen gewünscht. Einen Stammhalter, einen Nachfolger für *Heart Public Relations*, der Nummer eins in Boston für Werbejingles in Funk und Fernsehen. Für meinen Dad zählten Leistung, Zielstrebigkeit und Erfolg. Dinge, die seiner Meinung nach mit dem Naturell weiblicher Wesen unvereinbar waren. Keine Ahnung, woher diese antiquierte Ansicht stammte.

Womöglich war sie genau wie das Unvermögen, offen über Gefühle zu sprechen, ein Relikt seines Elternhauses.

Meine Großeltern Marie und Jacob Heart waren strenggläubige Amish aus Indiana gewesen, zu denen ich leider nie den rechten Zugang gefunden hatte. Ein Wunder, dass sich Dad aus dieser ganz eigenen Welt herausgekämpft und es sogar nach *Harvard* geschafft hatte. Aber einige Dinge ließen sich vermutlich dennoch nicht so einfach abschütteln. Wer wusste das nicht besser als ich? Auch wenn ich es zu verdrängen versuchte, war mir klar, dass meine Schwierigkeiten, offen auf andere Menschen zuzugehen, meiner Erziehung geschuldet waren. Jedenfalls wollte ich Dad beweisen, dass ich dasselbe erreichen konnte, was er sich von diesem heiß ersehnten Sohn erhofft hätte, den er nie bekommen hatte. Deshalb hatte ich mir geschworen, mich nach dem Studium komplett auf meine Karriere zu konzentrieren.

Es gab nur eine einzige Priorität. Ein Ziel. Und zwar den Respekt und die Achtung meines Dads zu gewinnen.

Ich verdrängte meine Überlegungen und checkte noch einmal mein Spiegelbild in der polierten Edelstahlfläche der Aufzugskabine. Da meine Bluse etwas zu weit offen stand, schloss ich sicherheitshalber den obersten Knopf. So wirkte ich professionell und effizient. Perfekt.

Anders als mein Arbeitskollege Nathan Westbrook, der sich warum auch immer, plötzlich in meine Gedanken schlich. Er hatte es auf der Feier ziemlich krachen lassen. Eindeutig das Gegenteil von professionell! Wahrscheinlich hatte er angenommen, es würde niemand merken, dass er mit Reese, unserer Empfangsdame, für eine Weile in der Putzkammer abgetaucht war. Sein lässiges, schiefes Lächeln, das er mir im Vorbeigehen geschenkt hatte, hatte mich nicht täuschen können. Die beiden hatten die Kammer ganz gewiss nicht nach Staubtüchern durchsucht. Ich wusste es natürlich nicht mit Sicherheit, aber ich vermutete, dass sie dort eine heiße Nummer geschoben hatten.

Ich schürzte die Lippen, als ich so darüber nachdachte. Wie hatte sich Reese nur von diesem Womanizer abschleppen lassen können? Na gut, Nate wirkte ziemlich sexy mit dieser Haarlocke, die ihm wohl so manche Frau gern aus der Stirn gestrichen hätte, dem Dreitagebart, der seine kantigen Züge betonte, und der etwa zwei Zentimeter langen Narbe quer über seinem rechten Wangenknochen, die ihm einen Hauch von Verwegenheit verlieh. Sein Körper, den er vorzugsweise in diese dunklen, maßgeschneiderten Businessanzüge kleidete, war auch nicht zu verachten. Das perfekte V. Breite Schultern, schmale Hüften.

Okay, Nathan war heiß. Pure Erotik auf zwei Beinen. Ich würde mich jedoch nie auf ihn einlassen. Niemals! Denn so, wie ich ihn einschätzte, war er ein Womanizer, ein Player, der mit jedem weiblichen Wesen flirtete.

Wie gut, dass ich nicht an Sex interessiert war. Abgesehen davon würde ich ohnehin niemals etwas mit einem Arbeitskollegen anfangen, weil es einfach in höchstem Maße unprofessionell wäre. Auch konnte ich auf die sich garantiert nachziehenden Verwicklungen gut und gerne verzichten. »Nathan Westbrook ist ein Arsch«, versicherte ich mir leise und nickte meinem Spiegelbild zu. »Sexy zwar, na ja«, ich seufzte ergeben, »höllisch sexy. Aber dennoch ein echter Arsch.« Nur damit ich nicht doch irgendwann auf dumme Gedanken kam.

»Möchten Sie aussteigen oder sich noch länger im Spiegel bewundern?«

Ach du Schreck. Erschrocken fuhr ich herum. Der Aufzug war längst stehen geblieben und ich hatte es nicht bemerkt. Die Türen hatten sich geöffnet und ich starrte direkt in Nathans schokoladenbraune Augen. Gegen den Türrahmen gelehnt und in der einen Hand einen Karton haltend, musterte er mich mit einem amüsierten Funkeln.

Automatisch griff ich nach meinem Pferdeschwanz und wickelte mir das Haar um den Zeigefinger, wie immer, wenn ich nervös war. »Wie viel ... Ich meine, seit wann stehen Sie da?« Meine gefasste Stimme strafte mein unregelmäßig gegen meine Rippen schlagendes Herz Lügen.

»Lang genug.« Ein träges Lächeln umspielte seine Lippen, während er mich ausgedehnt und länger als nötig musterte.

Hitze kroch über meine Wangen. Aber dann reckte ich mein Kinn. Nathan Westbrook hatte also soeben erfahren, was ich von ihm hielt. Es war mir egal. Der

Mann interessierte mich nicht. Ich dachte nicht daran, unser Verhältnis, das genau genommen keins war, auf irgendeine Weise zu vertiefen.

Entschlossen machte ich einen Schritt vorwärts, um den Aufzug zu verlassen, und wünschte gleichzeitig, ich hätte höhere High Heels angezogen, damit ich noch etwas größer als meine eins fünfundsechzig wirkte. Leider blieb mein rechter Absatz in der Türspalte am Boden hängen und ich geriet ins Straucheln.

Nathan ließ seinen Karton los und streckte seine Arme aus, um mich vor dem Fallen zu bewahren. Seine Finger streiften meinen Oberkörper und augenblicklich richteten sich meine Nippel auf. Überrascht schnappte ich nach Luft, doch Nathan schien weder von der Berührung noch meiner peinlichen Reaktion darauf beeindruckt zu sein. Seine Hände umfingen meine Taille und hielten mich fest, während sich die Aufzugtür hinter uns lautlos schloss. Nun ja, zumindest konnte ich mir sicher sein, dass mein Körper noch funktionierte, auch wenn ich schon länger keinen Mann mehr in meinem Bett gehabt hatte. Irgendwie tröstlich.

Mein Hirn war noch immer dabei, den unfreiwilligen Kontakt zu verarbeiten, als ich einen Hauch von Nathans Aftershave, den Geruch von frisch gewaschener Wäsche und Mann erhaschte. Eine sexy Mischung aus würziger Holznote, etwas, das mich an frisch gemähtes Gras an einem lauen Sommerabend erinnerte, und Leder.

»Sachte, Lady. Ich habe Sie.«

Wow, wow, wow. Dieser umwerfende Duft, Nathans dunkle Stimme und das Gefühl seiner Hände auf meinem Körper versetzten mich in Verzückung. Ich versteifte mich. Dort, wo mich seine Finger durch den Stoff meiner dünnen Bluse hindurch berührten, flammte Hitze auf meiner Haut auf.

Es fühlte sich ... Ja, es fühlte sich verdammt gut an. Mein Körper erinnerte sich an diese Empfindung und augenblicklich sehnte ich mich nach mehr. Zwischen meinen Beinen begann ein sanftes Kribbeln. Ein süßes Ziehen.

Oh. Nein. Nein! So war das nicht geplant. Energisch wand ich mich aus Nathans Griff und verfluchte gleichzeitig meinen verräterischen Körper. Bloß weil ich schon länger keinen Sex mehr gehabt hatte, musste ich doch nicht gleich wegen ein bisschen Körperkontakt weiche Knie bekommen. Himmel!

»Alles okay?«, hakte Nathan nach und nagelte mich mit seinem Blick fest. Dieser Blick. Er war intensiv. Erotisch. Hypnotisierend.

In diesem Augenblick konnte ich Reese verstehen. Falls sie tatsächlich das getan haben sollte, von dem ich dachte, dass sie es getan hatte. Ich verharrte wie festzementiert und immer wieder blitzte der Gedanke an Sex in meinem Bewusstsein auf. An wilden, atemberaubenden, außergewöhnlichen Sex. »Natürlich. Was denken Sie denn?« Himmel, war ich cool. Ich untermalte meine Worte mit einem lässigen Schulterzucken. »Danke, dass Sie mich vor einem Sturz bewahrt haben.«

»Müssen Sie eigentlich immer so schrecklich steif sein?«

»Steif?«, wiederholte ich und bereute es im gleichen Augenblick, weil ich überdeutlich fühlte, wie sich meine Brustwarzen gegen den Satinstoff meines BHs pressten.

Um Nathans Lippen erschien die Andeutung eines lasziven Lächelns und er beugte sich vor. »Haben Sie ein Problem mit diesem Wort?«

»Ob … Was bitte schön?«, meine Stimme schraubte sich in ungeahnte Höhen. Sein Blick hielt meinen noch immer gefangen und ich spürte ihn fast körperlich.

Ich schluckte und wollte Nathan etwas an den Kopf werfen, irgendetwas in der Richtung, dass er unverschämt und anmaßend wäre, um meine Verwirrung zu überspielen, als jemand am Treppenabsatz auftauchte.

»Hey! Guten Morgen!« John, der morgens auf dem gesamten Stockwerk die ausgehende Post einsammelte, winkte uns gut gelaunt zu, bevor er durch die Glastüren verschwand, hinter denen unsere Büroräume lagen. Er bereitete sich für den Los- Angeles-Marathon vor und nutzte jede Gelegenheit zum Trainieren. Beth hatte mir kürzlich davon erzählt, wobei ihre Augen wie die Reklameschilder vom Casino ein paar Straßen weiter aufgeleuchtet hatten. Auch wenn sie so getan hatte, als würde nichts zwischen ihnen laufen, vermutete ich, dass sie eine Schwäche für John hegte.

»Ich weiß nicht, was Sie meinen«, fauchte ich Nathan an, nachdem sich unser Kollege außer Hörweite befand, und musterte ihn meinerseits.

Die dunkle Hose, die seinen zugegebenermaßen äußerst wohl geformten Hintern und die schmalen Hüften vorteilhaft in Szene setzte, und das kurzärmelige, auf Taille geschnittene tauben-blaue Hemd standen ihm ausgesprochen gut. Wie es sich über seinen breiten Brustkorb spannte! Er sah heiß aus. Verflucht sexy. Anziehend und attraktiv. Wie ein männliches Model. Und prompt drängte sich mir die Frage auf, wie er wohl unter dieser Kleidung aussehen würde.

Verflixt, nein! Stopp! Derartige Gedanken sollte ich nun wirklich nicht haben. Schließlich war ich nicht ins Team von *Greenwalt & Millard* gekommen, um Freundschaften zu schließen oder mit einem Kollegen ins Bett zu springen. Ich war hier, um meinem Dad etwas zu beweisen. Und mir. Ich musste mich nur daran erinnern und diese lächerlichen Fantasien, die mit diesem Mann und viel nackter Haut zu tun hatten, weit von mir schieben. In eine ferne Galaxis.

»Fertig?« Nathans linker Mundwinkel hob sich in einer Weise, die meinen Blutdruck erneut in die Höhe schießen ließ.

»Womit?«, fragte ich unschuldig, obwohl ich natürlich genau wusste, dass Nathan mich dabei ertappt hatte, wie ich ihn ausgiebig musterte. Ich versuchte, mich auf meine Atmung zu konzentrieren. Am liebsten hätte ich ihn einfach stehen gelassen, um schnurstracks durch die Glastüren ins Büro zu marschieren. Aber Mom hatte mir schließlich Manieren beigebracht. »Ich weiß nicht, was Sie meinen.« Kühn hielt ich seinen Blick fest, während sich in meinem Magen ein beunruhigendes Kribbeln ausbreitete.

»Sie wiederholen sich.« In seinen Augen glitzerte Belustigung.

»Irgendwie scheinen Sie mir ziemlich durcheinander zu sein.« Er verschränkte seine Arme vor der Brust und fuhr fort, mich mit unverschämter Sorgfalt zu studieren, bis sein Blick auf meinen Lippen verweilte.

Mein Herzschlag klopfte unnatürlich laut in meinen Ohren. Durcheinander? Was für ein Blödsinn! Ich war einfach nur genervt. Dabei ignorierte ich die Tatsache, dass meine Wangen brannten, als hätten sie Feuer gefangen. Leider konnte ich einfach nicht aufhören, seine nackten, sehnigen Unterarme anzustarren, die mit feinen dunkelblonden Härchen bedeckt waren. Er wirkte, als ob er viel Zeit in der Sonne verbrachte. Vielleicht war er einer dieser Surfer, die man hier reihenweise an den Stränden traf. Das würde zu ihm passen.

Rasch fegte ich das sich mir aufdrängende Bild von sonnengeküsster Haut über knapp sitzenden Boardshorts beiseite. In Nathans Gegenwart schien sich mein Kopf in ein einziges Kino zu verwandeln. »Haben Sie mir noch irgendetwas Weltbewegendes mitzuteilen, Westbrook, oder sind wir hier fertig?« Ich stemmte meine Fäuste in die Seiten, dabei fiel meine Handtasche mit einem Klatschen auf den Steinboden. »Ich weiß ja nicht, was Sie vorhaben mit diesem ... diesem Pappkarton, aber ich werde – vorausgesetzt Sie haben nichts dagegen – jetzt ins Büro gehen und arbeiten«, erklärte ich hastig und bückte mich schnell, damit er nicht auf die Idee kam, die Tasche für mich aufzuheben. Natürlich ging er im selben Moment in die Knie wie ich. Das Geräusch unserer schmerzhaft aneinanderprallenden Köpfe war alles andere als hübsch, als er und ich gleichzeitig nach dem Täschchen griffen. »Oh verdammt«, stöhnte ich laut und richtete mich schwankend auf.

Nathan hielt mir meine Clutch entgegen und rieb sich mit dem Handballen über die Schläfe. »Sie haben eine verflucht harte Rübe, Lady.«

Ich entriss ihm die Tasche und funkelte ihn wütend an. Dann starrte ich auf sein Hemd, das sich über seine unübersehbaren Brustmuskeln spannte. »Ich? Das sagen Sie, ausgerechnet Sie mit Ihrem Betonschädel ... Ach, vergessen Sie es!«

»Hören Sie, es tut mir leid.« Nathans Stimme nahm plötzlich einen weichen Klang an, der mich misstrauisch werden ließ.

»Wirklich«, bekräftigte er. Er sah mich aus diesen braunen Augen an, in deren samtiger Tiefe frau sich verlieren könnte, wenn sie nicht aufpasste.

Ich unterdrückte einen leisen Fluch und rief mir ins Gedächtnis, dass Nate abgesehen von seinem attraktiven, sexy Äußeren gleichzeitig auch eindeutig an einem überschätzten Ego litt. Dass er unverschämt und arrogant war. Er war es gewohnt zu bekommen, was er wollte. Ganz sicher dachte er, dass auch ich ihm bald wie geschmolzener Schnee zu Füßen liegen würde. Glücklicherweise war ich gegen solche Männer immun. Ich hatte kein Interesse an ihm. Und auch nicht daran, mit ihm zu flirten. Je weniger ich mit ihm zu tun hatte, umso besser. Und je schneller ich mich aus seinem Dunstkreis fortbewegte, desto gesünder für mich. »Ich muss jetzt ins Bett«, erklärte ich mit fester Stimme.

Nathan zog eine Braue hoch.

Arroganter Idiot. Ich wandte mich ab. Moment. Was hatte ich soeben gesagt? Ich muss ins Bett? Mit hochrotem Kopf drehte ich mich noch einmal zu Nathan um.

»Was ich sagen wollte, war, ich muss weg. Ins Büro.« Oh Mann. Hätte es noch peinlicher werden können?

Nathans süffisantes Grinsen war mir Antwort genug. »Natürlich. Ins Büro«, wiederholte er und nickte ernsthaft. Dieser Mistkäfer.

Erneut drehte ich mich weg. Tief einatmen, Amelia, ganz tief. Ich konzentrierte mich aufs Luftholen und fixierte die gegenüberliegenden Glastüren, hinter denen meine Zuflucht und meine Rettung lagen. Small Talk zu betreiben, war noch nie meine Stärke gewesen. Automatisch setzte ich einen Fuß vor den anderen.

»Andererseits«, hörte ich Nathan mit einem unterdrückten Lachen in meinem Rücken sagen, »wenn ich es mir recht überlege, sind Sie auch in meinem Bett willkommen. Jederzeit. Sie müssen nur Bescheid sagen.« Der offensichtliche Spott in seiner Stimme war nicht zu überhören.

Okay. Ich hatte es gewusst. Nathan Westbrook war ein Idiot. Aber ich hatte ihm ja auch die perfekte Vorlage dafür gegeben. Lieber Himmel, Amelia. Augenrollend stieß ich die Glastür zu unserem Büro auf.

3. Kapitel

Nate

Fasziniert blickte ich Amelia durch die offenen Aufzug-türen hinterher. In der Kabine schwebte noch ein Hauch ihres Dufts, der mich an eine blühende Sommer-wiese erinnerte. Und an ... Vanille? Ich schnupperte. Es roch angenehm, blumig und süß, und dennoch frisch. Schade, dass die Frau sich so verklemmt gab! In ihrer kurzärmeligen, geblümten Bluse, deren Knöpfe sie selbstverständlich mal wieder bis zum Hals geschlos-sen hatte, und dem schwarzen Rock wirkte sie zwar gut gekleidet, aber schrecklich streng. Und obwohl sie sich höllische Mühe gab, es zu verbergen: Sie besaß eine gute Figur und auch ihre Haarfarbe, dieses rötlich-gol-den schimmernde Kastanienbraun, war eigentlich ganz hübsch. Bis gestern hatte ich Amelia irgendwie nicht auf dem Schirm gehabt, hatte mir keine Ge-danken über die Neue im Team gemacht. Nach dieser unverhofften Begegnung allerdings musste ich mir ein-gestehen, dass diese Frau durchaus etwas Reizvolles an sich hatte.

Nicht für mich. Sie war nicht mein Typ, aber sie war definitiv auch kein unscheinbares Mauerblümchen, wie ich anfangs angenommen hatte.

Nachdenklich lehnte ich mit dem Rücken an der Aufzugwand, als er sich in Bewegung setzte, um hinunter in die Lobby zu fahren. Da unsere Kaffeemaschine in der Teeküche den Geist aufgegeben hatte, hatte ich mich kurzfristig entschieden, für einen Teil der Belegschaft den Morgenkaffee im Erdgeschoss zu organisieren. Glücklicherweise verfügte die Lobby neben der Empfangstheke über einen Automaten, ein brandneues Hochleistungsgerät, das kaum einen Getränkewunsch offenließ.

In der Empfangshalle angekommen, sah ich Joe Minoso das Gebäude betreten. Ich winkte ihm. »Hey! Morgen Joe! Alles klar?«

Er begrüßte Jam hinter der Theke und kam anschließend auf mich zu. »Hey Westbrook. Das sollte ich wohl besser dich fragen. Du siehst beschissen aus.« Er deutete auf den leeren Karton, den ich in der Hand hielt. »Hast du den mitgebracht, um ihn dir über den Kopf zu ziehen? Vielleicht keine schlechte Idee, um deine Augenringe zu verstecken.« Über sein Gesicht glitt ein breites Grinsen.

»Danke Mann. Du bist ein echter Freund.«

»Deinem Gesichtsausdruck nach zu urteilen, hat sich an deiner Situation nichts geändert?«

»Nope. Ich habe die halbe Nacht wach gelegen und nachgedacht.« Ich zuckte mit den Schultern. »Ich werde später in einer ruhigen Minute noch einmal versuchen, mit Rowe zu sprechen. An seine Vernunft appellieren.«

In Wahrheit glaubte ich nicht wirklich daran, dass mein Kollege mit sich verhandeln ließ. So gut kannte ich den Mann inzwischen. Aber die Hoffnung starb ja bekanntlich zuletzt. Oder – ich verfolgte den Gedanken, den ich gestern Abend beim Verlassen der Bar gehabt hatte. Ich war mir sicher, dass ich Amelia mit meinem Auftreten vorhin ein wenig aus dem Gleichgewicht gebracht hatte. »Jetzt werde ich erst einmal Kaffee organisieren, damit meine Hirnzellen wieder halbwegs funktionieren.« Nachdenklich fischte ich ein paar Münzen aus meiner hinteren Hosentasche. »Ich habe sie übrigens gerade getroffen.«

»Getroffen? Von wem sprichst du?«, hakte Joe, der meinen Gedankengängen offensichtlich nicht hatte folgen können, irritiert nach.

»Amelia Heart«, erklärte ich grinsend, bevor ich diverse Knöpfe drückte und mein Kleingeld an die Maschine verfütterte. »Die junge Lady, die ich laut Rowe vernaschen soll, um ...« Ich verstummte. Das Ganze war einfach lächerlich. Absurd.

»Du denkst nicht ernsthaft darüber nach, oder?« Joe stieß mich mit dem Ellenbogen an. »Dich auf diesen miesen Deal einzulassen?«

Tat ich das? Ich schnaubte und fixierte den Becher vor meiner Nase, der sich allmählich mit aromatisch duftendem Kaffee füllte. »Natürlich nicht.«

»Also willst du dem Kerl deinen Großkunden überlassen?«

»Vorher müsste die Hölle zufrieren.«

»Oh, Mann. Was für eine beschissene Situation. Wie gesagt, ich möchte nicht in deinen Schuhen stecken.«

»Danke Minoso. Deine Worte sind echt aufbauend«, erwiderte ich mit eine Hauch Sarkasmus.

»Sorry.« Joe zog eine Grimasse, bevor er einen Blick auf seine goldene *Fossil*-Smartwatch warf und sich seine Ledermappe unter den Arm klemmte. »Hör zu. Ich muss los, aber heute Abend im *Gigi's* kannst du mir ja berichten, ob es Neuigkeiten gibt.«

»Alles klar, mache ich.« Ich hob meinen Daumen als Siegeszeichen und konzentrierte mich wieder auf den Kaffee, der mit einem vielversprechenden Gluckern in den nächsten Pappbecher sprudelte.

Als Erstes versorgte ich Reese am Empfang mit einer Vanilla Latte, da ich ihre Schwäche hierfür kannte. Sie dankte es mir mit einem Augenzwinkern und einem Luftküsschen. John von der Poststelle erhielt seinen Kaffee wie gewünscht stark und schwarz – kalorienfrei, damit er für den bevorstehenden Marathon kein Gramm Fett ansetzte. Beth Goodwin, die Assistentin von Simon Greenwalts Partner Todd Millard, freute sich über ihren Milchkaffee, obwohl die Vorzimmer unserer Bosse selbstverständlich mit eigenen Kaffeemaschinen ausgestattet waren. Beth war allerdings so ein Sonnenschein und stets darauf bedacht, dass es anderen im Büro an nichts fehlte, dass es mir einfach ein Bedürfnis war, sie mitzuversorgen.

Für Garcia hatte ich einen Cappuccino im Gepäck, denn ich wusste, dass er verrückt danach war. Da er nicht an seinem Platz saß, stellte ich den Becher auf seinem Schreibtisch ab und näherte mich Amelia, die sich das Zimmer mit ihm teilte. Offensichtlich hatte sie mein Hereinkommen nicht bemerkt, denn sie fixierte ihren Bildschirm mit konzentrierter Miene. Ich räusperte mich, damit sie nicht erschrak, was allerdings nicht funktionierte, denn sie zuckte kaum merklich zusammen. Ich schenkte ihr ein strahlendes Lächeln, das sie nicht erwiderte. Vermutlich war sie wegen unseres

Aufeinandertreffens am Aufzug noch etwas verschnupft. Bei der Erinnerung an die Begegnung zuckten meine Mundwinkel.

»Oh. Der Kollege mit dem Pappkarton«, sagte sie mit einem unüberhörbaren, frostigen Unterton. »Sammeln Sie etwas Bestimmtes? Ich habe in meiner Schublade noch ein paar dekorative Papierservietten, die sich hervorragend zum Schrottwichteln für die nächste Weihnachtsfeier eignen würden.«

Okay. Sie war angesäuert. Und dabei ziemlich schlagfertig. Die Frau schien interessante Facetten zu besitzen. »Nachdem Sie mich vorhin so nett in Ihr Bett eingeladen haben, wollte ich Ihnen wenigstens einen Kaffee als kleines Dankeschön mitbringen, Amelia. Lassen Sie ihn sich schmecken.« Ich platzierte das Getränk neben einem Stapel Akten und wollte gerade den Rückzug antreten, als der schneidende Spott in ihrer Stimme mich aufhielt.

»Sie halten sich für besonders witzig und clever, oder?«

Ich drehte mich halb zu ihr um. »Hin und wieder schon.«

Sie rollte mit den Augen, aber dann griff sie nach dem Becher und schnupperte.

»Karamellkaffee«, beantwortete ich ihre unausgesprochene Frage. Ihre feinen Brauen zogen sich verblüfft zusammen. »Ich dachte mir jemand wie Sie würde Karamellkaffee mögen.«

»Jemand wie ich?«

Ich nickte. »Jemand wie Sie.«

»Interessant. Wie schätzen Sie jemanden wie mich denn ein?« Vorsichtig hob sie den Deckel von ihrem Becher, um über den dampfend heißen Kaffee zu pusten.

Unwillkürlich fiel mein Blick auf ihre Lippen. Sie waren voll und besaßen einen hübschen Schwung. Sinnlich, stellte ich überrascht fest. Das war mir zuvor noch nie aufgefallen.

»Gibt es ein Problem?« Amelia stellte das Getränk zurück auf den Tisch.

»Vielleicht sollten Sie mal probieren.« Ich riss mich von ihren Lippen los.

»Sobald Sie aufhören, mir auf den Mund zu starren, Nathan Westbrook.« Der erneut spöttische Unterton in ihrer Stimme entging mir nicht. »Stimmt etwas nicht damit?«

»Oh, keine Sorge. Damit ist alles in Ordnung.«

In bester Ordnung sogar. Wow. Diese Lippen könnten einen Mann ganz schön durcheinanderbringen. Ich hatte ja keine Ahnung gehabt. Andererseits hatte ich Amelia auch noch nie näher betrachtet, zumindest bis heute Morgen nicht.

»Was Sie nicht sagen.«

»Und? Möchten Sie Ihren Kaffee nicht wenigstens einmal kosten und mir sagen, ob er Ihnen schmeckt?«

»Sie schulden mir eine Antwort, Westbrook.« Sie reckte das Kinn und funkelte mich herausfordernd an.

Plötzlich schien der Gedanke, mit ihr zu flirten, gar nicht mehr so abwegig. »Richtig.« Ich schob meinen Karton auf den Tisch, ließ mich auf der Kante nieder und verschränkte meine Arme vor der Brust, um sie anzusehen. »Sie wollten wissen, wie ich Sie einschätze.«

Amelia legte den Kopf schief, wobei die Spitze ihres Pferdeschwanzes über den Seidenstoff ihrer Bluse streifte.

»Unschuldig. Süß.«

»Süß?« Sie riss ihre Augen auf, bernsteinfarben mit goldenen Fünkchen darin und einem dunklen Ring um die Iris.

»Süß«, bestätigte ich lächelnd. »Sie lieben süße Dinge. Lassen sich gern von ihnen verführen. Auch wenn Sie äußerlich ein ganz anderes Bild vermitteln.«

»Tue ich das?«

Wieder nickte ich.

»Ach. Und dürfte ich erfahren, welches Bild ich angeblich vermittle?«

»Sie wirken zurückhaltend auf mich. Kontrolliert und ... etwas verklemmt.« Ich bildete mir ein, dass ich im Lauf meines fast dreißigjährigen Lebens zu einem ganz passablen Beobachter geworden war. Und ich war mir sicher, dass hinter Miss Hearts kühler, kontrollierter Fassade ungeahnte Gelüste schlummerten. Dass sich dahinter eine Sehnsucht verbarg, die womöglich nicht einmal sie benennen konnte. Eine Frau mit derart sinnlichen, verführerischen Lippen war nicht durch und durch leidenschaftslos. Nicht so züchtig, wie sie vorgab, zu sein.

»Verklemmt also.« Auf ihren Wangen brannten zwei rote Flecken. Wie niedlich. Ich schien sie mit meiner Bemerkung ein wenig aus der Fassung gebracht zu haben. Aus dem hektischen Pochen ihrer Halsschlagader, die sich deutlich abzeichnete, folgerte ich jedoch, dass ich ins Schwarze getroffen haben musste.

»Sie scheinen ja bereits eine feste Meinung über mich zu haben, Westbrook«, sagte sie kühl. »Dann lassen Sie mal sehen, ob Sie meinen Geschmack getroffen haben.«

Sie hielt meinen Blick fest, während sie an der goldbraunen Flüssigkeit nippte. »Hm. Trinkbar.«

»Ich denke, ich kann Sie schon ganz gut einschätzen.« Der unverhoffte Schlagabtausch gefiel mir. Die Kleine besaß mehr Biss, als ich angenommen hatte.

»Ich sagte trinkbar, aber gewiss nicht mein Favorit.«

»Kommen Sie schon, Amelia. In Wahrheit sind Sie süchtig nach diesem klebrigen, süßen Geschmack. Ich kann es Ihnen an der Nasenspitze ablesen.«

»Eingebildet sind Sie zum Glück gar nicht.« Seufzend stellte sie den Becher auf den Tisch zurück. »Okay, der Kaffee schmeckt. Sind Sie jetzt zufrieden?«

»Geht doch«, entgegnete ich grinsend.

Sie fixierte mich. Zu gern hätte ich in diesem Augenblick erfahren, was gerade in ihrem Kopf vor sich ging. Ich war mir ziemlich sicher, dass sie mich still und heimlich verfluchte.

»Und? Habe ich mit meiner Einschätzung denn nun recht?«, hakte ich schmunzelnd nach. Keine Ahnung, welcher Teufel mich plötzlich ritt, aber auf einmal reizte mich der Gedanke, diese widerspenstige Frau aus der Reserve zu locken. Mein Jagdinstinkt war geweckt.

Fragend hob sie eine Braue.

»Damit, dass Sie ein klein wenig verklemmt sind?«

»Und an was bitte schön wollen Sie dies zum Beispiel festmachen, Sie Menschenexperte?«

»Nehmen wir doch mal Ihre Frisur.« Ich machte eine Kinnbewegung. Automatisch berührte sie ihren Zopf.

»Was ist mit meinen Haaren?«

»Nun ja.« Ich überlegte kurz und entschied dann, dass sie es verdiente, die Wahrheit zu hören. »Sehen Sie sich doch nur mal an, Sie haben wundervolles Haar. Aber mit dieser Frisur wirken Sie irgendwie altbacken auf mich. Wie eine alte Jungfer.«

Sie stieß ein trockenes Lachen aus. Das Augenrollen hatte sie definitiv perfektioniert, stellte ich beiläufig fest. »Ich werde Sie Ihrer Illusion nicht berauben, Nathan Westbrook. Denken Sie von mir, was Sie möchten. Ihre Meinung hat keine Relevanz für mich.«

»Wirklich nicht?«

»Ihre Flirtversuche prallen an mir ab. Sparen Sie sich die Mühe.«

Ein Lächeln zuckte um meine Mundwinkel, als ich mich mit meinem Karton erhob. »Wieso glauben Sie, dass ich mit Ihnen flirte, Amelia? Hätten Sie das gern?« Ich drehte mich um und ging zur Tür. »Übrigens müssen Sie mir nicht für den Kaffee danken.« Ohne sie noch mal anzusehen, hob ich meine freie Hand zum Abschied. »Ist im Service inbegriffen.«

Unser Kollege Miguel Garcia entging nur um Haaresbreite einer Kaffeedusche, als er um die Ecke geschossen kam und beinah mit mir und meinem Pappkarton zusammenstieß.

»Du liebe Güte, Nate, das war knapp!« Miguels ebenmäßige Zähne blitzten im Kunstlicht auf, während er in einer dramatischen Geste eine Hand an seine Brust legte. »Oh, wie das duftet!« Er hob schnuppernd die Nase. »In welcher Mission bist du denn unterwegs?«

»Der Automat in der Teeküche hat den Geist aufgegeben«, erklärte ich schmunzelnd, »deswegen habe ich uns Kaffee aus der Lobby organisiert.« Ich machte eine

Kopfbewegung hin zu seinem Büro, aus dem ich soeben gekommen war. »Auf deinem Schreibtisch wartet übrigens ein Cappuccino auf dich.«

Miguels Grinsen vertiefte sich. Mit dem Zeigefinger schob er seine Hipsterbrille, die ihm auf die Nasenspitze gerutscht war, zurück nach oben. »Gott, Westbrook, du bist ein Schatz.« Er berührte flüchtig meinen Oberarm. »Ich schulde dir was.«

»Lass mal gut sein, Garcia. Genieß einfach deinen Kaffee«, entgegnete ich freundlich. Ich konnte den Mann leiden. Er war immer gut drauf und ein unkomplizierter Kollege, auch wenn er Gerüchte und Halbwahrheiten schneller und zuverlässiger als die Klatschpresse von L.A. verbreitete. Er liebte nun einmal den Tratsch und ich konnte nur hoffen, dass Rowe nicht auf die Idee kam, den Film mit Garcia zu teilen. Wenn der das Material erst einmal zu Gesicht bekommen würde, wäre es sicher nur eine Sache von Minuten, bis die gesamte Belegschaft über Reese' und mein Schäferstündchen Bescheid wüsste. Ach was, vermutlich der verdammte gesamte Bürokomplex!

»Morgen, Boss!« Ich nickte Simon Greenwalt zu, meinem direkten Vorgesetzten, der soeben über den Flur an uns vorbeirauschte, wie immer in Eile und mit blonder Sturmfrisur. Simon wohnte in den Hollywood Hills und fuhr jeden Tag, egal, ob die Sonne schien oder es wie aus Kübeln schüttete, mit seinem Rennrad in die Firma. Das Radeln hielte ihn jung, betonte er, und ich musste zugeben, für einen seit kurzem Fünfzigjährigen besaß er einen recht passablen Body. Wobei er meine eins fünfundachtzig um gute fünf Zentimeter überragte. Er hielt sich in Form, arbeitete hart und war in der Regel stets der Letzte, der das Büro verließ. Er verlangte sich selbst alles ab, entschuldigte keine Fehltritte und zeigte die gleiche Härte bei seinen Angestellten.

Aus diesem Grund wäre es fatal, wenn er von meinem kleinen Besenkammer-Abenteuer erfahren würde, das er – da war ich mir sicher – als höchst unprofessionelle Eskapade abstempeln würde. Inzwischen bereute ich diesen Ausrutscher, den auch die paar Tequilas zu viel an jenem Abend nicht entschuldigten. Ich musste dringend und so schnell wie möglich einen Ausweg aus meinem Dilemma finden.

Ich verabschiedete mich von Miguel, um mein Büro aufzusuchen. Dort angekommen, schob ich den Pappkarton mit dem verbliebenen Getränk auf meinen Schreibtisch, setzte mich in meinen ledernen Drehsessel und entsperrte meinen Laptop, um wie jeden Vormittag meine Mails abzurufen.

Die leichte Stimmung von eben war längst verflogen und meinen Kaffee, inzwischen sicherlich kalt, mochte ich nun auch nicht mehr anrühren. Unablässig geisterten mir Rowes Worte durch den Kopf. Wie schwere Gesteinsbrocken drückten sie in meiner Mitte und es fiel mir schwer, mich auf meine Arbeit zu konzentrieren. Wie zur Hölle sollte ich das auch tun, wenn über mir diese verfluchte Drohung schwebte, dass Rowe mit dem Video zu Greenwalt marschierte, wenn ich ihm nicht meinen Großkunden überließ? Verdammt noch mal. Eher würde ich ins Mönchskloster gehen, bevor ich das tat. *Murphy & Lawson* an Land zu ziehen hatte mich viel Arbeit und Mühe gekostet. Fingerspitzengefühl und Einfühlungsvermögen hatte es gebraucht, bis ich Colin Lawson endlich so weit hatte, dass er mir den

Zuschlag gegeben hatte. Mir als einem von insgesamt fünf Bewerbern, die seine Firma umworben hatten. Niemals würde ich meinem Konkurrenten solch einen Gefallen tun und auf meine Chance, mir einen Namen bei *Greenwalt & Millard Solutions Inc.* zu machen, verzichten.

Ich hatte kaum die zweite Nachricht beantwortet, als ich mit einem Knurren den Laptop zuklappte, mich erhob und ans Fenster stiefelte.

Ich starrte nach draußen auf die Straße, auf der sich der lebhafte Verkehr wie eine in der Sonne glitzernde Schlange dahinwand, und fuhr mir nachdenklich mit allen zehn Fingern durchs Haar. Der exzellente Ausblick auf die imposante Skyline von Downtown L.A. – für einen Kerl aus einem heruntergekommenen Viertel in Detroit ein absolutes Highlight – faszinierte mich immer wieder aufs Neue. Doch diesmal konnte selbst das umwerfende Bild der Westküstenmetropole meine Stimmung nicht heben.

Ich wandte mich ab und kniff mir in die Nasenwurzel, als sich langsam ein Gedanke in meinem Kopf zu formen begann. Ja, zum Teufel, warum eigentlich nicht? Ich hatte mit Amelia geflirtet und wider Erwarten Vergnügen bei unserem Schlagabtausch empfunden. Seit unserem Zusammentreffen heute früh musste ich meine ursprüngliche Meinung über sie revidieren. Sie forderte mich heraus mit ihrer kühlen, abweisenden Art. Diese Erkenntnis überraschte mich. Noch mehr, dass es mir tatsächlich Vergnügen bereiten würde, sie zu verführen. Sie in mein Bett einzuladen. Ihre Schutzmauer, die sie so sorgfältig um sich errichtet hatte und hinter der sie sich so offensichtlich versteckte, zu durchbrechen. Jäh legte sich ein Schalter um und mich packte der Ehrgeiz. Noch vor wenigen Minuten hätte ich nie ernsthaft daran gedacht, mich auf Rowes mieses Spiel einzulassen. Es mochte in moralischer Hinsicht grenzwertig sein, aber in der Not fraß der Teufel ja bekanntlich Fliegen. Wobei ich mir eingestehen musste, dass die Vorstellung, die kleine Amelia Heart zu vernaschen, sekündlich an Reiz gewann. Und so fasste ich einen Entschluss. Rowe mochte mich aktuell am Haken haben, aber ich würde mir den verfluchten Beweis meines One-Night-Stands zurückholen, und zwar ohne, dass ich dafür Federn lassen musste. Rowe sollte sich lieber warm anziehen.

Ich verzichtete darauf, anzuklopfen, riss die Tür zum Büro meines Konkurrenten auf und marschierte schnurstracks auf seinen dunklen Nussbaumschreibtisch zu, nicht ohne jedoch vorher die Tür sorgfältig zu schließen. Das, was ich Rowe mitzuteilen gedachte, war nicht für fremde Ohren bestimmt.

Der Mistkerl war gerade dabei, Unterlagen zu sortieren, und blickte auf, als er mich hereinkommen hörte. »Ah Westbrook! Schon irgendwelche Fortschritte bei unserer kleinen Miss Unschuld? Ach –«, er winkte selbstgefällig ab, »entschuldige. War eine rein rhetorische Frage.« Betont sorgfältig nahm er einige Papiere auf und legte sie in einen Hefter. »Wie ich sehe, hast du die Akten für *Murphy & Lawson* nicht dabei. Wann kann ich damit rechnen?« Seine Mundwinkel hoben sich zu einem diabolischen Grinsen. »Weißt du, ich würde mich gern so schnell wie möglich mit dem Fall vertraut machen. Du weißt ja, dass ich es anstrebe, auch im Juni wieder Mitarbeiter des Monats zu werden.«

Dieses kleine Arschloch. Ohne eine Miene zu verziehen, ließ ich mich auf der Schreibtischkante nieder. Meine Rolex blitzte im hereinfallenden Sonnenlicht auf, als ich die Arme vor der Brust verschränkte. »Es tut mir leid, dich enttäuschen zu müssen, aber du wirst meinen Kunden nicht bekommen, Rowe.« Ich begegnete seinem überraschten Blick mit kühler Gelassenheit.

»Ach?« Amüsiert hob er eine Braue. »Vergiss nicht, Westbrook, ich habe deinen nackten Arsch auf Film gebannt. Deinen und den der entzückenden Miss Denton.«

»Wie könnte ich das vergessen?«, gab ich mit einem eisigen Lächeln zurück. »Du lässt ja kaum eine Gelegenheit verstreichen, mich daran zu erinnern.«

Er zuckte mit den Schultern. »Ein Mann muss tun, was ein Mann tun muss.«

»Oh Gott, verschone mich mit derartigen Plattitüden, Rowe. Kommen wir zur Sache.«

Abwartend sah er mich an, als er sich in seinem wippenden Ledersessel niederließ und sich genüsslich zurücklehnte. »Da bin ich aber gespannt. Denn wenn ich bis sechzehn Uhr heute«, mit spitzem Finger tippte er auf das Ziffernblatt seiner Armbanduhr, »nicht die Unterlagen deines Kunden auf meinem Tisch liegen habe, wird Greenwalt ein gewisses heißes Filmchen anonym zugespielt werden.«

»Nicht so hastig, Rowe.« Ich zwang mich, weiterhin gefasst zu erscheinen. »Ich lasse mich auf deinen Handel ein.«

»Soll heißen?«

Jetzt zuckte ich mit den Schultern. »Ich habe mich entschieden, deinen Vorschlag anzunehmen.« Arschloch. »Du überlässt mir das Video sowie meinen Kunden, wenn ich Miss Heart dazu bringe, mit mir in die Kiste zu steigen. Richtig?«

Rowes wasserblaue Augen weiteten sich ungläubig. Damit hatte der Mistkerl wohl nicht gerechnet. Innerlich feixend verfolgte ich, wie er sichtlich verunsichert an seinem Bart zupfte, und räusperte mich, um mich ihm wieder ins Bewusstsein zu rufen.

Er blinzelte. »Äh ... ja. Richtig.«

»Und nur damit wir uns beide verstehen«, fuhr ich mit kalter Stimme fort. »Ich habe Joe Minoso, meinen Freund, der oben bei *Turner & Claridge Associates* arbeitet und dir sicherlich aus dem *Gigi's* bestens bekannt ist, über die ganze Sache informiert.« Im Stillen gratulierte ich mir zu diesem Einfall. Keine schlechte Idee, einen Mitwisser zu haben. Auf diese Weise würde Rowe keinen Rückzieher machen können. Zudem war es mir ein Bedürfnis, dafür zu sorgen, dass ihm der Arsch auf Grundeis ging. So einfach sollte er mir nicht mit seiner miesen Erpressung davonkommen. »Keine Tricks oder Spielchen also. Ich gehe davon aus, dass du zu deinem Wort stehst.«

Ein paar Sekunden lang schien Rowe verunsichert, aber dann hatte er sich wieder gefangen. »Natürlich.« Er verschränkte ebenfalls seine Arme vor der Brust und seine Mundwinkel zuckten spöttisch, als er mir in die Augen sah. »Versuch dein Glück, Westbrook. Aber vergiss nicht, du hast nur wenige Tage, um die kleine Heart klarzumachen. Außerdem benötige ich natürlich einen Beweis«, er hüstelte affektiert, »deines Erfolgs.« Sein selbstgefälliges Lachen hallte durch den spärlich möblierten Raum. Offensichtlich war er davon überzeugt, dass ich diese Herausforderung niemals meistern würde.

»Selbstredend.« Er konnte ja nicht wissen, dass er sich mit dem Falschen angelegt hatte. Schon früh in meinem Leben hatte ich gelernt, dass man anderen nicht erlauben durfte, sich einzumischen. Ihnen nicht gestatten durfte, die Kontrolle über die eigenen Angelegenheiten zu übernehmen. Für einen Augenblick hatte ich sie verloren und dafür bezahlt. Doch ich würde mir das, was mir zustand, zurückholen. Lächelnd erhob ich mich.

Rowe kniff seine Augen zusammen, um mich eingehend zu mustern. »Du glaubst nicht ernsthaft, du hättest auch nur die geringste Chance, oder?« Irgendwie klang der Mann gereizt. Oder nervös. Ich registrierte zufrieden, wie ein Nerv an seiner Schläfe zuckte. »Warten wir's doch ab«, erwiderte ich noch immer lächelnd. Rowe schnaubte. »Eher versinkt die Sonne am östlichen Horizont, als dass sich Amelia Heart von dir verführen lässt. Wenn man der Gerüchteküche trauen darf, trägt unsere Miss Unschuld unter ihrem biederen Röckchen einen eisernen Keuschheitsgürtel.«

»Lass das mal meine Sorge sein.« Ich wandte mich ab und ließ ihn stehen. Kotzbrocken. Es ärgerte mich, dass er sich so herablassend über Amelia geäußert hatte. Ausgerechnet er, über den man im Büro hinter vorgehaltener Hand munkelte, dass er im Beisein attraktiver Ladys Probleme hatte, einen hochzukriegen. Nicht, dass ich mich für derartigen Tratsch interessierte. In diesem Augenblick hätte ich ihm allerdings am liebsten etwas Entsprechendes an den Kopf geworfen. Oder ihm mit einem teuflischen Grinsen eine dieser blauen Zauberpillen unter die Nase gehalten. Um die ganze Sache nicht noch mehr eskalieren zu lassen und weil mich die Tatsache, dass ich das heftige Verlangen verspürte, Amelia zu verteidigen, irritierte, hielt ich meinen Mund. Wieso störte es mich so sehr, wenn er abschätzig über sie sprach? Vielleicht, weil ich es generell nicht mochte, wenn man respektlos über Frauen redete. Oder weil ich angefangen hatte, mich für sie zu interessieren?

Meine Kiefermuskeln spannten sich an, als ich noch einmal kurz im Türrahmen verharrte und mich umdrehte. »Ach, und Rowe? Ich rate dir dringend, Reese aus der ganzen Sache rauszuhalten. Sie hat mit all dem nichts zu tun. Das hier ist ein Ding zwischen dir und mir. Haben wir uns verstanden?«

Zurück in meinem Büro, ließ mich auf meinen Stuhl fallen. Ich lockerte meinen Hemdkragen, klappte den Laptop auf und rollte mit den Schultern. Nach dem Gespräch mit Parker Rowe fühlte ich mich bedeutend zuversichtlicher als vor wenigen Minuten. Voller Schwung und Tatendrang. Ich hatte eine Mission und musste mir nur noch eine Strategie überlegen. Einen Plan entwerfen und darüber nachdenken, wie ich Miss Heart am besten dorthin bekam, wo ich sie haben wollte. Vielleicht würde es etwas knifflig werden, aber ich würde Amelia davon überzeugen, dass sie nichts dringender wollte, als mit mir ins Bett zu steigen. Und als Nebeneffekt würde ich dieses beschissene Video einfordern und somit wieder die Kontrolle über mein Leben zurückerlangen.

4. Kapitel

Amelia

Ich spitzte die Ohren, als ich Miguel mit Nathan Westbrook durch die offene Tür auf dem Flur sprechen sah. Leider konnte ich nur einzelne unzusammenhängende Fetzen verstehen. Vielleicht sprachen sie über mich, denn Nathan machte eine eindeutige Kopfbewegung in meine Richtung. Ach, sollten sie doch reden. Alles, was mich interessierte, war mein Job.

Obwohl ich zugeben musste, dass ich Nathans Initiative, uns Kaffee zu bringen, wirklich charmant gefunden hatte, war ich erleichtert, als er das Büro wieder verlassen hatte. Möglicherweise war er nicht so ein großer Stinkstiefel, wie ich gedacht hatte. Und leider fand ich den Mann heißer, als mir lieb war. Zu meiner Erleichterung hatte ich bisher kaum etwas mit ihm zu tun gehabt und hoffte, dass es so bleiben würde. Ablenkungen konnte ich wirklich nicht gebrauchen. Und schon gar nicht in der Gestalt von Erotik auf zwei Beinen.

Ich seufzte innerlich auf und riss meinen Blick von den beiden Männern los, um die Änderungswünsche meines Kunden für sein neues Webportal im Grafikprogramm anzupassen.

Was für ein Glück, dass Miguel derjenige war, der mich einarbeitete. Abgesehen davon, dass er hin und wieder zu viel tratschte, war er ein lieber Kerl. Stets freundlich und geduldig, wenn er mir etwas erklärte. Miguel war vielleicht einen Touch zu lieb. Er besaß keine sichtbaren Ecken und Kanten und es fehlte ihm ein wenig der Biss. Was die Arbeit im Webdesign-Sektor allerdings anging, verfügte er über ein unschätzbares Wissen. Er hatte mich so ausführlich eingearbeitet, dass ich mittlerweile das Gefühl hatte, jedes Projekt allein handeln zu können. Und das wollte ich auch, denn ich strebte an, mehr als nur Miguels Assistentin zu sein. Nach meiner Probezeit, genauer in weniger als zwei Wochen, würde ich hoffentlich übernommen werden. Und dann würde ich mich für diese zweite Stelle in der Abteilung bewerben, die in Kürze ausgeschrieben werden sollte, wie Miguel mir vertraulich zugesteckt hatte. Wenn ich diesen Job bekommen würde, würden Miguel und ich gleichberechtigte Partner sein und mein Name künftig neben seinem auf allen Werbeflyern, Prospekten und der Webseite der Firma zu lesen sein. Ich konnte es nicht erwarten, bis Dad davon erfahren würde. Mit Miguel Garcia weiterhin zusammenzuarbeiten wäre für mich absolut in Ordnung. In seiner Gesellschaft fühlte ich mich wohl, nicht so angespannt wie in der Gegenwart meiner anderen männlichen Kollegen. Vielleicht, weil ich wusste, dass Miguel mir niemals unter den Rock schielen oder in den Ausschnitt spähen würde. Miguel Garcia stand auf Männer und das war gut so.

Nachdem ich konzentriert weitergearbeitet hatte und zum Teil in Zusammenarbeit mit Miguel einige Sachverhalte hatte klären können, erschien Beth' blonder Strubbelkopf im Türrahmen. »Hey Miguel. Amelia? Ich wollte dich zum Lunch abholen.«

»Was? Schon so spät?« Ich warf einen schnellen Blick auf meine Armbanduhr. »Okay, ich bin gleich so weit.« Flink tippte ich die Mail, die ich gerade formuliert hatte, fertig und klickte auf Senden. Anschließend klappte ich meinen Laptop zu und schnappte mir mit einem Lächeln meine Clutch. Ich freute mich immer, Beth Goodwin zu sehen. In den wenigen Wochen, die ich in L.A. lebte, war mir Beth fast so etwas wie eine Freundin geworden. »Wir können los.«

Da das Turner Building über keine eigene Kantine verfügte und die anderen Mitarbeiter sich entweder von zu Hause Lunchpakete mitbrachten oder irgendwelche Burger-Läden aufsuchten, hatten Beth und ich uns angewöhnt, zu *Daryl's Deli* zu gehen, einem kleinen, aber feinen Imbiss um die Ecke. Das Deli bot auch vegetarische Speisen an, was ich schätzte, da ich gerne mal auf Fleisch verzichtete. Genau diese Vielfalt liebte ich an unserem Bürogebäude, das in diesem bunten, von Einwanderern geprägten Viertel am Wilshire Boulevard lag. Es erinnerte mich an die Ecke von Downtown Boston, wo ich zuletzt gelebt hatte, und ließ mich ein bisschen weniger fremd in dieser riesigen Stadt an der Westküste fühlen.

Nachdem wir unsere Bestellung aufgegeben und wenig später an der Theke entgegengenommen hatten, machten wir es uns damit an einem der mit rot-weiß karierten Decken belegten Fenstertische bequem.

Beth nahm den Strohhalm ihrer Coke in den Mund und zog daran. »Amelia, wir kennen uns jetzt – wie lang?«, fragte sie mich anschließend.

Erstaunt sah ich von meinem Couscous-Chili auf. »Acht Wochen ungefähr.«

»Richtig.« Sie nahm ihr Käsesandwich in die Hand und sah mich eindringlich an. »Acht Wochen. Du weißt, dass mein richtiger Name Bethany Ann Goodwin lautet. Du weißt, dass ich es liebe, zu essen, was sich anhand meines jahrelang erworbenen Hüftgolds auch schwer leugnen lässt.« Sie nahm einen herzhaften Biss und grinste schief. »Und ich wiederum weiß, dass du gern Pralinen mit Trüffel und Bitterschokolade naschst und eisgekühlten Rosé magst. Dass du es vorziehst, Bücher zu lesen, anstatt mit fremden Menschen zu quatschen, und dich nach dem Regen von Boston sehnst. Wir sind Freunde, oder?«

Fasziniert studierte ich Beth' liebes, rundes Gesicht. Ohne viel Federlesens hatte sie mich unter ihre Fittiche genommen, als ich neu und fremd im Team gewesen war. Sie hatte mit mir das Büffet geplündert, als alle anderen bei der Firmenfeier zur Livemusik der mexikanischen Band ausgetickt waren. Sie versorgte mich regelmäßig bei unseren Lunchdates mit kleinen Insidergeschichten aus dem Büro. Beth, die mit ihrer im Rollstuhl sitzenden Mutter in einer WG lebte, war sechs Jahre älter als ich, aber wir hatten von der ersten Sekunde an auf einer Wellenlänge gelegen. Auch wenn ich nicht in die Firma gekommen war, um Freundschaften zu schließen, hatte ich unverhofft eine Freundin gefunden. Ja, ich schätzte, sie war wirklich eine.

»Das sind wir, Beth«, erwiderte ich warm und griff über

den Tisch hinweg nach ihrer Hand. »Ich bin wirklich froh, dass ich dich getroffen habe.« Sie erwiderte mein Lächeln und strubbelte sich durch das kurze blonde Haar. »Dann verrate mir, ob du noch einen anderen Namen hast. Einen Spitznamen vielleicht? Oder nennt dich in deiner Familie jeder Amelia?«

Ich schüttelte den Kopf und stocherte mit der Gabel in meinem Chili herum. »Nein. Meine Grandma mütterlicherseits nannte mich Amy.« In meiner Brust flammte ein spitzer Schmerz auf, als ich Granny erwähnte, denn sie war die Einzige, die mich je wirklich verstanden hatte. Ich vermisste ihre Wärme, ihre Liebe. Und ihren Apfelkuchen, an dessen perfekter Nachahmung ich seit Jahren übte. »Auf dem College und an der Highschool riefen sie mich ebenfalls Amy. In Wahrheit bin ich nur zu Hause bei meinen Eltern und hier am Arbeitsplatz Amelia«, gestand ich Beth. Mom hatte sich immer gesträubt, den, wie sie meinte, wunderschönen und alten Namen Amelia zu verunstalten, indem sie ihn abkürzte.

»Hättest du etwas dagegen, wenn ich dich ebenfalls Amy nenne? Es klingt viel fröhlicher. Unbeschwerter. Nicht so …«

»Steif?«, hakte ich lachend nach und musste unwillkürlich an Nathan Westbrooks Worte denken. ›Müssen Sie eigentlich immer so schrecklich steif sein?‹ Mein Herz schlug ein winziges bisschen schneller. »Du hast schon recht. Fürs Büro erschien mir mein voller Name einfach passend, aber so unter Freunden …« Erneut schüttelte ich den Kopf. »Das wäre schön.« Warum hatte ich Beth dies nicht viel eher vorgeschlagen?

Sie strahlte über das ganze Gesicht. »Weißt du was, Amy? Das müssen wir feiern. Heute nach Büroschluss im *Gigi's*, okay?«

Ich ließ meine Gabel sinken. Eigentlich hatte ich geplant, nach Feierabend in Ruhe zu Hause weiterzuarbeiten, um meinem Kunden morgen in aller Frühe das umgestaltete Logo für die brandneue Webseite präsentieren zu können. »Ach Beth, ich weiß nicht. Ich bin nicht so ...«

»Komm schon, sei kein Frosch.« Beth blies sich ihren Fransenpony aus dem Gesicht. »Wir besiegeln unsere Freundschaft mit einem Drink. Du wirst sehen, es wird lustig. Einverstanden?«

Ich stellte fest, dass es schier unmöglich war, ihren bittenden, großen grauen Augen zu widerstehen. Kapitulierend stieß ich einen leisen Seufzer aus. »Na gut. Überredet.« Einen Drink würde ich sicherlich verschmerzen. Überrascht stellte ich fest, dass ich mich insgeheim sogar über Beth' Einladung freute. Ich hatte schon seit gefühlten Ewigkeiten nichts mehr mit einer Freundin unternommen und diese Verabredung war die erste seit langer Zeit.

Beth organisierte uns einen Tisch in einer lauschigen Ecke, von der aus man einen guten Überblick über den Pub hatte und beobachten konnte, wer kam oder ging.

Eine junge Frau mit einem Wahnsinnsdekolleté und einer üppigen, wilden Mähne nahm unsere Bestellung auf. Ihre Creolen glitzerten im Licht der vielen Lämpchen, die über uns an der Decke in einem Netz funkelten.

»Das ist übrigens Brandi«, stellte Beth uns vor. »Brandi ist die gute Seele vom *Gigi's* und erfüllt alle Getränkewünsche. Und das, Brandi, ist Amy, eine neue Mitarbeiterin bei uns im Team. Ich hoffe, ich kann sie ab jetzt ein bisschen öfter überreden, mitzukommen.«

»Unbedingt. Willkommen im Pub.« Mit einem warmen Lächeln reichte Brandi mir ihre Hand.

»Ich muss zugeben, eure Lieblingsbar ist echt kuschelig«, bemerkte ich ein wenig später, an meinem eisgekühlten Rosé nippend. »Ich mag die hohen Kerzen auf den Tischen und dieses Lichternetz an der Decke. Die perfekte Kulisse für Verliebte.« Ich grinste Beth an, froh, dass sie mich gedrängt hatte, unserer Verabredung und dem *Gigi's* eine Chance zu geben.

»Mir scheint, du bist eine richtige Romantikerin, oder? Glaubst an die große Liebe und so?« Beth rührte mit dem Strohhalm in ihrem Drink.

»Mag sein. Wenn der richtige Zeitpunkt gekommen ist.«

»Und der richtige Kerl.«

»Sowieso. Aber das hat noch Zeit.«

»Er ist dir also bisher noch nicht begegnet?«

»Eher nicht.« Einen flüchtigen Augenblick dachte ich an Drake, meine On-off-Beziehung am College. Den Mann, mit dem ich soliden, guten – Schrägstrich langweiligen – Blümchensex praktiziert hatte. Drake war einer der vielen Frösche gewesen, die ich geküsst hatte. »Und dir?«

»Machst du Witze? Denkst du, ich hätte mir den Hüftspeck aus Langeweile angefuttert, Süße? Das sind reine Frustrollen.« Sie seufzte theatralisch, bevor sie wieder ihren Strohhalm zwischen die Lippen nahm.

»Ach Beth.« Wider Willen musste ich lachen. Ich liebte ihren trockenen Humor. »Du bist demnach auf der Suche?«

»Du nicht?«

Ich schüttelte den Kopf. »Ich bin weder an irgendwelchen Affären interessiert noch daran, mit irgendwelchen Männern zu flirten.«

Wie aufs Stichwort öffnete sich die Pubtür und Nathan Westbrook betrat den Raum.

Und mit diesem Exemplar schon gar nicht.

Beth und ich tauschten einen vielsagenden Blick, wobei sie eine Braue hob.

»Oh, oh. Da kommt Mr. Sexy höchstpersönlich.« Sie leckte über ihren Daumen und machte ein Zischgeräusch.

»Stehst du etwa auf ihn?«

»Ach, weißt du, mein Radar springt immer auf große, dunkelhaarige und extrem gut gebaute Männer an. Männer, die nicht in meiner Liga spielen.«

»Ach komm.« Liebevoll zwickte ich Beth in den Oberarm.

»Jetzt stell mal dein Licht nicht unter den Scheffel. Außerdem ist Nathan Westbrook gar nicht so umwerfend.« Es wunderte mich, dass mir angesichts dieser schamlosen Lüge keine Pinocchio-Nase wuchs. Wohl kaum eine Frau mit einem normalen Hormonlevel würde diese breiten Schultern, die schmalen Hüften und den knackigen Hintern in der eng anliegenden Businesshose übersehen. Nathan bewegte sich mit der geschmeidigen Eleganz einer Raubkatze. Sexy. Gefährlich. Zum Angriff bereit. Ich unterdrückte den albernen Wunsch, mich in Sicherheit bringen zu wollen.

»Nein im Ernst«, fuhr Beth fort und unterbrach damit meine Gedanken. »Ich zähle wohl kaum zu den Frauen, die in sein Beuteschema passen. Wie unsere hübsche Reese zum Beispiel.«

Ich hatte ebenfalls schon bemerkt, dass die beiden manchmal gewisse Blicke miteinander tauschten, die darauf schließen ließen, dass sie einander attraktiv fanden. Schließlich war ich nicht blind. Unwillkürlich dachte ich daran, wie sie bei der Firmenfeier die Köpfe zusammengesteckt hatten und schließlich verschwunden waren. »Bedauerst du das?«

Beth kniff die Augen zusammen, als wir verfolgten, wie Nathan neben einem drahtigen Schwarzhaarigen mit südamerikanischem Einschlag an der Theke Platz nahm. »Nicht wirklich. Ich würde mich nicht ernsthaft für jemanden wie Nathan Westbrook interessieren. Ich glaube, der Mann schleppt eine Menge Gepäck mit sich herum, auch wenn er allzu gern den charmanten Player mimt. Ich habe schon genug damit zu tun, mich um Moms Probleme zu kümmern.«

»Glaubst du das wirklich?«

»Ich kenne Nate schon ein bisschen länger als du, Süße. Er ist ein prima Kerl, und hey, ja, er ist ein verdammter Sexgott, aber ich bin mir sicher, es steckt eine traurige Geschichte hinter seinem Killerlächeln. Ihm ist mal etwas Entsprechendes herausgeschlüpft, als wir zu später Stunde und in Gesellschaft einiger Drinks im *Gigi's* zusammengesessen hatten.« Sie zuckte mit den Schultern. »Als ich vorsichtig nachgefragt habe, hat er dichtgemacht. Typisch Mann.«

Wow. Nachdenklich musterte ich das beeindruckende V seines Rückens. Beth' Vermutung ließ den

Mann in meinen Augen schlagartig interessanter erscheinen. Ich hatte schon immer eine Schwäche für verlorene Seelen gehabt. Vielleicht, weil ich selbst wohlbehütet aufgewachsen war und es mir nie an etwas gefehlt hatte. Außer an Dads Achtung und Wertschätzung.

Energisch schob ich diesen aufflackernden Gedanken von mir. Ich wollte allerdings auch nicht länger über Nathan Westbrook nachgrübeln und schon gar nicht wollte ich ihn auf irgendeine Art und Weise interessant finden. Ich versetzte mir einen virtuellen Tritt in den Hintern, der mich daran erinnern sollte, dass ich mir vorgenommen hatte, ihm – und allen anderen sexy Männern – aus dem Weg zu gehen. Aus guten Gründen. Keine Ablenkungen. Keine Affären. Ich wollte mich auf mein Ziel konzentrieren, und deshalb hatte für mich im Moment nur eine einzige Sache Priorität: Mein Erfolg.

Nate

Joe hatte bereits einen Drink in der Hand, als ich gegen fünf Uhr nachmittags das *Gigi's* betrat. Wie üblich saß er an der Theke. Sein Gesicht erhellte sich, als er mich bemerkte, und er winkte heftig, um auf sich aufmerksam zu machen.

»Hey Mann, Nate, wie geht's?«

Wir tauschten ein Grinsen und eine Bro-Fist.

»Joe.« Ich setzte mich auf den Hocker neben ihm und bestellte bei Brandi ein eisgekühltes Miller Light.

Joe hob eine dunkle Braue. »Heute keinen Whisky? Was ist los, bist du krank?«

»Nope.« Ich stützte meine Unterarme auf den Tresen und spielte mit ein paar Bierdeckeln, die in Reichweite lagen. »Muss einen klaren Kopf bewahren.«

Joe nippte an seinem Drink und ließ mich dabei nicht aus den Augen. »Gibt es Neuigkeiten bezüglich dieses Videos?«, wollte er anschließend wissen. Er machte eine Kopfbewegung in den Raum hinein. »Dieser Rowe ist noch nicht aufgetaucht, wenn es dich interessiert. Bisher habe ich nur die Assistentin von Millard gesehen, in Begleitung einer unbekannten Brünetten.«

Ich hob alarmiert den Blick. »Eine Brünette?«

»Jep. Dem Aussehen nach könnte es diese Amy oder Annie sein, von der du mir erzählt hast.«

»Amelia.« Sie war hier in der Bar? Ich konnte mich nicht erinnern, dass sie das *Gigi's* bisher mit ihrer Anwesenheit beehrt hätte. Nicht, dass ich besonders darauf geachtet hätte, denn Amelia gehörte definitiv nicht zu dem Kreis der Mitarbeiter unserer Belegschaft, für die der kleine Pub zum zweiten Zuhause geworden war. »Echt jetzt?«

Joe nickte. »Sitzt da hinten.«

Unauffällig drehte ich mich um und ließ beiläufig meinen Blick durch den Raum schweifen. Dort drüben saß Miss Heart und nippte an einem Getränk, während sie Beth zuhörte, die ihr gestenreich irgendetwas erzählte, und sie damit zum Lachen brachte. Unvermittelt sah sie in meine Richtung und unsere Blicke trafen sich. Ich nickte ihr lächelnd zu und bemerkte, wie sie daraufhin ihre Lippen mit der Zungenspitze befeuchtete. Machte meine Anwesenheit sie nervös?

Ich registrierte, wie der enge Rock einen ihrer Ober-schenkel entblößte, weil sie die Beine übereinanderge-schlagen hatte. Ein verdammt netter Anblick, schoss es mir durch den Kopf, bevor ich mich wieder Joe zu-wandte, um ihm von meiner Entscheidung zu berich-ten. Ich wollte gerade loslegen, als Brandi mein Bier brachte und in mir eine spontane Idee aufkam. »Süße, bist du so lieb und spendierst den beiden Ladys dort hinten am Tisch«, ich deutete mit dem Daumen über meine Schulter, »einen Drink auf meine Rechnung?« Ich bedachte Brandi mit einem freundlichen Augen-zwinkern. »Mit einem Gruß von Nate Westbrook, ja?«

Brandis pinkfarben geschminkte Lippen kräuselten sich. »Nate, du bist unverbesserlich. Wenn du nicht so verdammt heiß und charmant wärst, könnte ich dich glatt hassen.« Sie warf mir einen Luftkuss zu, bevor sie sich in Bewegung setzte und ich in mich hinein-schmunzelte.

»Du übertreibst es wirklich, Nate.« Joe schüttelte den Kopf.

»So langsam solltest du mal darüber nachdenken, dir etwas Festes zu suchen. Du wirst schließlich auch nicht jünger.« Er leerte sein Getränk und die Eiswürfel klirr-ten gegen das Glas, als er es abstellte. »Vielleicht säßest du dann nicht wie jetzt in der Klemme.« Er zwinkerte mir zu. »Schau mich an. Ich bin glücklich mit meiner Liv und wir werden noch glücklicher sein, wenn das Baby erst geboren ist.«

Nachdenklich nahm ich mein Bier in die Hand. »Ich bin nicht wie du, Minoso. Kann sein, dass dieses Le-bensmodell für dich funktioniert. Ich komme gut klar und mag meins so, wie es ist.«

»Wirklich?«

Ich sah die leisen Zweifel in seinen Augen. »Jepp.«

»Wenn du das sagst.« Er zuckte mit einer Schulter. »Und was gedenkst du wegen dieser Erpressung zu tun?«

»Das wollte ich dir gerade erzählen. Ich habe mich auf Rowes Handel eingelassen.«

»Ist nicht dein Ernst!«

»Ist es.« Ich setzte meine Flasche an die Lippen. Das Bier floss kalt meine Kehle hinab.

»Du überlässt ihm also doch deinen Auftrag?«

Ich lachte leise auf. »Was denkst du denn, warum ich den beiden Ladys eben einen Drink spendiert habe? Ich werde ...«

»Komm schon, Nate«, unterbrach Joe mich und durchbohrte mich mit seinem dunklen Blick. »So ein Schwachsinn. Du verarschst mich.«

Diesmal war ich derjenige, der den Kopf schüttelte. »Versuch jetzt nicht, es mir auszureden, Minoso. Ich habe mich entschieden.«

Joe hob gerade zu einer Antwort an, als sich das iPhone in seiner Brusttasche meldete. »Jepp. Si, mi amor.« Unsere Blicke trafen sich. Livvy, formten seine Lippen lautlos. »Ich bin noch im *Gigi's*. Okay, kein Problem. Ich bring dir deine Orangen. Bis gleich.« Mit einem Schmunzeln ließ er das Smartphone zurück in die Tasche gleiten.

»Schwangere und ihre Gelüste. Ich könnte ganze Bücher darüber schreiben.« Er schob eine Zehndollarnote unter den kleinen Teller mit den Erdnüssen und stieg vom Hocker. »Du hast ja gehört, Liv wartet auf mich. Ich mache mich auf den Weg.«

»Grüß sie schön von mir«, bat ich ihn. Ich mochte Olivia Minoso, eine rassige Dunkelhaarige mit puerto-ricanischen Wurzeln, die mich schon zwei-, dreimal zum Dinner zu sich nach Hause eingeladen hatte, gut leiden. Joe hatte echt Glück mit seiner Süßen.

»Mach ich. Hör zu, Nate. Ich bin dein Freund und du weißt, ich bin auf deiner Seite. Aber das, was du da vorhast, finde ich wirklich reichlich bescheuert.« Er legte mir eine Hand auf die Schulter, bevor er sich abwandte.

»Schon recht, Minoso«, murmelte ich, obwohl er es nicht mehr hören konnte. Manchmal musste man eben etwas Bescheuertes tun, um seinen Arsch zu retten.

Ich trank mein Bier aus, zahlte und erfuhr von Brandi, dass Amelia es abgelehnt hatte, sich einen Drink auf meinen Namen servieren zu lassen. Amüsiert erhob ich mich. Es gefiel mir ausnehmend gut, dass die Frau nicht leicht zu haben war. Das gestaltete die ganze Sache umso interessanter. Allerdings bedeutete es auch, dass ich mich mehr ins Zeug legen musste, denn die Uhr tickte. Die Minuten waren angezählt.

Als ich mich mit meinem Jackett über der Schulter umdrehte, stellte ich fest, dass Beth allein am Tisch saß. Amelias Blazer lag jedoch neben ihr auf dem Ledersitz, was wohl bedeutete, dass Amelia sich das Näschen pudern gegangen war. Perfekt. Auf diese Weise konnte ich sie auf dem Gang abpassen.

Ich winkte Beth freundlich zu und sie formte ein Danke mit den Lippen und hob ihr Glas. Im Vorbeigehen klopfte ich mir auf die Brust, um ihr zu signalisieren, dass es mir eine Freude gewesen war, ihr den Drink zu spendieren. Mein Timing war perfekt. Amelia verließ gerade die Damentoilette. Sie schloss die Tür und drehte sich um. Ich blieb stehen und wich keinen Zentimeter zurück. Wir waren uns so nah, dass ich die winzigen Härchen auf dem Schwung ihrer Oberlippe erkennen konnte. Zu gern hätte ich meine Hand gehoben und mit dem Daumen darübergestrichen. Ihre Brust in der engen Bluse hob und senkte sich rasch, als würde sie meine Gedanken lesen. Ich sah Erstaunen in ihren goldfarbenen Augen aufblitzen. Überraschung. Dann hoben sich ihre Mundwinkel zu einem winzigen Lächeln.

»Schon wieder auf einen Flirtversuch aus, Westbrook?«

»Hätten Sie das denn gerne?«

»Was denken Sie, ist der Grund, warum ich Ihren Drink nicht angenommen habe?«, konterte sie mit einer Gegenfrage.

»Schade. Ich wollte lediglich zwei netten Ladys den Abend versüßen.«

Sie presste ihre Lippen aufeinander, bevor sie erneut mit der Zungenspitze darüberfuhr. Diese vollen Lippen mit dem sinnlichen Schwung. Sie ahnte ja nicht, dass diese Bewegung direkt in meinen Schwanz schoss. »Es scheint zu stimmen, was man so über Sie munkelt.«

Lässig lehnte ich mich gegen den Türrahmen. »Und Sie scheinen mir niemand zu sein, der viel auf Geschwätz gibt, Amelia. Aber mal so aus Neugier, was erzählt man sich denn so über mich?«

»Nun ...« Sie unterbrach sich und streifte einen jungen Mann, der gerade die Herrentoiletten verließ, mit einem Seitenblick.

»Zum Beispiel, dass Sie gern jedem Rock nachjagen.«

»Das halte ich für etwas übertrieben.« Ich schmunzelte, weil sich auf ihren Wangen zwei rote Flecken bildeten. »Aber es wäre tatsächlich vermessen, zu behaupten, ich hätte keine Schwäche für hübsche Frauen.«

»Und für Sex.«

»Und für Sex«, bestätigte ich und konzentrierte mich auf ihre Augen. Damit ich nicht wieder von dieser erdbeerroten Zungenspitze abgelenkt wurde, die zwischen den perlweißen Zähnen hervorblitzte.

»Dachte ich mir.«

Bevor sie reagieren konnte, neigte ich mich zu ihr herab und drehte blitzschnell den Kopf, sodass meine Lippen ihre berührten. Sie öffneten sich unter meinem verlangenden Druck und Amelia stieß einen kleinen zitternden Seufzer aus, bevor sie meiner Zunge Einlass gewährte. Zumindest lief es in meiner Fantasie so ab, leider nur in dieser. In ihrer allerdings vermutlich auch, denn als ich ihr wieder in die Augen sah, glitzerte unverhohlenes Verlangen in dem dunklen Gold und sie atmete ein bisschen schneller.

»Mit diesen Lippen«, mein Blick glitt wieder hinab zu ihrem Mund, »können Sie einem Mann den Verstand rauben, Amelia.«

»Was Sie nicht sagen.« Ihr Lachen klang kehlig und rau. Unheimlich sexy. Oh ja. Ich war mir sicher, hinter ihrer kühlen Fassade schlummerte mehr, so viel mehr, als zunächst zu erahnen war. Sie war so verdammt unschuldig und gleichzeitig sehr sinnlich. Das machte sie zu einer Herausforderung. Und ich liebte Herausforderungen.

Ich neigte mich zu ihr. »Dann wird das, was ich gleich zu Ihnen sagen werde, auch keine große Überraschung für Sie sein«, raunte ich ihr ins Ohr. Verdammt, sie roch so gut. »Wissen Sie was, Miss Heart?« Ich machte eine dramatische Pause, in der ich sie nach Luft schnappen hörte. »Ich werde Sie in mein Bett locken und Dinge mit Ihnen tun, von denen Sie nicht einmal zu träumen wagen.«

Für ein paar Sekunden fühlte ich, wie sie erstarrte. Dann machte sie einen Schritt zurück. Wütende goldene Blitze schossen förmlich aus ihren Augen, als sie ihre Hände in die schmalen Hüften stemmte und mich anfunkelte.

»Ist Ihnen jemals der Osterhase an Weihnachten begegnet, Westbrook?«

Mein Grinsen vertiefte sich. Erwähnte ich bereits, dass ich Herausforderungen liebte? »Man sollte niemals aufhören, das scheinbar Unmögliche für möglich zu halten.« Mit diesen Worten wandte ich mich ab, durchmaß den Flur und stieß die Tür auf. Milde, schwüle Nachtluft schlug mir entgegen, als ich ins Freie trat.

»Riesenarsch!«, hörte ich sie in meinem Rücken murmeln und seltsamerweise erfüllte mich dieses kleine Wort mit Befriedigung. Auch wenn sie noch so vehement versuchte, es zu verbergen, bildete ich mir ein, in ihrer Miene Interesse entdeckt zu haben.

5. Kapitel

Amelia

Am nächsten Morgen betrat ich voller Elan unser Büro-gebäude. Es war das erste Mal, dass mich der imposante Anblick dieser aus Glas und Chrom glitzernden Emp-fangshalle nicht einschüchterte. Das erste Mal, dass ich das sichere Gefühl hatte, ich würde es schaffen. Dass ich meine mir gesteckten Ziele erreichen würde. Ich fühlte mich nicht mehr ganz so fremd. Dank Beth wurde ich langsam ein richtiges Mitglied des Teams, auch wenn ich bis jetzt mit den meisten meiner Arbeits-kollegen nicht mehr als ein paar höfliche Belanglosig-keiten ausgetauscht hatte.

Die Absätze meiner Manolo Blahniks klackerten fröhlich über den polierten Granitboden, als ich durch die Lobby ging und den Aufzug ansteuerte. Jam winkte mir wie jeden Arbeitstag von seinem Sitzplatz hinter dem Empfang freundlich zu. Übermütig blies ich ihm ein Luftküsschen hinüber. Der gestrige Abend im *Gigi's* war – wenn man von dem kleinen Intermezzo im Flur vor den Toiletten mal absah – ein voller Erfolg gewe-sen. Ich hatte schon lange nicht mehr so herzhaft und laut gelacht wie mit Beth. Brandi war ab und zu vorbeigekommen, um uns mit Drinks und kleinen Geschichten über das *Gigi's* zu versorgen, sogar Mark Sorensen, ein eher schweigsamer Typ aus der Buchhaltung, hatte sich für ein Bier zu uns gesetzt. Zu meiner Überraschung war ich nicht abgeneigt, etwas Derartiges irgendwann einmal zu wiederholen. Vorausgesetzt, meine Arbeit litt nicht darunter.

Über das Zusammentreffen mit Nathan und seine seltsame Prophezeiung hatte ich Beth gegenüber geschwiegen. Auf der einen Seite war mir die Begegnung peinlich gewesen, außerdem wollte ich nicht, dass Beth falsche Schlüsse zog. Sicher hatte er sich nur einen dummen Scherz erlaubt, indem er so getan hatte, als würde er mich jeden Moment küssen wollen. Und dann sein Gerede von meinen Lippen und dass er mich in sein Bett locken würde! Bullshit.

Ich verdrehte die Augen und hob unwillkürlich die Hand, um mit dem Zeigefinger der Kontur meines Mundes zu folgen. Ach, zum Teufel mit diesem Mann! Er schaffte es noch, mir Flausen in den Kopf zu setzen oder mich auf unsinnige Ideen zu bringen. Genau dieser Art von Ablenkung gedachte ich, aus dem Weg zu gehen, und ich würde alles dafür tun, damit dieser Kerl sich nicht ständig in meine Gedanken schlich. Ich würde ihm nicht erlauben, meine ausgefeilten Pläne und Vorsätze durcheinanderzubringen.

Sorgfältig glättete ich den feinen Stoff meines engen Rocks und straffte die Schultern, während ich auf den Lift wartete. Ich war fest entschlossen, Nathan Westbrook die kalte Schulter zu zeigen und mich von seiner Gegenwart nicht nochmals verunsichern zu lassen. Ich war auch früher schon mit aufdringlichen Kerlen fertig geworden, die dachten, alle Sterne des Universums würden um sie kreisen. Okay, zugegeben, keiner von ihnen hatte auch nur annähernd so umwerfend ausgesehen wie Nathan, keiner hatte diesen unwiderstehlichen Sex-Appeal besessen. Trotzdem. Er konnte noch so viel Süßholz raspeln oder mir schöne Augen machen, er würde keinen Erfolg haben. An Amelia Rose Heart würde er sich seine perfekten weißen Zähne ausbeißen. Diese Vorstellung entlockte mir ein kleines Lachen.

Die Aufzugtüren öffneten sich und ich trat in die Kabine, als ich eine weibliche Stimme meinen Namen rufen hörte.

»Amy! Warte auf mich!« Beth erschien im Eingang, leicht außer Atem. »Hey! Nimmst du mich mit?«

»Dich immer. Guten Morgen Beth.« Ich hauchte ihr ein Küsschen auf die nach Jasminblüten duftende Wange. »Mhh ... Du riechst lecker.«

»Flowergirl von Beverly Hills Creations«, erklärte sie augenzwinkernd und drückte den Knopf für die vierte Etage. Der Aufzug setzte sich in Bewegung. »Hast du unseren Abend gestern gut überstanden?«

»Mehr als das. Es war fantastisch. Danke Beth, dass du mich überredet hast.«

»Dann gehe ich davon aus, dass du hin und wieder mit von der Partie bist, wenn wir als Team das *Gigi's* unsicher machen?«

»Möglich.« Solange mir nicht wieder dunkelhaarige, sexy Männer im Flur vor den Toiletten auflauern und damit drohen, mich ins Bett abzuschleppen, ergänzte ich trocken in Gedanken.

»Deinem Grinsen nach zu urteilen, sprühst du entweder vor guter Laune oder …« Beth musterte mich forschend. »Oder du denkst gerade an irgendeinen heißen Typen, der dir eben unten in der Lobby begegnet ist.«

»Oh, da muss ich dich enttäuschen.« Ich trat beiseite, um Beth zuerst aussteigen zu lassen, nachdem der Aufzug in unserem Stockwerk gehalten hatte. »Jam ist zwar wirklich entzückend, entspricht aber nicht so ganz meiner Altersklasse.«

Beth drehte sich um und lächelte amüsiert. »Dieses Thema können wir gern beim Lunch vertiefen. Ich hole dich wie üblich ab, okay?«

»Einverstanden. Mit beiden Vorschlägen.« Lachend stieß ich die Glastür zu unseren Büroräumen auf und wir begrüßten Reese am Empfangstresen, bevor wir unsere jeweiligen Postfächer auf Nachrichten checkten.

Noch in Gedanken bei dem Gespräch mit Beth trat ich durch die Tür zu meinem und Miguels Büro. Wie vom Blitz getroffen, verharrte ich mitten in der Bewegung und starrte Nathan an. Der hatte es sich frech auf Miguels Drehstuhl bequem gemacht und blickte mir mit einem schiefen Grinsen entgegen. Sofort dachte ich wieder an seine Worte von gestern Abend im Pub.

»Was machen Sie denn hier?«, fragte ich ihn stirnrunzelnd, wobei ich meinen Schreibtischstuhl anvisierte, um mich zu setzen, denn meine Knie fühlten sich butterweich an. Nathans bloße Anwesenheit brachte mich total aus dem Konzept. Vielleicht könnte ich ihn einfach ignorieren? Tja, so einfach machte es mir das Schicksal, mein Karma oder wer auch immer hier das Sagen hatte, leider nicht. Zu meinem Horror musste ich feststellen, dass jede einzelne Zelle in mir mit einem geradezu verräterischen Kribbeln auf diesen Mann reagierte. Ich konnte mir noch so sehr vornehmen, mich durch ihn nicht verunsichern zu lassen, mein Körper machte mir einen Strich durch die Rechnung. Ich spürte, wie mein Herz schneller schlug, und bemühte mich, seinen Blick gelassen zu erwidern, als er sich erhob und auf mich zukam.

»Haben Sie sich verlaufen? Oder möchten Sie mir wieder Kaffee anbieten?« Oder einen Kuss?

Seine Mundwinkel zuckten. »Keins von beidem.« Sein Blick wanderte hinab zu meinen Lippen und blieb dort hängen. Unwillkürlich leckte ich mir mit der Zunge darüber und sah, wie er schluckte. Er schien von ihnen tatsächlich fasziniert zu sein.

»Was ...«

»... ich will?« Er stützte sich mit beiden Händen auf der Tischplatte ab und sah mir in die Augen. Viel zu nah. Er hatte hübsche Augen, stellte ich beiläufig fest. Für einen Mann. Dunkle, dichte Wimpern. Und die Iris war schokoladenbraun. Hershey-schokoladenbraun. Genau wie diese Pralinen, die ich so liebte, mit der süßen Mandel-Nuss-Mischung innendrin.

Ich lenkte meinen Blick hinab, doch das machte es auch nicht besser. Krampfhaft bemühte ich mich, nicht auf diese dunkelgoldenen Härchen auf seinen sehnigen Unterarmen zu starren, die die hochgerollten Hemdsärmel entblößten.

»Können Sie sich das nicht denken? Ich möchte gern noch einmal auf unser Gespräch von gestern im Pub zurückkommen.« Nathan hielt meinen Blick gefangen. Sämtliche Alarmglocken schrillten in mir auf. Ich würde den Teufel tun und mich nochmals auf ein derartiges Thema einlassen.

»Ich wüsste nicht, was es da noch zu besprechen gäbe, Nathan«, entgegnete ich so kühl, wie es mir mein hämmerndes Herz gestattete. »Ich glaube, ich habe Ihnen die entsprechende Antwort bereits gegeben. Jetzt habe ich vor zu arbeiten, wenn Sie mich also bitte entschuldigen.« Unauffällig schielte ich zur Tür, hoffte auf Erlösung in Gestalt von Miguel Garcia. Normalerweise war mein Kollege die Pünktlichkeit in Person. Ausgerechnet heute jedoch schien er eine Ausnahme zu machen. Ich stieß einen stummen Seufzer aus. Na gut. Vielleicht würde Nathan verschwinden, wenn ich jetzt meinen Laptop öffnete und …

»Sie reizen mich, Amelia.«

Ich drückte die Einschalttaste, richtete meinen Blick auf den Bildschirm. Komm schon, komm schon.

»Ich möchte diese wunderschönen, vollen Lippen küssen. Mit meiner Zunge erkunden. An ihnen knabbern. Saugen.«

Verdammt. Mir wurde heiß. Ich fing an, in meiner Kostümjacke zu schwitzen. Nein. Ich würde ihm nicht die Genugtuung geben, den Blazer auszuziehen. Stirnrunzelnd tippte ich mein Passwort ein.

Wartete.

»Ich möchte wissen, wie Sie schmecken, Amelia.« Das dunkle Timbre von Nathans Stimme schwebte durch den Raum.

Ich spürte meinen Puls an meiner Kehle klopfen. Eingegangene Mails. Ich klickte, sah Buchstaben und Worte. Nichts, was einen Sinn ergab. Ich starrte auf den

Bildschirm und nahm nichts davon wahr, was dort stand.

»Überall.«

Das verlangende Pulsieren in meinem Schoß ignorierend, reckte ich mein Kinn und sah Nathan direkt ins Gesicht. »Wenn Sie nicht gleich still sind, werden Sie wissen, wie sich meine Hand auf Ihrer Wange anfühlt, Nathan Westbrook!«

Er beugte sich noch ein wenig vor. »Sie sind eine kleine Kratzbürste, wissen Sie das?« In seiner Stimme schwang Belustigung mit, als wir einander anstarrten. Sein Duft umfing mich und ich konnte die winzigen Bartstoppeln über seinen sinnlichen Lippen erkennen, die in Kontrast zu dem kantigen Kinn standen.

»Und Sie sind schlecht rasiert.«

Sein Grinsen wurde breiter. Was zum Teufel sollte das hier? Wollte er mich zu einem Blickduell herausfordern? Ich hatte weder Interesse noch die Zeit oder gar Geduld für solche Spielchen.

Da er nicht auf meine Bemerkung einging, bedachte ich ihn mit einem spöttischen Lächeln. »Aha. Sie finden also, ich sei eine Kratzbürste. Dann frage ich mich allerdings, was Sie hier in meinem Büro machen und warum Sie sich über meinen Tisch beugen, als wollten Sie mir in den Ausschnitt spähen.«

»Was allerdings vergebene Liebesmühe wäre, da Sie es offensichtlich vorziehen, wie eine Internatsschülerin herumzulaufen.«

Einen Wimpernschlag lang blieb mir die Luft weg. »Und? Haben Sie etwa ein Problem mit geschlossenen Blusenknöpfen?«, konterte ich, als ich meine Sprache wiedergefunden hatte.

In seinen braunen Augen blitzte etwas auf. Etwas Dunkles, Gefährliches, das einen heißen Schauer durch meine Adern jagte. »Ich hätte absolut kein Problem damit, Ihnen aus Ihrer Bluse zu helfen«, sagte er leise lachend und heftete seinen Blick auf meine Brust.

Ich räusperte mich. »Das überrascht mich nicht sonderlich«, erwiderte ich und bemühte mich, meiner Stimme Festigkeit zu verleihen, obwohl sich mein Körper einmal mehr als Verräter entpuppte und meine Brustspitzen sich nach Nathans Bemerkung aufgerichtet hatten. »Denn wir wissen ja beide, dass Sie bekannt dafür sind, jedem Rock nachzusteigen.« Ich betete, dass er mir meine Erregung nicht ansah.

Langsam nahm Nate die Handflächen vom Tisch, richtete sich auf und verschränkte seine Arme vor der Brust. »Bin ich das?« Träge lenkte er seinen Blick zurück auf mein Gesicht.

Mein Atem wurde unregelmäßig. »Allerdings. Warum Sie jedoch versuchen, gerade mich anzubaggern, ist mir ein Rätsel.« Weil ich mich ihm gegenüber in der sitzenden Position benachteiligt fühlte, erhob ich mich und verschränkte ebenfalls die Arme vor der Brust.

Nathan umrundete meinen Schreibtisch und kam auf mich zu. Dicht vor mir blieb er stehen. Obwohl ich seine Nähe geradezu als überwältigend empfand und sich unsere Körper fast berührten, tat ich ihm nicht den Gefallen, zurückzuweichen. Niemals würde ich mir anmerken lassen, dass er mich aus dem Gleichgewicht gebracht hatte. Ich würde ihm widerstehen. Ihm die Grenzen aufzeigen.

»Können Sie sich das wirklich nicht vorstellen?« Sekundenlang hielt ich die Luft an, als er unvermittelt eine Hand hob und mit einem Finger an meinem Wangenknochen entlang bis hinunter zu meiner Kehle strich, dorthin, wo mein Puls hektisch pochte. »Was soll das, Nathan? Haben Sie so große Sehnsucht danach, meine Finger auf Ihrem Gesicht zu spüren?« Ich versuchte, seinen Geruch auszublenden. Diesen verflucht himmlischen, sexy Geruch nach Leder, Sandelholz und Sommergras. Und sein leises Lachen, das wie Champagner durch meinen Körper prickelte.

»Nennen Sie mich doch Nate, so wie alle anderen. Und was Ihre Finger auf meinem Gesicht betrifft – seien Sie nachsichtig mit mir, Amelia. Sie faszinieren mich einfach viel zu sehr, als dass ich mich von Ihnen fernhalten könnte«, sagte er, den Blick erneut auf meinen Mund geheftet.

Oh, verflucht. Der Mann war ein Meister der Worte. Leider würde er die Erfahrung machen, dass seine Eloquenz bei mir nicht funktionierte. »Ich glaube nicht ...« Die Sitzflächenkante meines Stuhls drückte mir in die Kniekehlen, als ich einen Schritt nach hinten machte.

»Glauben Sie es ruhig.« Nate fuhr fort, auf meine Lippen zu starren. »Seit dem Moment an, da Sie bei unserer Begegnung am Fahrstuhl Ihr Bett erwähnten, kann ich nur noch daran denken.« Wie er das Wort *Bett* betonte! Mein Blut begann zu kochen. Ich wollte zur Seite ausweichen, doch blitzschnell griff er nach meinem Handgelenk, um mich festzuhalten. »Weißt du, was ich gerne tun würde?« Sein Daumen streichelte die zarte Haut innen an meinem Gelenk in kleinen verführerischen Kreisen. Am liebsten hätte ich die Augen geschlossen und die Berührung genossen. Schon lang hatte mich niemand mehr so sinnlich angefasst.

Oh Gott, ich war ja verrückt! So langsam, aber sicher schien ich den Verstand zu verlieren. Entschlossen riss ich mich los.

»Es interessiert mich nicht, Nathan Westbrook. Es interessiert mich nicht, was Sie denken oder sagen. Sie interessieren mich nicht«, fauchte ich und funkelte ihn an. »Und ich wüsste nicht, dass ich Ihnen erlaubt hätte, mich zu duzen! Und jetzt lassen Sie mich endlich arbeiten!« Ich setzte mich und gab vor, schrecklich mit dem Papierhaufen vor meiner Nase beschäftigt zu sein, als mir einfiel, dass ich zuletzt ja auf meinem Laptop meine eingegangenen Mails angesehen hatte. Shit, der Mann hatte mich ziemlich durcheinandergebracht. Ich war doch sonst nicht so leicht zu beeindrucken! Wahrscheinlich näherte ich mich wieder dieser unseligen Zeit im Monat, wo ich meinen eigenen Gefühlen nicht trauen konnte und mein Vorrat an Schokoladenpralinen stets drastisch schrumpfte. Als ich den Blick hob, weil Nathan keine Anstalten machte, zu verschwinden, bemerkte ich das amüsierte Zucken um seine Mundwinkel.

»Ich liebe es, wie deine Augen blitzen, wenn du zornig bist«, sagte er lächelnd.

»Und ich«, begann ich, verstummte jedoch, weil er sich unvermittelt abwandte. Möchte jetzt gern, dass du deinen Hintern Richtung Ausgang bewegst! »Bevor Sie mein Büro verlassen, Nathan!«, rief ich ihm hinterher, weil er schon fast draußen war, »rate ich Ihnen, derartige Besuche in Zukunft zu vermeiden. Ihre Flirtversuche fallen bei mir nicht auf fruchtbaren Boden.«

Er drehte sich nicht mehr um und ich bildete mir ein, ihn durch die offene Tür leise lachen zu hören. Mistkerl.

Es würde sicher lang dauern, bis ich meinen hämmernden Puls wieder unter Kontrolle bekommen würde. Und schuld war er. Dieser ... Teufel der Verführung. Einfach unfassbar, dieser Mann. Diese Unverschämtheit, gepaart mit der dunklen Attraktivität und dem durchtrainierten Body – eine tödliche Mischung. Was mich allerdings am meisten ärgerte, war die Tatsache, dass ich derart heftig auf ihn reagierte. Er war doch nicht der erste gut aussehende Kerl, der mir begegnete. Aber jedes Mal, jedes verdammte Mal, wenn ich ihn sah, stellte ich mir vor, wie seine kräftigen, langen Finger über die empfindliche Haut meiner Brüste glitten, mich an unaussprechlichen Stellen streichelten und ...

Wow. Ich musste es mir wohl eingestehen. Ich – Amelia Rose Heart – sehnte mich nach Sex. Nach schmutzigem, verdorbenem, schlüpfrigem, heißem Sex. Verdammte Hitze. Ich hatte dringend eine Abkühlung nötig. Ich entledigte mich eilig meiner Kostümjacke und hängte sie über die Lehne meines Drehstuhls, bevor ich das Büro verließ, um die Damentoilette aufzusuchen. Dort drehte ich den Wasserhahn auf und spritzte mir das kühle Nass ins Gesicht. Wie gut, dass ich außer einem Hauch Lipgloss kein Make-up trug. Mal davon abgesehen, dass man sich ständig darum sorgen musste, ob nicht irgendwo etwas verlief oder verschmierte, war ich mit dem Porzellanteint meiner Mom gesegnet, der nur von ein paar einsamen Sommersprossen über meiner Nase unterbrochen wurde.

Mit den feuchten Fingern strich ich über mein kastanienbraunes Haar, da sich ein paar Strähnchen aus meinem Pferdeschwanz gelöst hatten, und betrachtete mich anschließend im Spiegel. Ich stellte sicher, dass der verdammte oberste Blusenknopf geschlossen war. Es war mir wichtig, im Job Professionalität und Seriosität auszustrahlen. Und das tat ich. Ich hatte mich wieder im Griff. In Zukunft würde ich jegliche Annäherungsversuche von Nathan oder irgendeinem anderen schon im Voraus entschieden abwehren.

Zufrieden lächelnd nickte ich meinem Spiegelbild zu und trat den Rückweg an. Auf dem Flur begegnete ich Parker Rowe. Mit ihm hatte ich von allen Kollegen bisher am wenigsten zu tun gehabt und er hatte etwas Undurchsichtiges an sich, das ich nicht einordnen konnte. Dennoch grüßte ich ihn wie immer mit einem freundlichen, knappen Hi, das er breit grinsend erwiderte. Er fixierte mich dabei allerdings mit seinen hellen Augen auf eine merkwürdige Art und Weise, dass mir ein Gänsehautschauer über die Wirbelsäule lief. Ich schüttelte das merkwürdige Gefühl von mir und schloss nachdrücklich die Tür, nachdem ich Miguels und mein Büro betreten hatte.

6. Kapitel

Amelia

Für den Rest des Tages gelang es mir, Nathan aus dem Weg zu gehen. Ich vertiefte mich in mein Projekt, schickte meinem Kunden das neu entworfene Logo, das zu meiner Freude viel Lob erntete, und bat Beth, mir ausnahmsweise ein Sandwich vom Deli mitzubringen. Ich kniete mich in die Arbeit, verschanzte mich regelrecht im Büro. So gelang es mir tatsächlich, jeglichen Gedanken an Nathan im Keim zu ersticken. Miguel wunderte sich etwas über meinen Eifer, aber ich begründete meinen Enthusiasmus mit der Begeisterung, die ich für diese Arbeit empfand. Was im Prinzip auch der Wahrheit entsprach. Grinsend erwiderte er, dass er bei Greenwalt auf jeden Fall ein gutes Wort für mich als künftige Partnerin der Abteilung einlegen würde. Er wäre sicher nicht gewillt, eine derart fleißige Mitarbeiterin jemals wieder gehen zu lassen. Gegen fünf machte ich Feierabend. Ich fühlte mich wie erschlagen und freute mich auf ein heißes Schaumbad. Danach würde ich die Füße hochlegen und mich mit einem schönen Glas Wein und einem Buch auf meinen Balkon setzen, um den Tag ausklingen zu lassen. Das Wasser streichelte meine Haut wie warme Seide und der Rosenduft meines Badezusatzes hüllte mich ein, als ich eine Weile später in der Wanne lag. Neben mir stand ein Glas eisgekühlten Rosés und auf dem Fensterbrett flackerte eine Kerze. Ich ließ meinen Kopf gegen das gepolsterte Wannenkissen sinken und entspannte mich. Ich fing sogar an, ein bisschen vor mich hinzuträumen.

Bis der Basset meiner Nachbarin über mir im dritten Stock anfing, voller Inbrunst zu jaulen. Wie immer, wenn Trudi, eine ambitionierte Mittvierzigerin, die zum festen Stamm eines Musicalensembles gehörte, für eine Aufführung probte, fühlte Trevor sich offenbar dazu berufen, mitzujaulen. Was mich im Prinzip nicht störte, außer ich schlief gerade tief und fest oder träumte von Mr Right – so wie gerade eben. Er hatte mir soeben seine Liebe gestanden und wollte mich von meinem Kleid befreien, als das markante Jaulen des Hundes in meinen Tagtraum gedrungen war und mein Glück hatte zerplatzen lassen wie eine schillernde Seifenblase.

»Ach Trevor, verdammt!«, stieß ich aus, gab meinen Fantasiemann mit leisem Bedauern frei und starrte frustriert an die Decke, wo die Farbe allmählich abblätterte.

Eigentlich hatte ich mich schon längst nach einer anderen Wohnung umsehen wollen, nach etwas Größerem in einem besseren Viertel. Aber irgendwie hatte ich dieses Apartment in dem vierstöckigen Mietshaus inzwischen mit all seinen Eigenheiten – den ächzenden und scheppernden Wasserrohren, den abgetretenen Steinstufen im Treppenhaus, meiner singenden Nachbarin und dem schwulen Pärchen nebenan, das sich regelmäßig zerstritt, nur damit es sich danach im Bett ausgiebig versöhnen konnte – lieb gewonnen, sodass ich es immer weiter hinauszögerte, mich anderweitig umzuschauen.

Mom und Dad hatten mir angeboten, etwas Exklusives an der Melrose zu mieten – eine Wohnung mit eigenem Zugang zu einem begrünten Innenhof mit Pool –, aber ich hatte abgelehnt. Ich wollte es aus eigenen Stücken in L.A. schaffen. Nur so würde ich Dads Achtung und Respekt gewinnen. Und schließlich war ich alt genug, um für mich selbst zu sorgen. Was für ein Bild gäbe ich ab, wenn ich erklären müsste, dass meine Eltern für meine Wohnung aufkämen? Ich fühlte mich ausgesprochen wohl hier im Künstlerviertel. Die Leute waren lässig und unkompliziert, sie stellten keine Fragen, man ließ sich gegenseitig in Ruhe. Leben und leben lassen, so lautete hier das Motto. Ich konnte untertauchen, wenn mir danach war, fiel nicht auf. Am meisten liebte ich jedoch meinen kleinen schmiedeeisernen Südwestbalkon, den ich mit Blumenkübeln und bunten Windrädern verschönert hatte und auf den ich mich gern zurückzog, wenn ich meine Bücher las.

Ich registrierte, dass Trevor verstummt war, und auch von Trudis klarem Alt war nichts mehr zu hören. Kurz darauf öffnete sich über mir eine Terrassentür und ich vernahm trippelnde Schritte auf Steinfliesen durch mein halb geöffnetes Badezimmerfenster.

»Sorry, Schätzchen!« Trudis Stimme. »Ich weiß, dass wir dich stören, aber ich muss leider üben. Wir haben morgen Abend Premiere!«

Trevor ließ ein zustimmendes Bellen vernehmen, das allerdings eher so klang, als würde jemand einen rostigen Wasserhahn aufdrehen. Vermutlich hatte sich der arme Kerl heiser gejault.

»Schon gut«, murmelte ich, obwohl Trudi mich nicht hören würde, seufzte und schloss erneut die Lider, um dem leisen Scheppern der Klimaanlage von nebenan zu lauschen. Die Jungs hatten irgendwann beschlossen, dass ihnen ein Deckenventilator nicht mehr ausreichte und sich eine Klimaanlage installieren lassen – schwarz versteht sich und aus zweiter Hand.

Vielleicht sollte ich mal mit Mrs. Malone reden, der Eigentümerin meines Apartments. Denn irgendwie schaffte es dieses zweifelhafte Ding an meiner Schlafzimmerdecke auch nicht, die Schwüle zu vertreiben. Mein Schlafshirt klebte mir oft unangenehm feucht an meinem Oberkörper.

Ich stellte fest, dass das Wasser inzwischen abgekühlt war, und stieg aus der Wanne. Eingehüllt in ein kuscheliges, überdimensionales Handtuch war ich gerade dabei, mein leeres Weinglas in die Küche zurückzubringen, als sich mein Smartphone aus dem Schlafzimmer meldete. *It's raining men, halleluja, it's raining men* ... Ach, Mist, ja. Mom. Pünktlich wie ein Schweizer Uhrwerk. Sie rief jeden Freitagabend an. Und dann nochmals Sonntag mittags. Ich ging ins Schlafzimmer, schnappte mir das Handy von der Kommode und setzte mich damit auf die Bettkante. »Hi Mom.«

»Hallo Darling. Wie war deine Arbeitswoche? Gibt es Spannendes aus dem Büro zu berichten?«

Moms Standardbegrüßung. Und natürlich steckte in ihren Worten stets ein leiser Vorwurf. Für Mom zählte meine Arbeit nicht als solche, sondern lediglich als Zeitvertreib. Bis ich jemanden getroffen hätte, der als potenzieller Ehemann taugte. Ich verkniff mir eine entsprechende Entgegnung. Moms kleinen fiesen Spitzen begegnete man am besten mit Nichtbeachtung.

»Es läuft alles wunderbar, Mom.« Ich zwang mich, ein Lächeln in meine Stimme zu legen, denn obwohl sie mich immer wieder auf die Palme brachte, freute ich mich doch über ihr Interesse an meinem neuen Leben in L.A. »Ich habe mir gerade ein Bad gegönnt und will mich gleich mit einem schönen Buch nach draußen setzen.«

»Ach du liebe Güte.« Mom legte eine dramatische Pause ein.

»Die Sonne ist doch schon längst untergegangen.«

»Zeitverschiebung, Mom. Schon vergessen? Ich lebe jetzt an der Westküste. Wir sind drei Stunden zurück«, bemerkte ich, eine Grimasse ziehend und nicht zum ersten Mal. Wie gut, dass wir nicht skypten.

»Das vergesse ich immer wieder. Was gibt es Neues aus Los Angeles zu berichten, Amelia?«

Ich ließ mich rückwärts auf meine Matratze fallen und fixierte die rostbraunen Flecke dubioser Herkunft an der Wand gegenüber, die trotz des neuen mintgrünen Anstrichs durchschimmerten. Womöglich hatte es irgendwann einmal in der Wohnung obendrüber einen Rohrbruch gegeben. Oder einen Mord und dabei war Blut durch die Decke gesickert. Ich könnte bei Gelegenheit mal Trudi befragen, überlegte ich, bis mich Moms Stimme aus meinen Überlegungen holte.

»Nun sag schon, Darling. Hast du endlich Anschluss gefunden?«

Anschluss gefunden, hieß in der Sprache meiner Mutter: Hast du einen netten Mann kennengelernt? Sie konnte es nicht erwarten, dass ich einen gut situierten jungen Kerl – vorzugsweise einen aus derselben Branche wie Dad – mit nach Hause brachte, ihn heiratete und ihr und Dad den heiß ersehnten Enkel schenkte. Männlich natürlich, denn wenn es schon nicht mit dem Thronfolger für meinen Vater geklappt hatte, musste wenigstens ein Enkel männlichen Geschlechts her, der, so hoffte Dad, in seine Fußstapfen treten würde. »Mom, ich bin nicht nach L.A. gezogen, um Freundschaften zu schließen, wie du weißt.« Oder die Liebe meines Lebens zu treffen, um Enkel zu machen.

»Es tut dir nicht gut, wenn du dich in dein Schneckenhaus verkriechst. Du solltest ausgehen, tanzen, Leute kennenlernen und nicht allein zu Hause herumsitzen, Darling.«

Lieber Himmel. Mom tat ja gerade so, als würde ich mit Anfang zwanzig unter Torschlusspanik leiden. »Ich bin nicht allein. Ich habe meine Arbeitskollegen, meine Bücher. Gestern war ich sogar mit einer neuen Freundin aus. Du siehst, es geht mir gut.«

Mom stieß einen schicksalsergebenen Seufzer aus. »Ach, Amelia. Ich hoffe wirklich, du vergeudest nicht deine besten Jahre. Ich würde mir wirklich wünschen ...«

Ich ließ ihre Worte an mir vorüberziehen und lenkte meinen Blick zurück zu den rostbraunen Flecken an meiner Wand. Vielleicht könnte ich sie mit einem Wandtattoo überkleben?

»Amelia? Hörst du mir überhaupt zu?«

»Bitte? Ja, natürlich, Mom. Wie geht es Dad, ist er in der Nähe?« Ich setzte mich auf, in der Hoffnung, auch ein paar Worte mit meinem Vater wechseln zu können.

»Nein, da muss ich dich enttäuschen. Dein Vater ist noch im Büro.«

»So spät am Freitagabend?«

»Er hat ein Treffen mit Trent und Liam anberaumt. Wegen irgendeines neuen großen Projekts, das sie gerade entwickeln. Stell dir vor«, Moms kühle Stimme schlug in Begeisterung um, »dieser neue Werbejingle wird vor jeder Tonight Show auf NBC und in den Pausen der *Boston Red Sox*-Spiele zu hören sein. Ist das nicht fantastisch, Darling?«

»Fantastisch«, bestätigte ich flach. Warum wunderte es mich nicht, dass Dad in der Firma herumhing? Scott Heart war ein Workaholic, schon immer gewesen. Der Job stand bei ihm an erster Stelle. Und Liam. Natürlich war er dabei. Liam Heywood war mein Cousin und der erklärte Liebling meines Vaters. Der Sohn, der meinem Dad zu seinem Leidwesen versagt geblieben war.

Deshalb hatte er Liam in seine Firma geholt. Ihn. Nicht mich.

Frust ballte sich in meiner Mitte zu einem Knoten. Vielleicht würde er mich endlich mit anderen Augen sehen, wenn ich mir in L.A. einen Namen gemacht hatte. Obwohl ich ehrlich gestehen musste, dass ich mich in der letzten Zeit immer öfter fragte, warum ich mich überhaupt noch anstrengte. Vielleicht war ich masochistisch veranlagt? Nein. Nicht wirklich. Ich wusste, dass Dad mich liebte. Auf seine Art. Er hatte mich immer behütet und beschützt. Aber ich wollte endlich als Erwachsene gesehen werden. Als erfolgreiche junge Frau, als gleichwertiger Partner. Nicht als das kleine Mädchen, das ich für ihn noch immer zu sein schien. Warum machte er es mir so schwer?

Mom und ich plauderten noch eine Weile, bevor ich mich verabschiedete und vom Bett hüpfte, um in meinem Schrank nach einem bequemen Outfit zu kramen. Ich entschied, das Telefonat mit Mom in den hintersten Winkel meines Hirns zu verbannen. Ich hatte keine Lust, mir das Wochenende mit trüben Gedanken zu verderben. Da es noch immer warm draußen war, schlüpfte ich in ein cremeweißes Baumwollkleid mit Spaghettiträgern. Ein luftiges Stöffchen, das ich mir in der Regel für zu Hause aufsparte, denn es war ultrakurz und schon ein wenig abgetragen. Außerdem verzichtete ich darauf, mir nach dem Kämmen die Haare zu föhnen, und ließ sie stattdessen an der Luft trocknen. Auf diese Weise würde ich mehr Locken bekommen, was mir gut gefiel, doch diesen Look hob ich mir üblicherweise für freie Tage auf. Im Büro liebte ich meinen Pferdeschwanz, weil er bei der Arbeit einfach praktischer war.

Fertig angezogen machte ich einen Abstecher in die Küche, um mir einen Eistee zu organisieren. Bei dem Gedanken, gleich mit einem Buch gemütlich auf meinem Balkon zu sitzen, summte ich vor mich hin. Mein Lied verstummte abrupt, als sich die Türklingel meldete. So ein Mist. Auf Besuch war ich jetzt wirklich nicht eingestellt. Ich beschloss, es zu ignorieren, öffnete die Kühlschranktür und holte die Glaskaraffe heraus. Ich angelte gerade nach einem Glas im Regal, als es erneut klingelte. Nein! Ich würde nicht öffnen. Entschlossen stellte ich mein Glas ab und befüllte es großzügig mit Tee. Anschließend besorgte ich mir einen Teller und ein paar von den leckeren selbst gebackenen Schokoladencookies, die Trudi mir vor Kurzem als kleine Entschädigung für Trevors Konzerte vorbeigebracht hatte, stellte alles auf ein kleines Tablett und steuerte damit meinen Balkon an.

Ein dreistes, laut vernehmliches Klopfen an meiner Wohnungstür stoppte mich. Himmel! Dieser verdammte Störenfried gab einfach nicht auf! Ich spürte, wie sich Ärger in meiner Magengrube zusammenballte. Wenn das wieder die Zeugen Jehovas waren, konnten sie sich auf etwas gefasst machen. Sie hatten schon vor ein paar Tagen auf meiner Türschwelle gestanden und versucht, mir etwas vom wahren Paradies zu erzählen. Ich würde ihnen heute sagen, wohin sie sich ihr Paradies stecken konnten. Etwas unsanft beförderte ich das Tablett auf den Küchentisch zurück, durchquerte den Korridor und riss die Tür auf.

»Hören Sie, ich habe Ihnen doch schon deutlich genug ...« Meine Schimpftirade erstarb, als ich in schokoladenbraune Augen sah.

Wie bitte? Vor meiner verdammten Tür stand Nathan Westbrook und grinste mich an! Der hatte Nerven! Und vor allen Dingen: Woher wusste er, wo ich wohnte?

»Das haben Sie«, sagte er sanft, noch immer lächelnd. »Allerdings denke ich, dass Ihr Interesse an mir doch weitaus größer ist, als Sie mir glauben machen wollen, Amelia.« Sein Blick heftete sich auf meinen Mund.

»Nicht mein Problem.« Ich verschränkte meine Arme vor der Brust und lehnte mich mit der Hüfte lässig gegen den Türrahmen. Er sollte nicht denken, dass mich sein überraschendes Auftauchen in irgendeiner Weise verunsicherte. Ich würde diesem Mann mit einer Gelassenheit entgegentreten, um die mich Bär Balu beneiden würde.

Obwohl ich natürlich durchaus registrierte, wie umwerfend Nathan aussah. Ich war ja nicht blind. Ich hatte ihn noch nie zuvor in Freizeitkleidung gesehen und bemühte mich, zu ignorieren wie sein schneeweißes T-Shirt jeden einzelnen Brustmuskel umspannte und die wie auf den Leib geschneiderten ausgewaschenen Jeans jeden Zentimeter seiner langen Beine betonten. Ebenso die Tatsache, dass die Bartstoppel, die seine Wangenknochen und sein markantes Kinn sprenkelten, nicht unerheblich dazu beitrugen, ihn verwegen und sexy aussehen zu lassen. Höllisch sexy. In seinen dunklen Anzügen und den schicken Businesshemden machte er grundsätzlich eine gute Figur, das war kein Geheimnis. Doch dieser Anblick jetzt haute mich regelrecht um. Nathan sah aus, als wäre er gerade einem erotischen Männerkalender entstiegen. »Woher haben Sie überhaupt meine Adresse?«, fauchte ich, weil ich ihn nicht so verdammt anziehend finden wollte und es mich verwirrte, dass er bei mir zu Hause auftauchte.

»Ich bin Ihnen gefolgt, als Sie nach Hause fuhren«, erwiderte er mit einem lässigen Augenzwinkern. »Und eine Weile später zurückgekommen. Das mexikanische Fast Food-Restaurant gegenüber hat übrigens keinen so üblen Kaffee wie befürchtet.«

»Wie bitte? Sie sind mir nachgefahren und haben dann drüben ...« Es verschlug mir regelrecht die Sprache.

»Ich wollte Ihnen Gelegenheit geben, in etwas Bequemes zu schlüpfen.« Sein Grinsen war ziemlich frech.

Ich bemerkte, wie er seinen Blick über meinen Körper wandern ließ. Mit einem Mal fühlte sich meine Haut an, als würde sie überall dort, wo seine Musterung mich streifte, in Flammen aufgehen. Kein Grund zu hyperventilieren, Amelia Heart. Wie sagt Mom immer so schön? Contenance, Darling! Ich räusperte mich.

»Und? Jetzt, wo ich weiß, dass Sie also nicht«, ich machte eine entsprechende Handbewegung, »zufällig in der Gegend waren und mir einen schönen Abend wünschen wollten, was genau wollen Sie von mir?« Ich hoffte, dass ihm der Sarkasmus in meiner Stimme auffiel.

Noch immer lächelnd neigte er sich mir zu. »Sie sehen übrigens aus wie eine Wildkatze, die ins Wasser gefallen ist.« Seine Wange streifte meine, Stoppeln kitzelten meine Haut.

Unwillkürlich hob ich meine Hand, um meine feuchten Locken zu berühren. Zur Hölle, wollte er mich küssen? Ich sollte ihm die Tür vor der Nase zuschlagen und befahl meinen Beinen, sich zu bewegen. Nur leider wollte es mir gerade irgendwie nicht gelingen, meine Gliedmaßen zu beherrschen.

»Sie übertreffen sich mal wieder in Sachen Charme, Nathan.«

»Mhhh«, machte er und schnupperte an mir, ohne auf meine Äußerung einzugehen. »Ich mag Ihren Duft.«

Leider mochte ich die Art, wie er roch, ebenfalls. Sehr. Sein Rasierwasser vernebelte meine Sinne und es wäre ein Leichtes ... Nein! Genug war genug. Mein Körper erwachte wieder zum Leben, reflexartig streckte ich meine Hände aus und stieß ihn vor die Brust.

Nathan ließ sich von dem kleinen Schubser nicht beeindrucken. »Wie heißt Ihr Parfüm, Amelia? Es gefällt mir ausgesprochen gut.«

»Da bin ich aber erleichtert«, konterte ich mit einem spöttischen Lächeln. Meine äußere Gelassenheit strafte mein aufgewühltes Inneres Lügen. In mir drin tanzten meine Hormone Samba. Nathans Nähe und der Duft, den er verströmte, brachten mich komplett durcheinander. Sandelholz und Sommergras ... und Mann. Jede Menge Mann. »Ich erinnere Sie also an eine nasse Wildkatze und dufte gut. Und was stellen wir jetzt mit diesen Informationen an?«

Er legte den Kopf schief, um mein Gesicht zu studieren.

»Schlagen Sie doch etwas vor.« Seine Augen funkelten herausfordernd.

Oh nein. Das hätte er wohl gern. Dieser Mann war ein Teufel der Verführung. Ein Teufel, der auf meiner Türschwelle lungerte und mich mit ziemlich eindeutigen Blicken betrachtete. Prompt fiel mir ein, dass ich auf den BH verzichtet hatte. Was für ein Glück, dass ich wenigstens einen Slip trug. Oh. Mein. Gott. Meine Gedanken fingen an, in eine gefährliche und höchst unwillkommene Richtung abzudriften. Amelia, du musst den Kerl loswerden. Und zwar so schnell wie möglich. Solang du noch ein Fünkchen Verstand besitzt. Im Geist fächelte ich mir kühle Luft zu, denn mir wurde auf einmal unerträglich heiß. »Ich weiß nicht, was Sie geplant haben, aber ich werde mich jetzt mit meiner Lektüre auf den Balkon verziehen. Wenn Sie mich entschuldigen ...«

»Sie brechen mir das Herz, Amelia«, sagte er leise. Sein trauriges Lächeln war viel zu süß. Ich traute ihm keinen Meter. Vor allem nicht, weil sein Blick höchst interessiert von meinen Augen zu meinen Lippen wanderte und dort haften blieb.

Entschieden trat ich einen Schritt zurück. »Sie werden es überleben. Einen schönen Tag noch.« Mit der Intention, ihm die Tür vor der Nase zuzuschlagen, griff ich nach dem Knauf.

Blitzschnell schoss sein Arm nach vorn, um mich daran zu hindern, dabei streifte Nates Hand meine Brust. Schon wieder! War das eine seiner Maschen? Ein Funke Elektrizität flirrte von meinen Brustspitzen direkt in meinen Schoß. Das unerwartete Prickeln zwischen meinen Beinen traf mich unvorbereitet. Ich biss mir auf die Unterlippe und verfluchte meinen verräterischen Körper. Empörung loderte in mir auf. Über mich. Über ihn.

»Was zum Teufel soll das hier werden, Nathan?«, fuhr ich ihn an.

Ohne Vorwarnung packte er mich an den Schultern, stieß die Tür hinter sich mit dem Fuß zu und drückte mich gegen die Wand. »Was glaubst du, süße Amelia? Ich bin sicher nicht vorbeigekommen, um dir einen schönen Abend zu wünschen«, erwiderte er mit rauer Stimme.

Bevor ich Luft holen konnte, spürte ich seine weichen warmen Lippen auf meinen. Sanft knabberte er mit den Zähnen an meiner Unterlippe. Mir entwich ein leises Keuchen. Eine Millisekunde erwog ich, mich loszureißen, aber weil es sich so unglaublich gut anfühlte und sich in der Sekunde leider mein Verstand verabschiedete, öffnete ich meinen Mund, um seiner Zunge Einlass zu gewähren. Ich erlaubte ihm, mich zu küssen, und Nathan zögerte nicht. Keine Sekunde. In sinnlichen Bewegungen ließ er seine Zunge um meine tanzen, leckte und saugte an meiner Unterlippe und eroberte meinen Mund. Ich kostete seinen herben, männlichen Geschmack.

Verführerisch.

Unwiderstehlich. Unfassbar erotisch.

Er küsste mich und ich fing an zu schweben. Verlor jedes Gefühl für Raum und Zeit. Hatte mich schon einmal jemand auf diese Weise geküsst? Hinter meinen Augenlidern explodierten kleine Lichtblitze. Zwischen meinen Beinen pulsierte ein heißes, verführerisches Verlangen, wie ich es noch nie zuvor erlebt hatte. Unwillkürlich presste ich meine Hüften an Nathans, um das ungestüme Verlangen zu befriedigen, das sein Kuss in mir entfesselte. Ich spürte jeden Muskel seines durchtrainierten Körpers und seine harte Erektion durch seine Jeans hindurch an meinem Bauch.

Oh mein Gott.

Ich will Sex! Jetzt. Sofort.

Die Worte hallten durch meinen Schädel wie ein Echo, durchdrangen jede Faser meines vor Lust bebenden Körpers.

Am liebsten hätte ich vor Begehren laut aufgestöhnt, als sich seine Finger unter den Saum meines Kleides schoben. Der leichte Stoff glitt wie ein sündiges Streicheln über meine Oberschenkel und meine Beine zitterten vor Verlangen. Nate liebkoste die empfindliche Haut meiner Schenkel und all die kleinen Härchen stellten sich auf.

Mit der letzten mir noch verbleibenden Willenskraft riss ich mich von ihm los und starrte ihn fassungslos an. Mein Atem kam stoßweise. Genau wie seiner.

»Was zur Hölle? Sie widerlicher, unverschämter ... Mann!« Meine Finger landeten klatschend auf seiner Wange.

In Nathans Augen blitzte Überraschung auf. Und dann – ich fasste es nicht – Belustigung. »Mann? Ein schlimmeres Schimpfwort hast du nicht zu bieten?« Seine Mundwinkel kräuselten sich. »Wow. Ich hätte nicht gedacht ...«

»Was?« Ich spie ihm das Wort förmlich ins Gesicht. Was fiel diesem Mistkerl eigentlich ein? Ich wusste nicht, worüber ich wütender war. Darüber, dass er mich zu diesem Kuss verführt hatte oder die Tatsache, dass ich ihn genossen hatte. Dass ich mich nach mehr sehnte. Nach sehr viel mehr.

»Dass du so temperamentvoll sein kannst. Das gefällt mir.«

»Es ist ja nicht so, als hätte ich dich nicht schon einmal gewarnt.«

»Richtig. Das hast du.«

»Und?«, funkelte ich ihn an. »War es das wert?«

Sein Blick suchte meine Augen und fixierte sie. »Definitiv. Und ich würde es immer wieder tun.«

»Pah.« Ich versuchte, mich ihm zu entziehen, aber flink platzierte er seine Hände links und rechts von mir an der Wand und hielt mich mit seinem Körper gefangen. Mein Herz klopfte zum Zerspringen. »Lass mich, du Arsch. Ich will …«

»Sei still, du kleine Wildkatze.« Sein Gesicht näherte sich. Ich spürte seinen heißen Atem an meiner Wange, bevor seine Lippen über die zarte Haut an meinem Hals strichen und zu der besonders empfindlichen Stelle hinter meinem Ohrläppchen glitten und sie liebkosten. »Du willst doch, dass ich dich küsse, süße Amelia. Oder?« Seine Bartstoppeln kratzten an meiner Haut, als er mit der Zunge eine glühende Spur hinab zu meiner Schulter malte. Ohne dass ich es wollte, seufzte ich leise auf.

»Ist das ein Ja?« Nates sinnliche Stimme, samtig weich und verführerisch tief, sandte mir eine Gänsehaut über die Wirbelsäule.

»Nein.« Ich musste ihn stoppen. Ich. Wollte. Ihn. Fortschicken.

Schließlich hatte ich Prinzipien. Ein Ziel, einen Plan, in den das hier nicht hineinpasste. Ich musste … Oh verflucht, wenn es sich nicht so verdammt gut anfühlen würde. »Nate, lass mich los«, befahl ich ihm, unternahm jedoch keinen Versuch, ihn aufzuhalten.

»Ich denke nicht.« Er lachte leise auf. Ein sexy, lockendes, verführerisches Lachen. »In Wahrheit willst du das hier auch.« Er löste seinen Mund von meinem Hals, sah mir in die Augen und wickelte eine meiner feuchten Locken um seinen Zeigefinger.

»Nein.« Ich erwiderte seinen Blick, verlor mich in dem dunklen Braun und schüttelte den Kopf. »Nein.«

»Oh doch.« Nate senkte seinen Mund langsam auf meinen, leckte über meine Lippen, als würde er gerade ein süßes Eis genießen.

Ich vergrub meine Finger in seinem dichten Haar und krallte mich darin fest, während Nates Hände an meinen Seiten hinab zu meinen Hüften glitten. Ein verzweifeltes Stöhnen entfuhr mir, als er erst an meiner Unterlippe knabberte und dann seine Zunge zwischen meine Zähne drängte, um meine zu einem verführerischen Spiel aufzufordern. Es war Sex. Verfluchter Sex, was Nate da mit seinem Mund anstellte. Seine Nähe machte es mir unmöglich, klar zu denken, sein Geruch entfachte flammendes Begehren und seine Lippen – ich konnte nicht genug von ihm kriegen. Meine Pussy pochte vor Verlangen, glühende Hitze erfüllte mich vom Scheitel bis zu den Zehen. Meine Knie drohten nachzugeben, als ich seinen Kuss voller Leidenschaft erwiderte.

Mein Körper vibrierte geradezu vor Begierde. Ich war so ausgehungert, so süchtig nach Zärtlichkeit und Berührung. Schon so lang hatte ich nicht mehr ... Ich wollte nichts dringender, als mit diesem Mann zu schlafen. Jetzt. Sofort. Ich wollte, dass er seinen harten Schwanz in mir versenkte. Mich bis zur Besinnungslosigkeit küsste.

Mit einem tiefen, ursprünglichen Verlangen, das mich selbst überraschte, presste ich mich an Nate wie eine Verhungernde. Ich ließ mich gehen, genoss das heiße Prickeln, das seine Berührung, sein Kuss entfachte. Mein Verlangen schaltete jegliches Denken aus, und irgendwo am Rande meines Bewusstseins fragte ich mich, wer eigentlich diese fremde Frau in meiner

Wohnung war, die gerade im Begriff war, ihren Verstand zu verlieren.

Unvermittelt löste sich Nate von mir, um mein Gesicht zu studieren. Er atmete schnell und schwer genau wie ich, und in seinen Augen spiegelte sich Überraschung, die schnell einem Ausdruck des Triumphs wich. Er hatte das hier alles geplant. Oh ja. So ein verfluchter Mistkerl! Ich sollte ihn von mir stoßen, ihn rausschmeißen und verbannen. Auf einen anderen Planeten. In ein anderes Universum. So weit weg wie möglich. Sollte ich.

Aber ich tat es nicht. Ich hatte ein Bedürfnis. Ein dringendes. Und ich wollte – nein, konnte – nicht mehr warten. Dieses Bedürfnis drängte darauf, erfüllt zu werden. Mein Kopf war wie leer gefegt, mein Körper vollkommen erfüllt von diesem tiefen, ursprünglichen Begehren. Wir starrten einander in die Augen und mein Herz schlug dabei so heftig, dass ich dachte, es müsste gleich aus meiner Brust fliegen. »Nate«, flüsterte ich.

Er beobachtete mich ganz genau, als er in einer dominanten Bewegung mein Bein anhob, sodass ich es um seine Hüfte schlingen konnte. »Ich hatte dir doch schon erklärt, dass du jederzeit in meinem Bett willkommen bist«, flüsterte er an meinem Ohr. Seine Finger schoben sich in mein Höschen und dehnten den elastischen Stoff, um mich federleicht zu streicheln. Mein Puls raste. Unwillkürlich bewegte ich meinen Unterleib, um seinen Bewegungen entgegenzukommen. Mit der Daumenkuppe streifte er meinen empfindlichsten Punkt, in seinem Blick lag ein herausforderndes Funkeln.

Ich zuckte zusammen, mein Körper bettelte und meine Augen mussten Entsprechendes getan haben, denn Nates linker Mundwinkel hob sich zu einem trägen Lächeln. Wenn ich nicht so heiß auf ihn gewesen wäre, wenn ich nicht vor lauter Verlangen zerflossen wäre, hätte ich ihn in diesem Moment von mir gestoßen. Aber ich war wie erstarrt, unfähig, mich von ihm zu lösen. Ich war hungrig. Wollte, dass er mich streichelte. Mit seinen Händen quälte, verwöhnte. In den süßen Wahnsinn trieb. Ich wollte es so sehr, dass ich meine Finger in sein Shirt krallte und ihn näher an mich heranzog. Nate schien das als Aufforderung zu verstehen. In kleinen Kreisen begann er seinen Daumen um meine Klitoris zu bewegen. Einmal. Zweimal. Er intensivierte den Druck. Dreimal. Unglaublich. Ich war im Himmel und in der Hölle zugleich.

»Ich will dich in meinem Bett haben, Amelia.« Sein heißer Atem kitzelte mein Ohr.

Verflucht. Vor meinem inneren Auge startete ein Film. Meine Knie begannen unkontrolliert zu zittern. »Nate, ich will ... mehr.« Ich klammerte mich an seinen Nacken wie eine Ertrinkende. Eine köstliche Ahnung, ein dunkles Versprechen, brachte mein Blut zum Kochen. Ich hatte mit dem Feuer gespielt und eine Flamme entfacht, die sich nicht mehr löschen ließ. Es gab nur eine logische Konsequenz. Die Spannung in mir war fast unerträglich. »Mehr«, bettelte ich, meinen Mund an Nates Schulter vergraben.

Abrupt löste er seine Finger von mir. Der Schmerz des Verlusts traf mich körperlich. Mir war, als hätte er mir soeben eine harte Ohrfeige versetzt. »Nate, was ...?«

Seine Kiefermuskeln spannten sich an. In seinen Augen blitzte etwas Gefährliches auf, als er mich anblickte. »Entgegen deiner anfänglichen Behauptung scheinst du durchaus interessiert an mir zu sein, wenn ich das hier richtig interpretiere, Amelia Heart«, sagte er leise und quälte mich mit diesem verführerischen, tödlichen Lächeln, das direkt in mein Lustzentrum schoss. Sanft schob er mein Bein von seiner Hüfte.

Perplex starrte ich ihn an. Das war ein schlechter Witz, oder? Verzweifelt kramte ich in meinem Hirn nach Worten, aber mein Sprachzentrum hatte sich verabschiedet. Erstarrt sah ich zu, wie Nate sich abwandte, die Tür öffnete und ins Treppenhaus verschwand. Ich stand da, starrte ins Leere und fragte mich, was in aller Welt gerade passiert war.

7. Kapitel

Nate

Genau genommen gab es jetzt zwei Möglichkeiten, folgerte ich, als ich schwer atmend mit dem Rücken an der steinernen Wand neben Amelias Tür im Treppenhaus lehnte. Entweder hatte ich einen genialen Schachzug begangen oder mich soeben ins Aus manövriert. Allerdings war es mir wichtig, dass sie jetzt die Initiative übernahm und mir zeigte, dass sie das hier wirklich wollte.

Es hatte mich verflucht viel Überwindung gekostet, mich von Amelia zu lösen und sie im Regen stehenzulassen. Zu sehen, wie intensiv sie auf meine Berührungen reagiert hatte und wie nah ich sie an die Klippe gebracht hatte, hatte mein eigenes Verlangen angefacht. Mein Schwanz war zum Leben erwacht und drängte fordernd gegen den Stoff meiner Jeans.

Ich hatte Amelia richtig eingeschätzt. Unter der gefassten, kühlen Oberfläche brodelte ein Vulkan. Sie war leidenschaftlich, sinnlich und in diesem lächerlichen Stückchen Stoff, in das sie ihre Kurven gehüllt hatte, unfassbar sexy.

Shit, ich war in Schwierigkeiten.

Mit einem breiten Grinsen ließ ich meinen Kopf zurück gegen die Wand sinken. Jetzt musste sie nur noch …

Ich zuckte zusammen, als die Tür geräuschvoll aufgerissen wurde.

Wortlos packte Amelia mich am Shirt und riss mich an sich. So eine Kraft hätte ich dieser zierlichen Frau gar nicht zugetraut.

»Wer zum Teufel denkst du eigentlich, wer du bist, Westbrook?« Ihre bernsteinfarbenen Augen sprühten vor Zorn, während sie mich herausfordernd anfunkelte. Ihre vollen Lippen waren halb geöffnet, schimmerten feucht und einladend, und ich bemerkte, wie meine Jeans im Schritt sekündlich wieder enger wurden.

»Wer ich glaube zu sein?« Mein Grinsen vertiefte sich. »Ich bin derjenige, den du mehr als alles willst«, erklärte ich ihr ohne Umschweife. Bevor sie reagieren konnte, schob ich sie zurück in die Wohnung und trat mit dem Fuß gegen die Tür. Krachend fiel sie hinter uns ins Schloss. Ich drängte sie mit meinem Körper gegen die Wand und hielt sie gefangen. Sie starrte mir in die Augen und ich sah ihr Begehren. Las die stumme Aufforderung. Unsere Lippen trafen aufeinander. Atemlos, mit klopfendem Herzen und erfüllt von einem ungestillten Verlangen eroberte ich erneut ihren Mund. Mein Schwanz pulsierte und presste sich gegen meine Jeans, als wir uns unaufhörlich küssend vom Flur in die Küche vorarbeiteten, bis Amelia gegen den Tresen stieß. Ich umfasste ihren Hintern und hob sie auf die Arbeitsplatte. Irgendetwas schepperte zu Boden.

Amelia schnappte nach Luft.

»Hast du es noch nie in deiner Küche getrieben?«, neckte ich sie und ließ meine Hände von ihren Hüften nach oben wandern. Sie genoss es offensichtlich, wie ich sie anfasste, aber sie schien ebenso erstaunt, manchmal fast erschrocken von meinen Berührungen, sodass ich langsam anfing zu glauben, dass ihre Erfahrungen das Thema Sex betreffend wohl doch eher überschaubar waren. Was den Reiz sogar noch erhöhte. Fehlte nur noch, dass ich hier eine verdammte Jungfrau am Start hatte. Verflucht, das wäre dann doch zu viel des Guten.

Ihre Pupillen wurden weit und dunkel, als ich ihre Brüste durch den dünnen Stoff hindurch umfasste und mit den Daumen die harten Nippel reizte. Ihre Atmung beschleunigte sich.

»Nate, ich ...«

Ich ersticke ihren angefangenen Satz mit meinem Mund, lockte ihre Zunge mit meiner zu einem sinnlichen, leidenschaftlichen Tanz. Amelia seufzte leise vor Wonne. Zumindest nahm ich das an, denn sie wand sich unter meiner süßen Folter und rutschte unruhig auf der Arbeitsplatte hin und her.

Unser Kuss wurde leidenschaftlicher, drängender. Ich war so was von hart. Sehnte mich danach in ihre feuchte weibliche Tiefe einzutauchen, sie bis zur Besinnungslosigkeit zu streicheln. Diese Vorstellung brachte mich fast um den Verstand. Amelias Mischung aus Zurückhaltung und wilder Sinnlichkeit erregte mich zutiefst. So sehr, dass ich es nicht erwarten konnte, sie flachzulegen. Und allem Anschein nach konnte sie es ebenso wenig erwarten, mit mir Sex zu haben. Ich fühlte sie erbeben, und durch den Nebel meiner Lust drängte ein Gedanke an die Oberfläche. Keuchend riss ich mich von ihren Lippen los. »Wollen wir das hier nicht lieber in deinem Schlafzimmer fortführen?«

»Oh bitte«, sagte sie. Mehr nicht. Musste sie auch nicht.

Ich schlang meine Arme um ihre Taille und hob sie hoch. Verdammt, sie fühlte sich gut an. Ihre Brüste pressten sich an mich und das Gefühl ihrer Rundungen an meinem Körper jagte neue lustvolle Schauer durch mich hindurch. »Wohin?«, entfuhr es mir knapp. Zu mehr Worten war ich im Augenblick nicht fähig.

Amelia dirigierte mich durch den Korridor in ihr Schlafzimmer. Wortlos legte ich sie auf dem breiten Messingbett nieder, und ohne den Blick von ihr zu nehmen, schlüpfte ich aus meinen Sneakers sowie den Socken, ließ sie achtlos auf dem Boden zu meinen Füßen liegen. Ich zog mir das Shirt über den Kopf, warf es beiseite und machte mich an meinen Jeansknöpfen zu schaffen.

»Was ist los, Westbrook?« Amelia ließ ihren Blick über meine tief sitzende Hose wandern, während sie sich die Locken aus dem Gesicht strich. »Willst du Wurzeln schlagen?«

Der Kleinen ging es anscheinend nicht schnell genug.

»Gewiss nicht, Miss Heart«, entgegnete ich amüsiert. In Sekundenschnelle hatte ich mich auch meiner Jeans entledigt. In Amelias Augen blitzte etwas auf, als ich lediglich in meinen schwarzen Seidenboxershorts vor ihr stand. »Zufrieden?«

Sie zog ihre Unterlippe zwischen die Zähne. »Noch nicht ganz.«

Holy Crap. Beim Klang ihrer heiseren, verführerischen Stimme gruben sich meine Zehen vor Erregung in den weichen Teppich vor ihrem Bett. Langsam schob ich meine Finger in den Bund meiner Shorts, genoss es, wie sich Amelias Augen verdunkelten. Sinnlich bewegte ich meine Hüften, bevor ich den Stoff abstreifte und ihr meine wippende und vor Verlangen steinharte Erektion präsentierte. »Gefällt dir jetzt, was du siehst?« Anzüglich hob ich einen Mundwinkel. Ich hatte noch nie ein Problem mit meinem Körper gehabt. Weil ich seit frühester Kindheit Basketball spielte und regelmäßig Gewichte hob, war ich durchtrainiert und besaß Muskeln. Und wenn ich den Ladys, mit denen ich das Vergnügen gehabt hatte, das Bett zu teilen, Glauben schenken durfte, saßen diese an genau den richtigen Stellen.

Amelia erwiderte mein Grinsen nicht. Ihr Blick wanderte aufreizend langsam über die Tattoos auf meiner Brust sowie meinen Oberarmen und blieb einen Moment an der gut fünfzehn Zentimeter langen, dicken Narbe an meiner linken Schulter hängen.

Oh verflucht, halt die Klappe, Amelia. Sag nichts. Bloß keine Fragen. Und verdammt noch mal keine Mitleidsbekundungen. Ich wollte nicht darüber reden. Denn schließlich hatte ich sie nicht zum Quatschen ins Schlafzimmer geschleppt. Und wenn sie jetzt in Gefühlsduselei verfallen würde, bestand die realistische Chance, dass aus unserem Schäferstündchen nichts werden würde. Wenn ich eines nicht leiden konnte, dann waren es Mitgefühl meiner Person gegenüber oder bohrende Fragen über meine Vergangenheit. Ein paar Sekunden hielt ich die Luft an, aber Amelia verzichtete darauf, mir Fragen zu stellen.

»Nicht übel dieser Körper«, erwiderte sie schließlich, nachdem sie mich ausgiebig gemustert hatte. »Aber da sage ich vermutlich nichts, was du nicht schon tausendmal gehört hast.« Sie leckte mit ihrer erdbeerroten Zungenspitze über ihre Lippen, während sie meinem Blick standhielt.

Mein bestes Stück schmerzte vor Verlangen. Mir wurde heiß. Verdammt heiß. »Amelia Heart, du machst mich fertig«, erklärte ich rau. Ich kroch zu ihr aufs Bett, ließ meine Hände unter ihr Kleid gleiten und schob den dünnen Stoff über ihre Hüften, um ihren flachen Bauch zu erkunden.

Amelia erschauderte und biss sich auf die Unterlippe. Diese Geste war so verdammt sexy, so verflucht verführerisch, dass ein lustvoller Schmerz durch meine Lenden schoss. »Zieh es mir aus«, forderte sie und hob sich mir entgegen.

Sie musste mich nicht darum bitten. Im Nu hatte ich ihr das Kleid über den Kopf gezogen und bis auf einen winzigen Slip lag sie nun nackt vor mir. Holy shit! Ich hatte es zuvor nicht realisiert, aber dieses ultrawinzige, sexy Höschen war der wahr gewordene Traum aller Männer! Ich war überrascht, dass Amelia solch sinnliche Unterwäsche trug. Andererseits, in ihr schien so viel mehr zu stecken, als auf den ersten Blick ersichtlich war. Ich ertappte mich bei dem drängenden Wunsch, sie einmal komplett in BH und passendem Slip zu sehen.

Ein verlangender Schauer lief durch meinen Körper, als ich sie betrachtete. Sie besaß wunderschöne Brüste.

Viele Frauen in L.A. waren stolz auf ein pralles, gut gefülltes Dekolleté, Silikon sei Dank. Diese Exemplare hier waren nicht übermäßig groß, aber absolut perfekt geformt. Hinreißend. Bewundernd studierte ich die Kurven und die dunkelroten Nippel, die um meine Aufmerksamkeit bettelten. Ich legte meine Finger an Amelias Taille und ließ sie genießerisch höher gleiten, bis meine Daumenkuppen die untere Rundung ihrer Brüste berührten.

Amelia wand sich, sehnte sich offenbar nach mehr und ich genoss es, sie ein wenig zu quälen. Das Spiel hinauszuzögern erhöhte den Reiz. Ich senkte meinen Kopf und küsste ihren Bauchnabel, umkreiste ihn mit meiner Zunge und küsste mich zurück zu meinen Fingern, die noch immer Amelias Brustkorb umfingen.

Nach einigen Sekunden der süßen Folter umschloss ich mit beiden Händen ihre Brüste, was sie mit einem tiefen Seufzen quittierte. Ich grinste in mich hinein. Sie war unglaublich.

Ich streichelte ihre empfindsame, zarte Haut, genoss das Gewicht ihres Busens in meinen Händen und strich mit den Daumen über die Knospen. »Du hast übrigens verdammt hübsche Brüste.«

»Findest du?«

Täuschte ich mich oder klang das ein wenig unsicher?

»Glaubst du, mein Ständer kommt von ungefähr?«, neckte ich sie.

Auf ihrem Gesicht erschien die winzige Andeutung eines Lächelns, die einem lustvollen Stöhnen wich, als ich meinen Mund senkte und mit den Lippen einen ihrer Nippel umschloss, um ihn zu liebkosen und sanft daran zu saugen. Amelias Wimpern, dunkle Kränze auf ihren vor Erregung glühenden Wangen, flatterten, während ich meine Zunge wirbelnd um die Brustspitze huschen ließ. Federleicht strich ich mit der freien Hand über ihren bebenden Bauch, verweilte am spitzenbesetzten Saum ihres knappen Höschens und zeichnete mit neckendem Finger den Beinausschnitt des Höschens nach. Dann dehnte ich den seidigen Stoff, um mir Zugang zu gewähren.

Amelias Atem beschleunigte sich, als ich mit dem Zeigefinger über ihre intimste Stelle streichelte. Sie war nass. Bereit für mich. Zu sehen, wie erregt sie war, törnte mich extrem an. Mein Schwanz zuckte vor Verlangen. Ich stieß ein leises Knurren aus und schob meine Finger in ihr Höschen, in diese feuchte, warme Nässe. Jegliches Blut aus meinen Adern schien in meine Lenden zu strömen. Mein Puls raste.

»Lass mich dich von diesem verfluchten Stück Stoff befreien«, flüsterte ich rau und streichelte mit dem Daumen über ihre geschwollene Perle.

»Worauf ... wartest ... du?« Sie keuchte laut auf. Ihre Finger krallten sich in mein Haar, zogen meinen Kopf näher an sich heran.

Sie konnte kaum bis drei zählen, als das Höschen in hohem Bogen vom Bett flog. Genießerisch ließ ich meine Finger durch die dunklen Härchen gleiten, die sie akkurat zu einem netten Dreieck gestutzt hatte. Das passte zu ihr. Genau wie die geschlossenen Blusenknöpfe. Miss Perfekt. Ich schmunzelte. Warum tat sie das überhaupt? Sie hatte nichts zu verstecken. Andererseits, hätte ich geahnt, was sich unter ihren strengen Businesskostümen verbarg, wäre ich wohl das eine oder andere Mal mit einem unübersehbaren Ständer durchs Büro gelaufen. Ich konnte mir ein Grinsen nicht verkneifen, wurde jedoch abgelenkt, als sie einen kleinen überraschten Schrei ausstieß, als meine Finger erneut ihre intimste Stelle berührten. Erstaunlich, war sie noch nie zuvor auf diese Weise verwöhnt worden? Sie war so verflucht heiß. Und sie war bereit für mich. Genauso, wie ich bereit war, sie in den Himmel zu vögeln. Verdammt, es fiel mir immer schwerer, mich zu beherrschen. »Lehn dich zurück und spreiz deine Beine für mich«, forderte ich und sie tat mir bereitwillig den Gefallen. Mit einem Augenzwinkern erwiderte ich ihren fragenden Blick, als ich mich zwischen ihren Schenkeln platzierte.

»Was hast du vor?«

»Shh, sei still, Amelia. Entspann dich und genieße.« Schließlich war ich ein Gentleman – erst war die Lady dran. Das war ein ungeschriebenes Gesetz. Quälend langsam ließ ich meine Zunge über die Innenseite ihrer Schenkel gleiten, höher und höher und fühlte, wie Amelia unter der Berührung erbebte.

»... Ich ... oh.« Sie grub ihre Finger in die Decke, als ich meine Zunge um ihre Klit tanzen ließ.

Sie schmeckte süß, wie Honig und Zimt, und ihr ganz spezieller Duft steigerte meine eigene Lust. Es gefiel mir ausgesprochen gut, dass es mir gelang, sie so leicht in Ekstase zu versetzen. Als wäre sie für mich gemacht. Diese Erkenntnis schockierte mich. Amelia war nicht mein Typ. Sie war nicht die Art Frau, auf die ich stand. Und doch wünschte ich mir im Augenblick nichts sehnlicher und dringender, als es mit ihr hier in diesem wunderbar weichen Bett zu treiben. Am liebsten hätte ich sie bei den Schultern gepackt und wäre mit meinem prallen Schwanz und einem einzigen kraftvollen Stoß tief in ihre Nässe getaucht. Aber schließlich hatte ich einen Ruf zu verlieren.

Leise seufzend wand sie sich unter mir, was ich genoss. Ich besaß gern die Kontrolle im Bett. Beim Sex zog ich es vor, zu bestimmen, wo es langging. Und bisher hatte sich noch niemand bei mir beschwert. Amelia stieß süße kleine Schreie aus, als ich meine Lippen erneut auf ihre Klit senkte und sanft daran saugte. Verzweifelt drängte sie mir ihre Hüften entgegen.

»Oh, ich ... ich ...« Immer wieder schlüpfte ihre Zunge zwischen ihren Lippen hervor, um diese zu befeuchten. Wie von Sinnen warf sie ihren Kopf hin und her. Verdammt, sie ahnte ja nicht, dass mir dieser Anblick alles abverlangte.

Während Begehren wie glühende Lava durch die Blutbahnen meines zum Zerreißen angespannten Körpers jagte, tauchte ich mit meiner Zunge in Amelias heiße, feuchte Enge, neckte und leckte sie, bis sich ihre Muskeln zitternd zusammenzogen und sie mit einem kleinen Schrei über die Klippe sprang.

Ein Schauer der Lust lief durch meinen Körper, während ich beobachtete, wie ihre Seufzer verebbten und sie sich schließlich entspannte. Ich richtete mich auf und streckte meine Muskeln. Schweiß rann mir den Nacken hinab und prickelte auf meiner Wirbelsäule. Ich hatte mein Bestes gegeben und hoffte, sie wusste das zu schätzen, indem sie sich gebührend revanchierte. Ihr Blick war verschleiert, als sie ihn auf mich richtete. Vielversprechend.

»Wow.« Amelia konnte das Zittern in ihrer heiseren Stimme nicht verbergen, was in einem befriedigenden

Grinsen meinerseits resultierte. »Das war echt unglaub-lich.«

»Bleib liegen«, bat ich. Normalerweise stand ich auf abwechslungsreichen und harten Sex. Leder und Sex-toys nicht ausgeschlossen. Aber ich konnte mir mit A-melia nichts anderes als Vanillasex vorstellen. Ich wollte sie nicht erschrecken. Außerdem würde ich so Tempo und Druck bestimmen können. Dann aber durchfuhr mich ein Gedanke. Shit! Um ein Haar hätte ich das Wichtigste vergessen. »Bin gleich zurück«, mur-melte ich und sprang auf, um ein Kondom aus der Ge-säßtasche meiner Jeans zu organisieren, das ich mir in kühner Voraussicht eingesteckt hatte.

»Entschuldige mich, ich muss mir mal kurz die Nase pudern gehen.«

War ja klar. Ich sah gerade noch Amelias nackte Kehrseite in einem angrenzenden Raum verschwin-den, als ich mich wieder aufrichtete. Gequält schloss ich die Augen. Warum mussten Frauen immer im denkbar ungünstigsten Moment einem dringenden Be-dürfnis nachgehen? Ich schluckte hart, versuchte, das schmerzhafte Pochen meines Ständers zu ignorieren. Andererseits – vielleicht war das hier meine Chance. Denn ich brauchte unbedingt einen Beweis dafür, dass ich sie ins Bett bekommen hatte. Erneut bückte ich mich, um mein Smartphone aus meiner Jeans zu zie-hen.

Amelia

Ich konnte kaum stehen. Wie auch? Meine Beine exis-tierten nicht mehr. An ihrer Stelle befand sich nur noch eine Masse, die große Ähnlichkeit mit Wackelpudding besaß. Ebenso wenig konnte ich klar denken – ich war kaum noch in der Lage, meinen eigenen Namen zu buchstabieren. Ich wusste nur, dass mir Nate Westbrook soeben den fantastischsten Orgasmus meines Lebens beschert hatte, und das auf eine Art, wie ich sie noch nie erlebt hatte. Du liebe Güte, ich hatte ja nicht geahnt, wozu ich fähig war!

Mit Drake hatte ich entweder nachhelfen und selbst Hand anlegen müssen oder ich hatte den Höhepunkt gefakt – nein, ich holte meine abdriftenden Gedanken in die Gegenwart zurück. Noch immer pochte und kribbelte meine Klitoris, meine Pussy und jede einzelne Pore dort unten schrie nach einer Wiederholung. Ich war so verdammt heiß auf Nate. Wollte von ihm genommen werden wie niemals zuvor. Oh lieber Himmel, Amelia Heart, du bist ja komplett durch den Wind. Das klang nicht nach mir. Wenn Mom mich hören würde, würde sie vermutlich auf der Stelle tot umfallen.

Ich zog die Klospülung, damit Nate nicht auf die Idee kam, ich wäre im Badezimmer ohnmächtig geworden, weil sich nichts rührte. Lächelnd trat ich ans Waschbecken, um mir die Hände zu waschen und das Gesicht mit kaltem Wasser zu kühlen. Ich hatte meine Prinzipien gebrochen. War meinen Vorsätzen untreu geworden und hatte mich auf Sex mit einem Arbeitskollegen eingelassen. Warum war ich schwach geworden? Weil Nate mich mit seiner Attraktivität und seiner erotischen Ausstrahlung einfach umgehauen hatte? Zum Teil. Aber plötzlich realisierte ich, dass es einen weiteren Grund dafür gab, dass ich seinen Annäherungsversuchen nachgegeben hatte. Ich sehnte mich nach Zuneigung. Anerkennung. Nach dem Gefühl der Wertschätzung. Danach, dass mich jemand wollte, begehrte. So sehr, dass er mir nachfuhr und die schreckliche braune Brühe, die sich Kaffee schimpfte, vom mexikanischen Fast Food-Restaurant in Kauf nahm, während er auf mich wartete.

Ich sehnte mich nach genau dem Gefühl, das mir Nate vermittelte, wenn er mich auf diese spezielle Weise ansah. In seinen Augen sah ich Bewunderung aufblitzen. Ich fühlte mich sexy. Stark und selbstbewusst. Nachdenklich betrachtete ich mein Spiegelbild. Meine Wangen glühten, meine Augen glänzten unnatürlich und mein Haar war ein einziges Chaos. Und trotzdem fühlte ich mich in diesem Augenblick wunderschön und begehrenswert. Kein Wunder, wenn man bedachte, wie Nate mich verwöhnt hatte. Würde ich ihm je wieder in die Augen blicken können, wenn ich ihm im Büro über den Weg lief? Apropos Nate ... Er wartete auf mich. Gleich dort, hinter der Tür. In meinem Bett. Mein Herz klopfte stürmisch, als ich das Bad verließ.

Noch mehr, als ich Nate erblickte, der splitterfasernackt und reichlich unbekümmert gegen das Kopfpolster gelehnt auf meiner Matratze lag, ein langes, wohl geformtes Bein ausgestreckt und das andere angewinkelt. Als wäre er hier zu Hause. Ich ließ meinen Blick über ihn wandern und mein Pulsschlag beschleunigte sich, als ich das verräterische Plastiktütchen neben ihm entdeckte. Runde zwei?

Der Anblick seines definierten, gebräunten Oberkörpers und seiner durchtrainierten, muskulösen Arme raubte mir sprichwörtlich den Atem. Die breiten Schultern und die schmalen Hüften. Die Tattoos. Ein riesiger Vogel mit ausgebreiteten Schwingen, der seine Brustmuskeln in Besitz nahm, ein Ring aus Dornen um seinen rechten Bizeps, um den sich ein Name schlang: *Josslyn*. Ein flammendes Schwert an seinem anderen Oberarm. Die Bilder verliehen ihm ein verwegenes und ein geheimnisvolles Aussehen und nur allzu gern hätte ich gewusst, was die Zeichnungen zu bedeuten hatten. Mein Instinkt sagte mir jedoch, dass es Nate nicht gefallen würde, wenn ich ihn ausfragte. Mir war klar, dass er es vorzog, nichts Persönliches preiszugeben, was mir im Prinzip entgegenkam, denn auch ich hatte nicht vor, mein Innenleben vor ihm auszubreiten. Hier ging es um Sex. Und nur darum. Ich verfolgte die verführerische Spur dunkler Härchen unterhalb seines Bauchnabels bis hinab zu seinem ... Oh wow, er war noch immer hart. Und verdammt gut gebaut, stellte ich fest und biss mir auf die Unterlippe. Er war perfekt. Und wunderschön. Genau wie der Rest von ihm.

»Fertig damit, mich zu begutachten? Hätte ich Klamotten an, würde ich behaupten, du hast mich gerade mit deinen Augen ausgezogen.« Seine Mundwinkel zuckten. »Und ich muss sagen, dieser Gedanke gefällt mir ausgesprochen gut.«

Mit einem lasziven Grinsen verlagerte er sein Gewicht, um mir einen noch besseren Ausblick auf seine Erektion zu ermöglichen. Mir schoss glühende Hitze ins Gesicht. Nate schien sich in seinem Körper wohlzufühlen und besaß keinerlei Scheu, dies auch zu demonstrieren. Plötzlich war ich mir meiner eigenen Nacktheit bewusst und wurde seltsam verlegen. Ich war mir sicher, dass ich inzwischen knallrot leuchtete wie ein verdammter Feuerlöscher.

Amelia, hab dich nicht so, nörgelte eine kleine Stimme in meinem Kopf. Der Mann hat deine intimste Stelle berührt, er hat dich geleckt, er hat dich geschmeckt. Was denkst du eigentlich, kannst du jetzt noch vor ihm verbergen? Vermutlich nichts, was er nicht schon gesehen oder sogar berührt hatte.

»Gleiches Recht für alle oder wie hältst du es mit der Gleichberechtigung?«, schoss ich zurück, weil ich mich ertappt fühlte.

»Touché.« Er grinste breit. »Und jetzt komm her zu mir oder hast du's dir anders überlegt?«

Ich stieg zu ihm aufs Bett. »Sehe ich so aus?« Er dachte doch nicht ernsthaft, dass ich jetzt einen Rückzieher machen würde! Das wäre ja fast so, als würde man sich eine Praline aus der Schachtel nehmen, feststellen, dass sie absolut köstlich, umwerfend, zum Dahinschmelzen schmeckte, um die Packung anschließend zurück in den Schrank zu befördern. Ich wollte verdammt noch mal die ganze Schachtel! »Lass uns da weitermachen, wo wir aufgehört haben«, forderte ich und lächelte, als ich sah, wie sich seine Augen verdunkelten, während er seinen Blick über meine Kurven wandern ließ.

Ich schmiegte mich an ihn und bevor er die Gelegenheit hatte, zu reagieren, schloss ich meine Finger um ihn und fing an, ihn mit sanftem Druck zu massieren. Ich genoss das Gefühl seiner stählernen Härte unter der seidenweichen Haut. In Nates Augen blitzte Überraschung auf. Mit einem Knurren legte er einen Unterarm über seine Stirn und beobachtete mich unter halb geschlossenen Lidern hindurch. Ich streichelte ihn, zart und fest, immer schneller, fühlte das Blut in den dicken Adern unter der zarten Haut pulsieren, die glühende Hitze, die er ausströmte. Ich war überrascht von dem Gefühl der tiefen Befriedigung, das mich erfüllte, als ich sah, wie dieser attraktive Mann, dieser atemberaubend schöne Körper auf meine Berührung reagierte.

Nates Kiefermuskeln spannten sich, als ich meine Lippen um ihn schloss und ihn zu lecken begann.

»Du musst das nicht tun.«

»Ich weiß.« Ungerührt fuhr ich fort. Wenn ich schon meine eigene Regel gebrochen hatte, dann würde ich das volle Programm durchziehen. Nate schmeckte himmlisch. Süß und salzig zugleich, unheimlich männlich. Sein Duft vernebelte meine Sinne und ich liebte es, wie sich seine Bauchmuskeln lustvoll zusammenzogen, während ich ihn verwöhnte. Seine Erregung wirkte elektrisierend auf mich und mein eigenes Verlangen steigerte sich von Sekunde zu Sekunde.

»Verflucht!« Nates Stöhnen wurde lauter. »Du killst mich! Ich ...« An seiner Stirn trat eine dicke Ader hervor. »Ich bin kurz davor!« Unvermittelt packte er mein Handgelenk. »Stopp.« Mit einem lauten Zischen stieß er die Luft aus. »Ich will in dir sein. Jetzt, sofort. Das Kondom, Amelia.«

Sein Wunsch war mir Befehl. Auch wenn ich wegen seines dominanten Auftretens ein wenig schmunzeln musste, hatte ich absolut nichts dagegen. Denn in Wahrheit sehnte ich mich danach, ihn endlich in mir zu spüren. Mit hämmerndem Herzen griff ich nach dem Plastiktütchen neben mir, doch Nate stoppte mich abermals.

»Lass mich das machen.« Mit den Zähnen zerriss er die Verpackung. Schwer atmend rollte er das Kondom in Windeseile über seinen Penis. Ehe ich mich versah, hatte er mich auf den Rücken gedreht. »Liegen bleiben«, forderte er gebieterisch. Hoppla. Der Mann liebte es anscheinend, im Bett den Ton anzugeben. Er hatte Glück, dass ich nichts dagegen einzuwenden hatte. Im Gegenteil. Sein Machogehabe und seine bestimmende Arroganz machten mich unheimlich an. Ich erwiderte seinen Blick mit scheinbar kühler Gelassenheit, als er sich über mich schob und sein Gewicht mit seinen Unterarmen links und rechts von mir abfing.

Die Spitze seiner Erektion drängte gegen meine Scham und der quälende Druck ließ meine Klitoris pochen, jagte lustvolle Schauer durch meinen Körper. Alle meine Nervenenden vibrierten vor Anspannung.

Nate rieb seine Hüften an mir, neckte und reizte mich, und alles, was ich denken konnte, war, dass ich ihn endlich in mir haben wollte. »Gefällt dir das, Kleine?« Seine Augen funkelten herausfordernd. Er schob eine Hand zwischen uns, legte seine Daumenkuppe auf meine noch immer geschwollene Klit und ließ sie mit sanftem Druck kreisen. »Bist du bereit für mich?«

Ich wand mich unter ihm, warf den Kopf hin und her und stöhnte leise, als er unvermittelt einen Finger tief in mich gleiten ließ. Spürte er nicht, dass ich bereits nass und mehr als bereit für ihn war? »Ich sterbe, bitte, ich kann nicht mehr, Nate.«

»Hier wird nicht gestorben.« Sein leises sinnliches Lachen perlte über meine erhitzte Haut, während er mich mit seinen talentierten Fingern reizte und neckte. Ich stand in Flammen und war kurz davor zu explodieren.

»Nate!« Überrascht keuchte ich auf, als er ohne Vorwarnung mit einem kräftigen Stoß in mich drang. Der kurze süße Schmerz und die Lustwelle, die mich überrollte, weil er mich komplett ausfüllte, waren so überwältigend, dass ich den Kopf nach hinten bog und die Augen schloss.

»Sieh mich an, Amelia.« Seine Pupillen waren schwarz und riesig und verdeckten fast vollständig das samtige Braun. »Ich will, dass du mich ansiehst.«

»Nate ...« Voller Verlangen hob ich meine Hüften, damit er mich noch härter nahm, tiefer stieß.

»Du bist eine ziemlich unersättliche Person, weißt du das?« Er knurrte leise. »Wer hätte das gedacht? Und es gefällt mir.«

Ich drängte mich ihm entgegen, bettelte um mehr.

Er stieß härter zu und ich ließ kleine Schreie der Verzückung los. Unsere nackten, feuchten Körper rieben aneinander, meine Nippel an seinen harten Brustmuskeln, mein Bauch an seinem Sixpack. Die wachsende Erregung in seinen Augen zu sehen, törnte mich unheimlich an. Mein Herz klopfte so schnell, dass ich das Gefühl hatte, es würde gleich zerspringen.

Ich glich meinen Rhythmus dem seinen an, während er meine Hüften packte, um noch tiefer in mich zu dringen. Ich hatte das Gefühl, zu zerfließen, als unsere Bewegungen immer schneller wurden, unser Atmen lauter und abgehackt. Er nahm mich wilder, als ich es je erlebt hatte, und ich liebte es. Ich liebte seine Kraft, seine Dominanz und die Härte, mit der er mich nahm.

»Verflucht, du bist unglaublich.« Erneut knurrte er. Auf seiner Brust glitzerte Schweiß. Ich hatte noch nie einen schöneren Mann gesehen.

Ich schlang meine Beine um seine Hüften, um ihm besseren Zugang zu gewähren, und mit jedem kraftvollen Stoß brachte er mich ein bisschen näher an den verlockenden Abgrund. Als ich spürte, wie sich meine Muskeln zuckend zusammenzogen und eine glühende Welle Besitz von mir ergriff, brach ich den Blickkontakt ab. Ich legte meine Hände um seinen Nacken und grub meine Zähne in seine Schulter, als ich erneut heftig kam.

Durch einen verebbenden Nebel der Lust verfolgte ich, wie Nate eine Weile später seinen großartigen Körper aus meinem Bett schwang und sich bückte, um seine Kleidung vom Boden aufzuklauben. Seine Bewegungen waren geschmeidig wie die eines Raubtiers. Kraftvoll, elegant und gleichzeitig irgendwie auf der Hut. Ich schwebte noch immer ein bisschen, als er in seine Jeans schlüpfte und sich das T-Shirt überzog, wollte ihn aufhalten, ihm einen Kaffee anbieten. Ihn noch ein bisschen bei mir behalten. In meinem Bett.

Aber ich äußerte nichts in dieser Richtung, denn instinktiv ahnte ich, dass er mir diesen Gefallen nicht tun würde. So ließ ich mir nur einen flüchtigen, sanften Kuss auf die Stirn drücken, dem ein gemurmeltes ›Danke schön, Süße‹ folgte, und blickte ihm hinterher, während er meine Wohnung verließ. Ich sank zurück auf die zerknitterten, verschwitzten Laken, die meinen und Nates Duft ausströmten und damit den gesamten Raum erfüllten.

8. Kapitel

Nate

Als ich am Montagmorgen mit dem Camaro auf das Kiesareal der Firma einbog, um mir einen Parkplatz zu suchen, ertappte ich mich dabei, wie ich unbekümmert vor mich hin pfiff. Kein Wunder. Ich hatte Rowes Herausforderung angenommen und nicht nur das: Ich hatte sie mit Bravour gemeistert. Noch am späten Freitagabend, nachdem ich Amelia verlassen hatte, hatte ich dem Mistkerl eine entsprechende Nachricht zukommen lassen. Jetzt konnte ich es kaum erwarten, sein dummes Gesicht zu sehen, wenn ich ihm den Beweis unter die Nase hielt. Hell, yes! Heute würde ich mir den verdammten Film holen. Und Rowe, dieser Penner, würde ganz schön alt aussehen.

Grinsend und noch immer von Kopf bis Fuß von diesem genialen Triumphgefühl erfüllt, parkte ich meinen Wagen, stellte den Motor ab und stieg aus. Während ich mir meine Laptoptasche umhing, erinnerte ich mich daran, wie sich Amelia unter mir bewegt hatte. Wie ihre Brüste mit den dunkelroten Spitzen gewippt und der Schweiß auf ihrer Haut geglitzert hatte, bevor ich ihn abgeleckt hatte. Verflucht. Allein bei dem Gedanken daran bekam ich schon wieder einen Steifen.

Mein Schwanz drückte verlangend gegen den feinen Stoff meiner Businesshose und ich holte tief Luft, um meine Hormone in den Griff zu bekommen.

Es war wichtig, dass ich meinen sexuellen Gelüsten nicht nachgab, denn wir würden dieses Spiel nicht wiederholen. Auch wenn der Sex mit Amelia wirklich gut gewesen war und sie mich komplett überrascht hatte, würde unser Zusammentreffen eine einmalige Sache bleiben. Ich hatte sie in mein Bett oder vielmehr in ihr Bett gelockt, sie verführt und mit ihr geschlafen. Mission erfüllt. In Zukunft würde ich sie gewiss mit anderen Augen betrachten – jetzt, wo ich wusste, welche Leidenschaft in ihr brodelte. Das änderte jedoch nichts an der Tatsache, dass sie nicht der Typ Frau war, mit dem ich mich üblicherweise umgab. Irgendetwas tief in mir drin sagte mir zudem, dass sie niemand war, der sich auf eine unverbindliche Affäre einließ. Ich beendete das hier lieber, bevor sie noch auf seltsame Ideen kam und sich einbildete, aus unserer Begegnung könnte sich etwas entwickeln. Ich war froh, wenn ich die ganze Sache mit der Erpressung und allem, was damit zusammenhing, hinter mir lassen konnte.

Der Kies knirschte unter meinen Lederschuhen, als ich bestärkt in meiner Entscheidung den Parkplatz überquerte. Mit einem freundlichen Nicken zeigte ich dem diensthabenden Sicherheitsbeamten meine ID-Karte, bevor ich durch das metallene Drehkreuz die Lobby betrat und auf die Aufzüge zusteuerte.

Ungeduldig trommelte ich mit den Fingern gegen die geschlossene Tür. Wo blieb der verfluchte Lift? Ich konnte es nicht erwarten, den vernichtenden Schlag gegen meinen Konkurrenten auszuführen. »Komm schon, komm schon«, murmelte ich und fing Jam Da-Costas Blick auf, den mein Konzert offensichtlich von seiner Morgenlektüre abgelenkt hatte.

»Wunderbarer Tag heute, Mister Westbrook!« Jams Gesicht legte sich in Falten.

»Absolut, Jam, absolut!«, pflichtete ich ihm bei. Der Gute ahnte ja nicht, wie recht er hatte.

Das vertraute Pling kündigte die heiß ersehnte Ankunft des Aufzugs an. Ich war gerade dabei, einen Fuß in die Kabine zu setzen, als ich in meinem Rücken das Klappern von Absätzen wahrnahm. Automatisch drehte ich mich um.

Amelia.

Ihr Anblick stellte etwas Komisches mit meinem Magen an. Irgendwie war es seltsam, sie angezogen wiederzusehen. Meine letzte Erinnerung an sie war, wie sie nackt und verschwitzt am Kopfpolster ihres Bettes gelehnt hatte. Sie hatte unglaublich schön ausgesehen, mich aus schimmernden Augen angesehen, ihre Lippen, ihre wundervollen, verführerischen Lippen waren einladend geöffnet gewesen und ich hatte mich zusammenreißen müssen, nicht zurück ins Bett zu steigen, um meine Hände erneut über ihre Kurven wandern zu lassen.

Okay, natürlich konnte sie hier nicht nackt auftauchen, aber selbst in ihrem üblichen Büro-Outfit kam sie mir heute irgendwie anders vor. Unauffällig nahm ich ihre kurzärmelige hellblaue Bluse über dem schmalen grauen Rock in Augenschein, ebenso die dunkelblauen High Heels, die vorn offen waren. Korrekt wie immer. Businesslike und leider wieder ein wenig brav. Ihr

Haar trug sie wie üblich zu einem Pferdeschwanz gebunden. Sie so zu sehen, obwohl ich jetzt wusste, dass sie wundervolle kastanienbraune Locken besaß, tat mir fast körperlich weh.

Ich richtete meine Aufmerksamkeit auf ihr Gesicht. Die winzigen Sommersprossen auf ihrem Nasenrücken schienen zu tanzen. Ich sah ihr in die Augen und versank in dem tiefen, von dunklen langen Wimpern umrahmten Bernsteingold. Wow. Und plötzlich war mir klar, was so anders an Amelia war. Sie wirkte wie eine Frau, die einen guten One-Night-Stand gehabt hatte. Ein Blick genügte, um das zu erkennen. Und das Gefühl zu wissen, dass ich derjenige gewesen war, der sie in den Himmel katapultiert hatte, war unbezahlbar. Gern geschehen, Miss Heart. Ich konnte mir ein triumphierendes Grinsen nicht verkneifen.

»Guten Morgen, Nate.« Amelia hüstelte und deutete mit ihrer Mini-Handtasche – Clutch nannten die Frauen diese seltsamen Dinger, erinnerte ich mich nebenbei – zum Aufzug. »Wollen wir rein?«

Täuschte ich mich oder war sie tatsächlich knallrot geworden, während ich sie gemustert hatte? Irgendwie süß.

Amüsiert grinsend folgte ich ihr in die Kabine, wobei mein Blick unwillkürlich auf ihren Hintern fiel. Diesen hübschen, sexy Arsch, den ich vor Kurzem noch nackt hatte sehen dürfen. So ganz konnte mein Verstand noch immer nicht fassen, dass Amelia Heart und ich Sex gehabt hatten. Und dazu noch welchen von der wirklich fantastischen Sorte. Ich würde es selbst kaum glauben, wenn ich nicht persönlich dabei gewesen wäre. Vor einigen Tagen hätte ich jemanden, der mir prophezeit hätte, dass ich wilden, berauschenden Sex mit unserer süßen Miss Unschuld haben würde, für komplett durchgeknallt erklärt. Zum Glück konnte ich Rowe einen entsprechenden Beweis erbringen.

Die Aufzugtüren schlossen sich mit einem leisen Surren. Lässig lehnte ich mich mit dem Rücken gegen die Wand und studierte die verspiegelte Aufzugdecke, doch rasch senkte ich den Blick, damit Amelia nicht auf die absurde Idee kam, ich würde sie von oben bespitzeln wollen. Nicht, dass da irgendetwas zu sehen gewesen wäre. Wie immer hatte sie ihre Bluse fast bis ganz oben geschlossen. Allerdings wusste ich jetzt, was sich unter dem feinen Baumwollstoff verbarg. Ich schluckte.

Ein Bild von Amelias perfektem weichen Busen poppte vor meinem inneren Auge auf. Ich erinnerte mich, wie ich ihre Knospen liebkost hatte, meine Zunge über ihre samtweiche Haut geglitten war. Wie süß Amelia geschmeckt hatte. Wie ihre Brüste gewippt und sich ihre Fülle in meinen Händen angefühlt hatte. Mein Schwanz regte sich und forderte Aufmerksamkeit. Schlechtes Timing, Kumpel. Verdammt schlechtes Timing. Verflucht, ich würde doch nicht …? Echt jetzt? Ich verpasste dem Bild, das mich in Schwierigkeiten zu bringen drohte, einen Arschtritt, spannte die Kiefermuskeln an und verlagerte mein Gewicht, wobei ich die Schultertasche mit dem Laptop unauffällig in Richtung meines Schritts dirigierte.

»Alles okay?« Amelia fing meinen Blick ein.

»Natürlich. Wieso fragst du?« Ich lächelte sie an.

»Du wirkst irgendwie angespannt.«

»Alles bestens.« Bis auf die Tatsache, dass ich einen Steifen in der Hose habe und dich gern auf der Stelle nehmen würde.

Amelia erwiderte mein Lächeln. Zunächst etwas scheu, dann selbstbewusster.

Sie hatte Grübchen. Sie hatte verdammte Grübchen! Und die waren überaus sexy. Warum waren mir die zuvor nicht aufgefallen? Weil Amelia dich noch nie angelächelt hat, Idiot.

Ich musste der vor Ironie triefenden Stimme in meinem Kopf recht geben. Es war tatsächlich das erste Mal, dass ich Amelia Heart lächeln sah. So richtig. Und sie besaß ein umwerfendes Lächeln. Diese Erkenntnis trug nicht gerade dazu bei, meinen Schwanz zu beruhigen. Was zur Hölle war los mit mir? Ich stand mit ihr im Aufzug und hatte einen Ständer? Hallo? Einen verdammten STÄNDER? Bei einer Frau, deren Outfits die sinnliche Ausstrahlung eines gehäkelten Eierwärmers besaßen?

Es war ja nicht so, dass ich ein Mann mit sexuellem Notstand war. Im Gegenteil. Meine dahin gehenden Bedürfnisse stillte ich regelmäßig. Nein, ich war kein Mönch, der sich unverhofft einer nackten Jungfrau gegenübersah und nicht wusste, wohin mit seinen erotischen Gelüsten. Irgendwie erwartete ich halb, dass es plötzlich einen Knall gab und ich zurück in die Wirklichkeit katapultiert wurde. Denn das hier konnte unmöglich die Realität sein, oder?

Ich stieß einen stummen Laut der Erleichterung aus, als der Aufzug hielt und sich die Türen öffneten. »Nach dir«, sagte ich und machte eine Handbewegung, um Amelia zu signalisieren, dass sie vorgehen sollte. Und hör gefälligst auf, mich anzulächeln. Ich tat mein Bestes, um nicht auf ihre wiegenden Hüften zu starren, während sie die Glastüren ansteuerte, und verfluchte mein bestes Stück, das durch heftiges Pulsieren seine jederzeitige Einsatzbereitschaft verkündete. Irgendetwas stimmte nicht mit mir.

Amelia war immer noch dieselbe Kollegin wie vor drei Tagen. Noch immer würde ich ihr vermutlich, wenn wir uns irgendwo draußen auf der Straße oder am Strand begegnen würden, keinen zweiten Blick gönnen. Und doch machte mich ihr Anblick gerade unheimlich scharf und trieb meinen Puls in die Höhe. Weil ich jetzt wusste, welchen unwiderstehlichen Körper sie unter ihrer bürokratischen Kleidung verbarg. Und weil ich erfahren hatte, wie leidenschaftlich und sinnlich sie im Bett sein konnte – ein fleischgewordener Männertraum. Oh verflucht! Es drängte mich, meine Hand auf die Rundung ihres süßen Hinterns zu legen, sie hart an mich zu ziehen und meinen Mund auf ihren zu pressen. Nein, nein, nein. Ich musste meine Gedanken dringend in eine andere Richtung zwingen.

Etwas gequält grüßte ich Reese am Empfang, die mein Lächeln mit einem vertraulichen Augenzwinkern erwiderte. Ich blieb kurz bei ihr stehen, um Amelia Vorsprung und meinem Schwanz eine Gelegenheit zu geben, sich zu beruhigen.

»Guten Morgen, Reese. Alles klar bei dir heute?«

Auf ihren rosafarben angemalten Lippen erschien der Anflug eines kleinen Lächelns. »Danke Nate, absolut. Dir auch einen guten Morgen. Wir haben übrigens wieder eine funktionierende Kaffeemaschine in der Teeküche.«

»Ach, tatsächlich?« Beiläufig nahm ich ihren Ausschnitt in Augenschein, der mir das obere Drittel ihrer Brüste präsentierte. Unvermittelt kam mir dieser kleine herzförmige Leberfleck, der Amelias linken Busen unterhalb ihrer Brustwarze zierte, in den Sinn.

»Vorhin war ein Techniker vom Kundendienst da, um sich das Teil mal anzusehen. In weiser Voraussicht hatte er eine neue Maschine dabei, denn die alte war wohl nicht zu reparieren gewesen.« Reese, die sehr wohl gemerkt hatte, wohin mein Blick gewandert war, streckte mir demonstrativ ihren Vorbau entgegen.

»Na, das ist doch prima.« Ich bedachte sie mit einem unverbindlichen Grinsen. Natürlich war mir bewusst, dass Reese auf ein nettes Geplänkel, das vielleicht zu einer weiteren Verabredung führen würde, hoffte, aber ich befand mich leider gerade gar nicht in Plauderlaune. Deshalb zwinkerte ich ihr zu, bevor ich entschlossenen Schrittes die Toilettenräume anstrebte. Viel kaltes Wasser in meinem Gesicht würde vielleicht helfen – obwohl ich in diesem Fall eine eiskalte Dusche vorgezogen hätte.

Nachdem ich mich erfrischt und den Laptop in mein Büro gebracht hatte, lockerte ich meine Schultern, ließ meinen Nacken kreisen und machte mich auf in Parker Rowes Büro, um dieser verfluchten Erpressung endlich ein Ende zu setzen.

Mein Kollege saß hinter seinem Schreibtisch und telefonierte, die Füße in ledernen Bugattis überkreuzt auf dem Tisch abgelegt und die Augen konzentriert auf den Bildschirm gerichtet. Als er mich bemerkte, verzog sich sein Mund zu einem breiten, zufriedenen Grinsen. Dieser Bastard. Es entzog sich meinem Verständnis, warum er noch immer lächelte, als behielte er die Karten in der Hand. Das Lachen würde ihm jedoch gleich vergehen. In aller Seelenruhe ließ ich mich ihm gegenüber in den braunen Ledersessel sinken, schlug die Beine übereinander und spielte mit dem Smartphone in meiner Hand. Ich lächelte ebenfalls, als ich über das Display wischte, um das Bild aufzurufen, das ich ihm gleich präsentieren würde. Rowe taxierte mich, während er telefonierte, und weil das Grinsen mein Gesicht nicht verließ, nahm er schließlich – offensichtlich leicht irritiert – seine Beine vom Tisch und erhob sich mit dem Telefon am Ohr.

»Okay Colin. Ja, in Ordnung. Natürlich könnten wir das so handhaben. Ich verspreche Ihnen, ich werde Ihre Kampagne ... Ja, sicher.« Ich sah seinen Adamsapfel über dem blütenweißen Hemdkragen hüpfen. »Gut. Bis dann.« Seine Augen waren noch immer auf mich gerichtet, als er das Smartphone auf dem Tisch ablegte. »Was gibt's, Westbrook?«

Ich stand ebenfalls auf. Die Muskeln in meinem Kiefer arbeiteten. »Echt jetzt, Rowe, war das etwa Colin Lawson? Mein verdammter Kunde?« Hatte ich ihm nicht klipp und klar gesagt, dass ich meinen Großauftrag niemals abgeben würde? Und hatte ich ihm nicht geschrieben, dass ich meinen Teil des Deals erfüllt hatte? Was zum Teufel also sollte das hier?

»Ganz ruhig, Westbrook. So, wie ich die Sache sehe, wirst du nicht wollen, dass Greenwalt das nette Filmchen von dir und der kleinen Denton zu Gesicht bekommt. Und deshalb habe ich schon mal meine Fühler ausgestreckt und Lawson angedeutet, dass es im Bereich des Möglichen liegt, dass ich künftig seine Kampagne betreuen werde.« Rowes Gesicht verzog sich zu einem diabolischen Grinsen. »Andererseits, wenn es dir lieber ist, dass Greenwalt eine nette Show geboten bekommt ...«

»Zur Hölle mit dir, Rowe.« Einen Schritt auf ihn zumachend, ballte ich meine Linke zur Faust. »Ich hatte dich bereits am Freitagabend darüber informiert, dass sich deine Erpressung erledigt hat.«

»Komm schon, Westbrook. Du bluffst. Ich kann ja verstehen, dass das ein bemitleidenswerter Versuch war, mich glau...«

»Jetzt hältst du mal die Luft an und hörst mir ganz genau zu«, schnitt ich ihm das Wort mitten im Satz ab. »Ich werde es dir jetzt noch einmal von Angesicht zu Angesicht sagen: Du wirst dieses verfluchte Video löschen. Und ich werde meinen Kunden behalten.«

Rowe legte seinen Kopf schief. »Wohl kaum.«

»Oh, doch. Denn Amelia Heart und ich hatten Sex, Rowe. Leidenschaftlichen, gepflegten, hemmungslosen, unglaublichen Sex. Ja, du hast richtig verstanden«, legte ich nach, als sich seine Brauen zweifelnd zusammenzogen. »Ich habe meinen Teil dieses verachtenswerten, von dir vorgeschlagenen Deals erfüllt – wie ich dir bereits geschrieben hatte. Jetzt bist du an der Reihe. Ich gehe davon aus, dass du zu deinem Wort stehst.« Verflixt, fühlte sich das gut an, ihm diese Neuigkeit persönlich zu unterbreiten.

»Das soll ich dir glauben? Du hattest was, bitte?«

»Sex. Du weißt schon, dieses private Ding zwischen zwei Menschen, das üblicherweise auch privat bleiben sollte?« Meine Stimme klang kalt. Mit einem Hauch von Sarkasmus.

Rowes Adamsapfel hüpfte erneut. »Mit Amelia Heart, unserer kleinen Miss Unschuld? Ernsthaft? Mann, Westbrook. Du kannst mir viel erzählen. Du musst wirklich verzweifelt sein. Sieh es einfach ein, du bist am Arsch.«

Wortlos hielt ihm mein Smartphone mit dem Foto von Amelias Stringtanga, den ich fürs Bild adrett auf ihrem Bett positioniert hatte, vor die Nase.

Rowes Augen verengten sich zu schmalen Schlitzen. »Das beweist gar nichts. Dieses Foto hättest du sonst wo aufnehmen können«, erklärte er mir mit gerecktem Kinn, doch seine Stimme hatte eindeutig an Festigkeit verloren.

»Richtig. Deswegen habe ich noch dieses hier für dich gemacht.« Ich wischte über das Display, um ihm das zweite Foto zu präsentieren, das eindeutig eins von A- melias Businesskostümen auf einem Bügel am Kleider- haken in ihrem Schlafzimmer zeigte. Sie hatte es be- reits mehrfach im Büro getragen.

»Das darf doch nicht ... Zum Henker aber auch!« Rowe rückte näher, um das Bild besser studieren zu können. Jegliche Farbe wich aus seinem Gesicht.

»Ich hätte es nicht treffender formulieren können«, stimmte ich ihm zu und ließ mein Smartphone in die Brusttasche gleiten. Diesmal war ich derjenige, der ihm einen jovialen Schlag zwischen die Schulterblätter ver- setzte. »Nimm es nicht so schwer, Rowe.«

Sichtlich aus der Bahn geworfen, strubbelte er sich durch sein kurzes, helles Haar, wobei er mich nicht aus den Augen ließ.

»Dass du tatsächlich ... die kleine Heart ... niemals, nein.«

»Auch wenn ich deine Eloquenz bewundere, Rowe, hätte ich jetzt gern, dass du dieses Video löschst.« Auffordernd nickte ich ihm zu.

Widerstrebend nahm er sein Smartphone vom Tisch. Seine Stirn legte sich in Falten, als er nach der entsprechenden Datei suchte, und ich stellte mich neben ihn, um sicherzugehen, dass er auch genau das tat, was ich von ihm verlangte.

»Lösch es. Sofort«, verlangte ich, wobei ich mir ersparte, es ein zweites Mal anzusehen. »Ebenso etwaige Kopien.«

»Zufrieden, Westbrook?«, wollte er von mir mit einem Heben seiner linken Braue wissen, nachdem er die Aufnahme unter meiner Aufsicht gelöscht hatte.

»Sollte ich jemals auch nur einen winzigen Ausschnitt oder ein Duplikat davon irgendwo entdecken, Rowe, dann wirst du dir wünschen, du wärst nie geboren worden.« Ich spannte meine Kiefermuskeln an, als ich ihm auf die Brust tippte.

»Hey, hey. Immer schön ruhig bleiben.« Rowe hob beide Hände zur Beschwichtigung und trat einen Schritt zurück. »Entspann dich.«

»Ich werde mich entspannen, sobald ich dein Büro verlassen habe«, unterbrach ich ihn kalt. »Menschen wie du widern mich an.« Arschloch.

Er reckte das Kinn. »Wir sind noch nicht fertig miteinander.«

»Ich denke, da täuschst du dich gewaltig«, erwiderte ich und wandte mich ab. Dieser Mistkerl konnte mir weiterhin drohen, wie er wollte. Die Sache war erledigt.

Er hatte nichts mehr in der Hand gegen mich. Mir war, als hätte ich meinen Hals von einer sich zuziehenden Schlinge befreit, die mir die Luft zum Atmen genommen hatte. Das Scheppern der Tür in ihren Angeln klang wie Musik in meinen Ohren.

9. Kapitel

Amelia

Was für ein Glück, dass Miguel noch nicht am Platz saß, denn ich brauchte ein paar Augenblicke, um mich zu sammeln. Ich verstaute meine Clutch in der Schreibtischschublade und ließ mich auf meinen Stuhl sinken.

Nate soeben wiederzusehen, hatte mich völlig aus der Bahn geworfen. Sein Anblick hatte mein Herz zum Stolpern gebracht und meine Knie weich werden lassen, weil ich sofort an all das hatte denken müssen, was wir am Freitagabend in meinem Bett miteinander getrieben hatten. Ich hatte vorgehabt, ihm selbstbewusst entgegenzutreten, was sich allerdings als schwierig herausgestellt hatte. Egal, wie fest ich mir vorgenommen hatte, kühl und gelassen zu bleiben, sein Anblick entfesselte einen Gefühlssturm in mir. Wir waren uns körperlich so nah gekommen wie nur möglich und jetzt fiel es mir schwer, ihn wieder mit den Augen einer Kollegin zu betrachten. Das hatte ich mir definitiv einfacher vorgestellt.

Mein Herz klopfte wild, als ich meinen Laptop aufklappte und hochfuhr. Ich musste einen Weg finden, unbefangen mit der ganzen Sache umzugehen. Durfte meine Arbeit davon nicht beeinträchtigen lassen. Das

Beste wäre, diese Bettgeschichte einfach zu vergessen, zu den Akten zu legen. Doch ich wusste, das würde nicht geschehen, so sehr ich es auch versuchte. Nate hatte eine Leidenschaft in mir entfesselt, eine Sehnsucht geweckt, die mir den Boden unter den Füßen weggezogen hatte. Ich sehnte mich nach diesem Gefühl, das er mir gegeben hatte. Danach, mich begehrenswert, stark und sexy zu fühlen. Und dennoch war mir klar, dass ich die Sache niemals wiederholen würde. Er war ein Arbeitskollege. Nicht mehr und nicht weniger. Und auch wenn wir für ein paar sehr intime Momente das Bett geteilt hatten, musste ich mich daran erinnern, warum ich in dieser Firma war: um Karriere zu machen. Um meinem Dad etwas zu beweisen. Nicht, um mich mit männlichen Kollegen zu vergnügen. Egal, wie hinreißend und begehrenswert sie auch sein mochten. Ich würde dieses Abenteuer unter Erfahrungen abbuchen.

Mit leisem Bedauern, aber fest entschlossen, Nate künftig nur noch in einer professionellen Weise zu begegnen, klickte ich mit einem leisen Seufzen meinen Nachrichtenordner an.

Nate

Nachdem ich Rowes Büro verlassen hatte, arbeitete ich effizient und äußerst konzentriert. Geradezu beflügelt fühlte ich mich von der Gewissheit, dass die Sache mit dem bescheuerten Video nun erledigt war. Dieser Punkt ging an mich. Es war ein verdammt gutes Gefühl, die Zügel wieder in der Hand zu halten, und ich hoffte, dass Reese niemals von Rowes mieser Tour erfahren würde.

Nachdem ich mein anvisiertes Pensum erledigt hatte, verschränkte ich meine Finger hinter dem Nacken, dehnte meine Muskeln und sah aus dem Fenster, um den Ausblick auf Downtown L.A. zu genießen. Die Glas- und Stahlfassaden der Skyline reflektierten glitzernd und funkelnd das Sonnenlicht und über den Wolkenkratzern lag ein feiner Dunst, der selbst an schönen Tagen niemals ganz verschwand. Er gehörte zu L.A. wie die *Lakers* und der Hollywood-Schriftzug in den Hills. Ich liebte diese Stadt, ihre pulsierende Lebendigkeit, das ewig unterschwellige Brodeln. Den Lärm, den Schmutz, die Großartigkeit und den Glamour. Mein Surferherz war verrückt nach den atemberaubenden Stränden des Pazifiks. Und dennoch – trotz eigenem Apartment, trotz Sammy und aufstrebender Karriere – hatte ich hier noch immer nicht gänzlich Wurzeln geschlagen, obwohl ich mein Leben und meine Vergangenheit in Detroit vor mehr als drei Jahren hinter mir gelassen hatte. Es schien, als würde ich auf etwas warten. Worauf war mir selbst noch nicht klar.

Den Blick auf die Skyline gerichtet, zog ich das Smartphone aus meiner Brusttasche, um Colin Lawson anzurufen. Es war mir ein Bedürfnis, klarzustellen, dass ich auch zukünftig der Ansprechpartner für seine Kampagne sein würde. Selbstverständlich bedauerte ich ihm gegenüber das kleine Missverständnis innerhalb unseres Teams, versicherte ihm aber, dass ich zu keiner Zeit seinen Auftrag abgegeben hatte und er jederzeit auf mich zählen konnte. Wie sich herausstellte, war Colin mehr als erleichtert, mich weiterhin an der Seite seiner Firma zu wissen. Wir wechselten noch ein paar freundliche Worte, bevor ich mit einem guten Gefühl das Gespräch beendete. Ich hatte die Dinge wieder geradegerückt. Zeit für eine Kaffeepause.

Nachdem ich von Reese erfahren hatte, dass die Maschine wieder funktionierte, suchte ich in ziemlich gelöster Stimmung unsere kleine Teeküche auf. Und hätte um ein Haar auf dem Absatz kehrtgemacht. Amelia stand dort am Tresen mit dem Rücken zu mir und machte sich an einem neuen, schwarz glänzenden Vollautomaten zu schaffen. Offensichtlich bereitete ihr das Gerät einige Schwierigkeiten, denn sie fluchte leise vor sich hin, während sie mit einer Hand scheinbar wahllos sämtliche Knöpfe drückte und in der anderen eine Packung mit Röstbohnen bereithielt. Ich räusperte mich dezent, um sie nicht zu erschrecken.

Natürlich tat sie es doch. Sie wirbelte herum, sodass ihr prompt die Packung aus der Hand rutschte. Sekunden später kullerten jede Menge Kaffeebohnen geräuschvoll über den Steinboden und ein aromatischer Duft erfüllte den kleinen Raum. »Shit!« Amelia warf mir einen kurzen, bösen Blick zu.

»Ich freue mich auch, dich zu sehen«, bemerkte ich trocken und ging in die Knie, um ihr zu helfen, die Sauerei zu beseitigen. Als ich mich neben sie hockte, stieg mir ihr Duft in die Nase, diese eigenwillige Kombination aus Sommerblumen mit einem Hauch von Vanille. Mein Blick fiel unfreiwillig auf ihren nackten Oberschenkel, den ihr hochgerutschter Rock entblößte. Sofort fluteten ungebetene Bilder mein Hirn und meine Fantasie beglückte mich mit der Vorstellung, Amelia auf diesem Boden zwischen den Kaffeebohnen zu nehmen. Hier und jetzt. Ich wollte meine Hände unter ihren engen Rock schieben, ihr das Höschen zerreißen und mich in ihrer feuchten, warmen Weiblichkeit versenken. Mit ihr all die Dinge tun, die wir getan hatten, und noch viel mehr. Ich wurde hart und mein Atem beschleunigte sich. Ich will dich flachlegen.

»Wie bitte?« Amelia hob den Blick. Ihre Augen weiteten sich ungläubig.

Holy Shit! Hatte ich das eben etwa laut gesagt? »Wir ...«, wieder räusperte ich mich, »sollten das hier mit einer Kehrschaufel erledigen.« Ich schluckte schwer. Versuchte, meinen unregelmäßigen Atem unter Kontrolle zu bekommen. Auf keinen Fall sollte ich jetzt aufstehen. Die Reaktion zwischen meinen Beinen war ziemlich deutlich. Ich spürte einen Schweißtropfen, meinen Rücken hinunterrinnen. Komm schon, Westbrook. Das hier ist weder die rechte Zeit noch der rechte Ort! Und vor allen Dingen – seit wann zum Henker war ich eigentlich derart notgeil?

Amelia starrte mich an, als hätte ich nicht alle Sinne beisammen. Womit sie vermutlich recht hatte. Ihre Nähe schien mich total kopflos zu machen. Was mich doch etwas aus der Bahn warf, denn noch nie zuvor hatte mein Körper derart extrem auf die Gegenwart einer Frau reagiert. Jedenfalls nicht ohne meine Zustimmung. Ich wollte keine Wiederholung unseres Schäferstündchens. Und keine erotischen Gedanken haben. Nicht in der verdammten Teeküche unserer Firma oder in diesem Augenblick. Auch wenn mein rebellischer Schwanz offensichtlich anderer Meinung war.

»Eine Kehrschaufel«, wiederholte ich gepresst. Beruhig dich, Kumpel. Hier findet nichts statt. Nicht jetzt und auch nicht später. Also vergiss es.

»Sicher.« Amelia sprang auf und stöckelte auf ihren High Heels zu dem schmalen Schrank neben der Spüle, wo sich – ich erinnerte mich dunkel – einige Putzutensilien befanden. Ich konnte mich nicht vom Anblick ihrer Beine losreißen. Sie hatte verdammt sexy Beine.

Verflucht, Westbrook, reiß dich zusammen. Ich stöhnte innerlich auf, während Amelia sich am Schrank zu schaffen machte. Widerwillig rappelte ich mich hoch, um ihr schließlich Schippe und Besen abzunehmen. Ich konnte ja schlecht hier hocken bleiben und ihr die ganze Arbeit überlassen. Auch wenn ich die Aussicht sehr genoss. Wenn man mir nicht explizit in den Schritt starrte, würde man die verräterische Beule gewiss übersehen. Ich streckte meine Hand nach den Putzsachen aus. »Gib sie mir, ich mach das schon«, forderte ich Amelia eine Spur zu schroff auf. Meine Hand streifte ihre und wir beide zuckten zusammen, als hätten wir aus Versehen ein Feuer berührt.

Amelias Blick glitt an mir hinab, als würde er magisch angezogen werden. Mir wurde extrem heiß. Für mein bestes Teil schien die plötzliche Aufmerksamkeit neuer Zündstoff zu sein. Weil ich den Druck kaum aushielt, verlagerte ich mein Gewicht. Amelias Aufmerksamkeit wanderte zurück zu meinem Gesicht, blieb sekundenlang an der Narbe über meinem rechten Wangenknochen hängen, bevor ich ihren Blick einfing und festhielt. Wir starrten einander wortlos an und die Luft um uns herum flirrte nur so vor knisternder Erotik.

Mit jeder Faser meines Körpers war ich mir Amelias Präsenz bewusst. Ich hatte nur einen einzigen Gedanken. Ich wollte diese Frau besitzen. Sie packen, gegen die Wand pressen, ihr den verdammten Rock hochschieben, damit sie ihre Beine um meine Hüften schlang. Und sie nehmen, hart und ausdauernd. Bis sie schreiend kam. Verdammt, nein. Ich musste hier raus, solange ich noch ein winziges Quäntchen Verstand besaß. Meine Libido hatte offensichtlich andere Pläne. Wie in Zeitlupe legte ich die Kehrschaufel auf dem Küchentresen ab und näherte mich Amelia, magisch von ihr angezogen.

Sie fixierte mich. »Nate, was soll das?« Ein Kopfschütteln.

»Nein.«

»Nein«, flüsterte ich rau, mein Wort ein Echo ihrer Warnung. Ich legte eine Hand an ihre Taille und zog sie bestimmend an mich, sodass zwischen unsere Körper kein Blatt Papier mehr passte. Es war mir egal, dass sie meine Erregung durch den Stoff meiner Hose hindurch fühlen konnte. Sie wusste es ohnehin.

»Nate, ich will das nicht.«

»Du lügst.« In einer verführerischen Geste strich ich mit dem Daumen über ihre Unterlippe und folgte dann einer unsichtbaren Linie entlang der Kurve ihrer Kehle hinunter bis zu diesem geschlossenen Knopf, der mich reizte, ihn zu öffnen. »Du solltest mehr Dekolleté zeigen«, raunte ich. »Es ist ein Jammer, dass du diese beiden hübschen Exemplare versteckst.« Sie seufzte überrascht auf, als ich spontan eine ihrer Brüste umschloss. Dabei verstärkte ich den Griff an ihrer Taille und spürte, wie sie erzitterte. Ich sah förmlich, wie sich die

Gedanken hinter ihrer Stirn überschlugen. Sie kämpfte dagegen an, aber sie wollte es genauso sehr wie ich. Ich konnte es an dem lustvollen Funkeln ihrer Bernsteinaugen sehen.

Ich will sie küssen.

Schlechte Idee. Ganz schlecht.

Meine Lippen stießen auf ihre. Hart. Hungrig. Fordernd. Ich lockte ihre Zunge mit meiner, drang in ihren glühend heißen Mund und endlich gab sie ihre Gegenwehr auf. Ich verführte und leckte sie und konnte nicht genug von ihr bekommen. Ich wurde steinhart. Mein Schwanz drängte gegen den Stoff meiner Hose, schmerzhaft vor ungestillter Begierde. Wie konnte es sein, dass ich in ihrer Gegenwart so ein überwältigendes, atemloses Verlangen verspürte? Ein Verlangen, das so ursprünglich, wild und stark war, dass es mir den Atem raubte. Es zog mir den Boden unter den Füßen weg. Ich hatte einige heiße Frauen in meinem Bett gehabt. Hatte Sex ausgiebig und in vollen Zügen genossen. Es gab keinen Grund, absolut keinen, weshalb ich sehnsüchtig an Sex denken sollte, wenn ich Amelia anblickte. Und doch war es, als hätte sich ein Schalter in mir umgelegt. Ich konnte mich nur noch daran erinnern, wie es gewesen war, mit dieser unglaublichen Frau Sex zu haben. Irgendetwas lief hier gewaltig aus dem Ruder.

Schlagartig ließ ich von ihr ab, gab sie frei und machte zwei Schritte zurück, um die Distanz zwischen uns zu vergrößern. Ich kniff mir in die Nasenwurzel. »Sorry. Das hätte ich nicht tun sollen.« Nicht auszudenken, wenn Greenwalt oder Millard zufällig in der Tee-küche aufgetaucht wären. Oder irgendeiner unserer Kollegen.

»Nein, hättest du nicht.« Ihre Augen hatten sich verdunkelt. Mit den Fingerspitzen berührte sie ihre Lippen, als könnte sie meinen Kuss noch schmecken. Diese verdammten Lippen. Immer, wenn ich sie sah, überkam mich das Bedürfnis, sie zu küssen.

Shit! Warum konnte ich meine Hände nicht von diesem Mädchen lassen? Ich murmelte etwas, das wie eine Entschuldigung klang, und trat den Rückzug an. Verflixt, Nathan Westbrook! Du hast das beschissene Heim überlebt, du hast Demütigung, Schläge, Verrat und Verlust ausgehalten. Du wirst ja wohl mit deinem überbordenden Bedürfnis, diese Kleine flachzulegen, fertig werden. Also kneif gefälligst deine Arschbacken zusammen und lass deine Finger von Amelia Heart. Sie. Ist. Nicht. Dein. Typ. Noch nie gewesen und sie würde es niemals sein. Nicht eine wie Amelia.

Es irritierte mich zutiefst, dass ich wie ein sexhungriger Pubertierender auf sie reagierte. Noch nie hatte ich zugelassen, dass mich irgendeine Bettgeschichte derart aus dem Konzept brachte. Diese Frau war schuld daran, dass ich mit einem Ständer durchs Büro lief! Vermutlich war es diese spezielle Mischung aus Unschuld und Sinnlichkeit, die mich so ungemein reizte. Dennoch sollte ich mich dringend zusammenreißen. Schließlich hatte ich gerade erst das Dilemma mit Rowes Erpressung gelöst und sollte mich definitiv nicht erneut in Schwierigkeiten bringen. Und das würde ich unweigerlich tun, wenn ich Amelia Heart weiter in Teeküchen küssen würde.

»Entschuldige«, wiederholte ich noch einmal lauter, bevor ich ohne den Kaffee, den ich mir eigentlich hatte besorgen wollen, fluchtartig die Küche verließ und über den Flur in mein Büro zurückeilte. Dabei hatte ich die ganze Zeit noch den Duft der über den Boden verstreuten Bohnen in der Nase. Diesen und den von Amelia.

10. Kapitel

Amelia

»Hey Amelia.« Das geschäftige Geklapper von Miguel Garcias Tastatur erstarb abrupt, als ich in unser gemeinsames Büro trat, wobei ich mich ermahnte, nicht ständig meine Lippen zu berühren, auf denen ich noch immer meinte, Nates Kuss zu spüren.

»Alles in Ordnung?«

Verflixt! Konnte Miguel mir an der Nasenspitze ablesen, wie durcheinander ich war? Nachdem Nate aus der Teeküche geflüchtet war, als wäre der Leibhaftige hinter ihm her, hatte ich die restlichen Bohnen aufgefegt und den Raum verlassen. Natürlich ohne Kaffee zu machen. Was aber auch nicht weiter tragisch war, denn ich brauchte definitiv keinen Koffeinschub mehr. Mein Herz raste bereits wie auf Ecstasy. »Sicher«, antwortete ich wohl eine Spur zu schnell und vielleicht auch zu fröhlich.

Die wachsamen Augen meines Kollegen verfolgten jede meiner Bewegungen durch seine Hipsterbrille, als ich mich an meinen Platz setzte. »Wo hast du mein Getränk gelassen? Ich dachte, du bringst mir einen Becher mit?«

Garcia war ein Kaffeejunkie. Er könnte nicht ohne das schwarze Gebräu funktionieren, behauptete er, und ich hatte ihm vorhin versprochen, für Nachschub zu sorgen. Mit einem leisen Seufzen rückte ich meinen Stuhl zurecht und versteckte meine brennenden Wangen hinter dem Bildschirm. »Die Maschine spinnt. Wollte nicht so wie ich«, murmelte ich und hoffte, dass er mir die kleine Notlüge abkaufte. Wobei meine Aussage nicht wirklich geflunkert war, denn ich hatte tatsächlich mit dem neuen Automaten gekämpft, bevor Nate mich ... abgelenkt hatte.

Zum Glück enthielt sich Miguel eines weiteren Kommentars und kurz darauf setzte wieder das beruhigende Klappern seiner Tastatur ein. Ich versuchte ebenfalls, mich auf meine Arbeit zu konzentrieren, aber ich scheiterte kläglich.

Immer wieder ging ich im Geist die Begegnung mit Nate in der Küche durch. Als er mich mit diesem speziellen Ich-bin-scharf-auf-dich-Blick angesehen hatte, hatte es mich wie ein Blitzschlag getroffen und ich hatte meinen Vorsatz, Nate ab sofort nur noch in einer professionellen Weise entgegenzutreten, prompt über den Haufen geworfen. Obwohl ich mir fest vorgenommen hatte, ihm zu widerstehen.

Na, das hat ja super funktioniert, ätzte ein kleines Teufelchen in mir.

So ein Mist. Diese unverhohlene Begierde und dieser besitzergreifende Ausdruck in seinen Augen hatten mich einfach atemlos gemacht. Und auf einmal konnte ich an nichts anderes mehr denken, als mich von ihm erobern zu lassen. Ich wollte, dass er mich in Besitz nahm. Ich wollte ihm gehören. So wie beim letzten Mal.

Die Erinnerung an den Sex mit ihm jagte kleine lustvolle Schauer durch meine Adern. Alle meine Sinne vibrierten vor Sehnsucht und ich gierte danach, Nates Hände wieder auf mir zu spüren. Ich war süchtig nach diesem Mann. Nach seinen Küssen, seiner Berührung. Und Nate wollte es ebenso sehr wie ich, dessen war ich mir sicher. Hätte er mich sonst auf diese Weise geküsst? Und Himmel, wie er mich geküsst hatte!

Gedankenverloren griff ich nach dem Kuli, der neben meiner Tastatur lag, und ließ ihn durch meine Finger gleiten, als mir bewusst wurde, wie unvorsichtig wir gewesen waren. Was für ein Glück wir gehabt hatten, dass uns niemand überrascht hatte! Wenn Todd Millard mich beim Herummachen mit einem Kollegen im Büro erwischt hätte – oh ja! Die Chancen, dass ich hochkant aus der Firma fliegen würde, standen nicht schlecht. Ich war noch in der Probezeit und niemand, der sich im Team einen Namen gemacht hatte oder unersetzlich war. Noch nicht.

Ich dachte an die Bewerbung, die ich plante, in Kürze abzugeben. Die könnte ich dann wohl ebenfalls vergessen. Ebenso meine Reputation in der Firma. Ich hatte eine Dummheit begangen. Eine sehr große. Es durfte nicht wieder geschehen, so sehr ich auch davon träumte, Nate zu küssen. Oder ihn erneut in mein Bett zu lassen.

Ich schrak hoch, als unvermittelt Miguels attraktives Gesicht auf der anderen Seite meines Schreibtischs erschien. »Amelia, Schatz, so, wie es aussieht, brauche ich doch unbedingt meine tägliche Dosis Koffein. Ich werde mal nach dieser ungehorsamen Maschine schauen und sehen, ob ich ihr nicht einen Kaffee entlocken kann. Soll ich dir einen mitbringen?«

Ich schüttelte den Kopf. »Nein, nein, lass mal.« Mir war auf einmal schrecklich übel.

»Hey Amy!«

Als Beth' blonder Strubbelkopf in der Tür erschien, atmete ich erleichtert auf, denn ich hatte bei Weitem nicht das erledigt, was ich mir vorgenommen hatte. Es war dringend nötig, dass ich eine Pause machte, um den Kopf freizubekommen. Um nicht an einen bestimmten unverschämten Kerl mit schokoladenbraunen Augen und anbetungswürdigem Hintern zu denken. »Gehen wir rüber zu *Daryl's*?« Ich lenkte meinen Blick vom Bildschirm auf meine Armbanduhr. Es war kurz vor zwölf.

»Ich hoffe doch. Mein Magen knurrt schon so gefährlich wie ein sibirischer Wolf.« Beth kam ins Zimmer. »Ist Miguel schon weg?«

Ich nickte, während ich mir meine Clutch schnappte. »Sein Magen hat ebenfalls geknurrt, deshalb ist er heute früher als sonst zum Lunch aufgebrochen.« Was vielleicht auch damit zusammenhängen konnte, dass im Burgerladen seit einigen Tagen ein junger Mann an der Theke bediente, bei dessen Anblick Miguels Flirtbarometer heftig ausschlug, wie er mir im Vertrauen berichtet hatte. »Lass uns hier verschwinden, Beth.«

Während wir über den Flur liefen, warf Beth mir neugierige Seitenblicke zu.

»Sag mal, ist etwas passiert? Irgendwie kommst du mir heute anders vor.« Sie wühlte in ihrer pinkfarbenen Umhängetasche, um einen Pflegestift herauszufischen, mit dem sie sorgfältig ihre Lippen nachzog. Dabei ließ sie mich nicht aus den Augen.

Ich schüttelte den Kopf. »Es ist nichts passiert, alles in bester Ordnung.« Ich zwang mich zu einem Grinsen und schämte mich gleichzeitig, ausgerechnet Beth anzuschwindeln, denn ich mochte sie wirklich gern, aber ich hatte keine Wahl. Niemand sollte je erfahren, dass ich schwach geworden war und Nathan Westbrook in mein Schlafzimmer gelassen hatte. Abgesehen davon, dass Dad auf keinen Fall Wind davon bekommen durfte, wäre es einfach zu demütigend für mich gewesen. Die Gerüchteküche in der Branche funktionierte leider prächtig. Ich verdrängte den leisen Anflug eines schlechten Gewissens und knabberte an meiner Unterlippe, während ich die Ruftaste für den Aufzug drückte und anschließend meine lackierten Zehen in den Peeptoes studierte, als gäbe es nichts Interessanteres.

Die Tür glitt auf und wir traten in die Kabine, wo ich sicherheitshalber in Sekundenschnelle mein Spiegelbild checkte. Ich sah aus wie immer, beschloss ich rasch. Bis auf ... Oh, ja. Bis auf das verräterische Funkeln in meinen Augen. Shit. Ich wirkte wie eine äußerst befriedigte Frau. Wie jemand, der Blut geleckt hatte.

Beth geisterten wohl ähnliche Überlegungen durch den Kopf, denn ihre grauen Augen unter dem Fransenpony verengten sich, als sie mich musterte. Zwischen uns dehnte sich vielsagendes Schweigen aus.

»Beth ...«, startete ich einen Versuch und brach ab. Ich konnte es einfach nicht. Ich war noch nie jemand gewesen, der seine intimsten Geheimnisse mit anderen geteilt hatte.

Der Aufzug hielt. Beth, normalerweise eine Quassel-strippe, hielt den Blick starr geradeaus gerichtet, als wir die Lobby durchquerten. Sie war offensichtlich ver-letzt, weil ich mich ihr nicht anvertrauen wollte. Jam grüßte uns und mit einem beklemmenden Gefühl in der Magengegend winkte ich zurück. Ich sehnte mich nach Harmonie, konnte schlecht mit Misstönen umge-hen. Noch ein Grund, weshalb ich gern für mich allein war, denn da geriet ich nicht in Situationen wie diese hier.

In unbehaglichem Schweigen trotteten Beth und ich die Straße hinunter bis zur nächsten Ecke, wo sich *Da-ryl's Deli* befand.

Ich seufzte innerlich auf. Das würde nicht funktionie-ren. Beth war feinfühlig genug, um zu ahnen, dass et-was geschehen war. Irgendwie drängte es mich jetzt plötzlich doch mich jemandem mitzuteilen, denn ich war unvorstellbar durcheinander. Und Beth war die Einzige, bei der ich mir auch nur ansatzweise vorstel-len konnte, dies zu tun.

Ich hielt ihr die Tür auf und sie streifte mich mit ei-nem vielsagenden Seitenblick, während wir das kleine Lokal betraten. Ich wartete, bis wir uns beide mit Salat, Sandwiches und Getränken versorgt und an einem der wenigen Tische niedergelassen hatten. »Beth, hör zu«, sagte ich und entledigte mich unter dem Tisch unauf-fällig dieser verfluchten High Heels. »Du hattest recht. Mit deiner Bemerkung vorhin.«

Beth ließ das Thunfischsandwich, in das sie gerade ihre Zähne hatte graben wollen, sinken. »Ach ja? Ich dachte, du wüsstest gar nicht, wovon ich rede.« Der leise Sarkasmus in ihrer Stimme entging mir nicht.

Ich knabberte an meiner Unterlippe. »Es tut mir leid, ich wollte dich nicht ... Du weißt schon. Ich will einfach nicht ...« Die Türglocke bimmelte und ich sah rasch über meine Schulter, aber es war ein mir unbekannter junger Mann, der das Deli betrat. »Ich will einfach nicht, dass irgendjemand davon Wind bekommt«, vervollständigte ich meinen Satz.

Beth legte ihre Hand auf meine. »Amy. Wir sind doch Freunde. Zwar kennen wir uns noch nicht so gut, aber ich kann dir versichern, ich tratsche nicht. Du kannst mir vertrauen.« Ein schiefes Grinsen flog über ihr Gesicht. »Okay, ich quatsche gern, aber ich kann trotzdem schweigen wie ein Grab. Wenn du verstehst, was ich meine.«

Ich erwiderte ihr Grinsen. »Ja, ich denke schon. Weißt du, es fällt mir nicht leicht, über solche Dinge zu reden. Ich bin nicht so gestrickt.«

»Hey, hey.« Beth drückte sanft meine Finger. »Ich denke, ich kann dich inzwischen ganz gut einordnen, Amelia Heart.« Ihr Lächeln ging direkt in mein Herz. »Und ich mag dich so, wie du bist.«

»Ich mag dich auch, Beth«, sagte ich und meinte es auch. Sie war definitiv jemand, dem ich vertrauen konnte, beschloss ich. Und vielleicht, vielleicht war das hier sogar der Beginn einer echten, tiefen Freundschaft. »Also, hör zu.« Ich beugte mich über den Tisch hinweg in ihre Richtung. »Ich hatte«, ich räusperte mich, »Sex.« Das letzte Wort flüsterte ich. Schließlich wusste man nie, wer gerade die Ohren spitzte.

Beth prustete. »Das soll vorkommen. Und es freut mich für dich. Aber hey, was ist so besonders daran?« Ihre grauen Augen funkelten spitzbübisch.

»Mit einem Kollegen«, präzisierte ich und pickte dabei unentschlossen in meinem Salat herum.

»Ups.«

»Ja, ups.« Plötzlich legte sich ein dumpfer Druck auf meine Brust. »Ich habe mich dagegen gewehrt, ich wollte es wirklich nicht, aber dann ist es passiert, und jetzt weiß ich einfach nicht ...«

»Jetzt weißt du nicht, wie es weitergehen soll.« Beth betrachtete mich mitfühlend, während sie den Strohhalm ihres Diätdrinks an den Mund führte.

»Es steht außer Frage, dass das noch einmal geschehen wird, Beth. Es war eine einmalige Sache.«.

»Schade eigentlich. Garcia ist doch echt niedlich. Wobei ich eigentlich immer davon ausgegangen war, er sei schwul. Aber da siehst du mal, wie man sich irren kann.«

»Bitte?« Mir fiel fast die Gabel aus den Fingern. »Ich spreche doch nicht von Miguel, Beth! Ich schätze und mag den Mann sehr, aber er ist wirklich so stockschwul, wie man es nur sein kann.« Was mich absolut nicht störte, im Gegensatz zu meinen Eltern war ich in dieser Hinsicht offen und tolerant. »Ich hatte Sex mit«, ich senkte meine Stimme zu einem Flüstern, »Nathan Westbrook.«

»Ernsthaft?« Beth' Augen weiteten sich ungläubig. »Amy, bitte sag mir, dass das nicht wahr ist. Unser Mr Sexy-unglaublich-heiß-man-könnte-Spiegeleier-auf-seinem-Sixpack-braten-Westbrook?«

Ich biss mir auf die Unterlippe. »Genau der.«

»Ach, du liebes bisschen. Dieser Mann ist, oh, er ist geradezu unanständig sexy, Amy. Ich kann verstehen, dass man in seiner Gegenwart auf dumme Gedanken kommt, aber«, sie hob ihre feinen hellen Brauen, »ihn gleich vögeln?« Ihre Stimme wurde schrill und ich drehte mich alarmiert nach den drei anderen Gästen um, die das Deli bevölkerten.

»Shh, bitte, Beth. Nicht so laut.«

»Entschuldige. Aber mal im Ernst, Nate ist kein Kind von Traurigkeit. Was willst du mit dem? Gerade du?« Beth musterte mich fassungslos.

Ich wusste, was sie damit sagen wollte. Wie konnte einer wie er sich mit einer wie mir abgeben. Wir passten rein optisch schon mal nicht zusammen. Ganz zu schweigen von unseren Vorlieben und unseren Lebensstilen. »Es war nur Sex, Beth. Nicht mehr.« Umwerfender, fantastischer Sex. Vermutlich der beste, den ich jemals hatte und haben würde. »Ich bin eben auch nur ein Mädchen mit Bedürfnissen.«

»Hat er dich etwa angemacht?«

Oh ja. Und wie. Keine Gelegenheit hatte er dazu ausgelassen. Auch wenn ich zunächst nicht kapiert hatte, was eigentlich vor sich ging. Gedankenverloren spielte ich mit meiner Serviette.

»Erst habe ich ihn abgewiesen, aber dann ...«

In Beth' Augen blitzte ein belustigtes Funkeln auf, als sie meinen Blick einfing. »Dann bist du unvermittelt der Fleischeslust erlegen.«

Ich zog eine Grimasse. »Jepp. So könnte man es durchaus formulieren.«

Sie schnappte sich ihr Sandwich und nahm einen Bissen, bevor sie mich interessiert musterte. »Er ist vermutlich gut ausgestattet.«

»Meine Güte, Beth, du bist unmöglich.«

»Komm schon.« Sie zog einen Schmollmund. »Versorge deine neue Freundin mit all den schmutzigen Details, Süße. Ich hatte schon so lang keinen Sex mehr, dass sich in meinen südlichen Regionen Spinnweben gebildet haben. Also lass mich wenigstens an deinem ausschweifenden Liebesleben teilhaben.«

Wir kicherten beide. Anschließend zwang ich mich, ein paar Salatblätter aufzuspießen, ließ die Gabel aber wieder sinken und stieß ein schicksalsergebenes Seufzen aus. »Also gut. Ich gestehe, der Mann ist nicht nur angezogen wow. Wenn du verstehst, was ich meine.«

»Wusste ich es doch. Oh Mann, Amy, du bist zu beneiden.« Nachdenklich biss sie von ihrem Sandwich ab. »Ich nehme an, er weiß seine Ausstattung auch gut einzusetzen?«

»Beth!«

»Was denn? Man wird ja wohl noch mal fragen dürfen.« Sie setzte ihren unschuldigen Welpenblick auf.

»Er hat mich in den Himmel gevögelt«, gestand ich und wurde prompt ein wenig verlegen. So offen und ehrlich hatte ich noch nie zuvor mit jemandem über mein Sexleben geredet.

»Wow. Echt wow.« Beth leckte sich über die Lippen und stützte ihr Kinn in eine Hand, um mich nachdenklich zu studieren. »Du Glückliche. Ehrlich. Und du wirst es nicht wieder mit ihm tun?«

»Nope.« Vehement schüttelte ich den Kopf und widmete mich meinem Salat.

»Echt nicht? Komm schon, Amelia, bist du tatsächlich so standhaft?«

»Echt nicht«, bekräftigte ich, nachdem ich den Mund wieder leer hatte. Auch wenn jede Zelle meines Körpers um eine Wiederholung flehte. Das mit Nate war ein Ausrutscher gewesen. Schlimm genug, dass es überhaupt passiert war.

»Und was ist überhaupt mit dir und diesem John?«, hakte ich nach, um das Gespräch in andere Bahnen zu lenken. »Läuft etwas zwischen euch?«

»Mit John?« Beth machte eine wegwerfende Handbewegung.

»Ach, nein. Leider nicht.« Sie seufzte herzerweichend. »Aber süß ist er schon. Irgendwie.«

»Irgendwie?«, bohrte ich weiter, froh, dass ich aus der Schusslinie war.

»Du lässt aber auch nicht locker, oder?«

»Auf keinen Fall.« Ich konnte mir ein Grinsen nicht verkneifen. »Nun darfst du mal aus dem Nähkästchen plaudern.«

»Ganz ehrlich?« Beth legte ihr halb gegessenes Sandwich aus der Hand und schob den Teller von sich. »Ich hätte nichts dagegen, wenn John mich endlich mal um ein Date bitten würde. Seit gefühlten Ewigkeiten scheint er um mich herumzuschleichen, aber außer ein paar heißen, begehrlichen Blicken tut sich bei ihm nichts.«

Oh, ich konnte Beth so gut verstehen. Wenn ich tief in mich hineinhorchte, sehnte ich mich ebenfalls nach jemandem. Nach einem Prinzen wohlgemerkt, keinem Frosch. Nach einem Mann, der mich liebevoll in den Arm nehmen würde, wenn ich bei einem Film weinte. Der mit mir im Park spazieren ging, mich zum Lachen brachte. Jemanden, der mich liebte. Allein mit einem Glas Wein und einem Liebeswälzer auf meinem Balkon zu sitzen oder abends Schmachtfetzen im Fernsehen anzusehen, war auf Dauer auch nicht die Erfüllung. Aber die Sache mit der Liebe, der echten, wahren Liebe, musste warten. Dazu war jetzt nicht der richtige Zeitpunkt. Genauso wenig wie für eine heiße Affäre, die sämtliche meiner Gehirnzellen schrumpfen und mich nicht mehr klar denken ließ.

»Du solltest vielleicht mal eine entsprechende Andeutung machen«, schlug ich Beth vor. »Wer weiß, womöglich wartet John nur darauf. Er scheint mir eher der zurückhaltende Typ zu sein, was das weibliche Geschlecht anbelangt.« Im Gegensatz zu gewissen anderen Kerlen. Ich verbannte Nates Bild mühsam aus meinem Kopf.

Zurück im Turner Building liefen wir in der Lobby Parker Rowe über den Weg. Unser lebhaftes Geplauder verstummte abrupt und als Beth und ich einen raschen Blick miteinander wechselten, erkannte ich die Abneigung Parker gegenüber in ihren Augen. Ihr ging es also ähnlich wie mir, stellte ich mit Befriedigung fest. Der Mann hatte einfach etwas höchst Unangenehmes an sich. Schweigend warteten wir zu dritt vor dem Aufzug, wobei der braunen Papiertüte, die Parker in der Hand hielt, ein penetranter Käsegeruch entströmte.

»Ladys first.« Parker vollführte eine übertriebene Geste, um uns zum Einsteigen aufzufordern, nachdem die Aufzugtür aufgeglitten war.

Wir traten in die Kabine. Parker gesellte sich zu uns und drang dreisterweise in meine persönliche Zone, sodass sein nackter Unterarm meinen berührte. Demonstrativ rückte ich von ihm ab. Als ich den Kopf hob, begegnete ich seinem Blick in der verspiegelten Wand.

Seine Lippen verzogen sich zu einem süffisanten Lächeln, bevor sich seine Augen auf meine Brust hefteten. Oh lieber Himmel. Der Mann war wirklich widerlich. Ich schluckte, verdrängte das plötzliche Gefühl des Unbehagens und machte drei Kreuze, als der Lift in der vierten Etage angekommen war und wir aussteigen konnten.

11. Kapitel

Amelia

Beth und ich tauschten uns kurz im Flur über Rowes merkwürdiges Verhalten im Aufzug aus, bevor ich an meinen Arbeitsplatz zurückkehrte. Die innere Unruhe, die ich seit dem Kuss mit mir herumtrug, ließ mich jedoch nur dasitzen und auf meinen Bildschirm starren. Ich war höchst unproduktiv. Und das, obwohl ich mehr als genug zu tun hatte. So etwas wie heute früh in der Teeküche durfte einfach nicht mehr passieren. Nie wieder. Ich durfte meinen Job nicht gefährden. Und deshalb musste ich unbedingt etwas klarstellen. Es aus der Welt räumen. Wenn ich das getan hätte, wäre ich in der Lage, mich endlich wieder auf die wichtigen Dinge zu konzentrieren.

Ich erhob mich. »Miguel?« Ich tippte meinem Arbeitskollegen, der gerade stirnrunzelnd auf seinen Bildschirm starrte, auf die Schulter.

»Amelia, Schätzchen.« Seine Augen funkelten mich warm durch die Gläser seiner markanten Brille an. »Was gibt es?«

In diesem Moment ergriff mich eine Welle der Zuneigung für Miguel. Egal, ob ich ihn störte, egal, mit welcher Frage auch immer ich ankam, er verlor niemals die Geduld. Und niemals seinen freundlichen Ton. Was für ein Glück ich hatte, mit jemandem wie ihm zusammenarbeiten zu dürfen. »Danke. Ich wollte schon lang einmal Danke sagen, für alles. Ich arbeite sehr gern mit dir.«

Mit einer Handbewegung schob er sich eine dunkelblonde Strähne aus der Stirn. »Das Kompliment gebe ich gern zurück, Amelia.« Er verschränkte seine Arme vor der Brust und zwinkerte mir verschwörerisch zu, während er mich abwartend ansah. »Aber was wolltest du mir nun eigentlich sagen?«

Ich fühlte Wärme in meine Wangen steigen. Miguel besaß feine Antennen. Der Mann wurde mir von Minute zu Minute sympathischer. »Bitte entschuldige mich. Ich muss kurz mal weg, um etwas zu klären.« Zwar meldete ich mich nicht jedes Mal ab, wenn ich unseren gemeinsamen Arbeitsplatz verließ, doch da ich nicht wusste, wie lang ich für diese Sache brauchen würde, hatte ich mich kurzfristig entschieden, Miguel zu informieren. Um etwaigen Fragen aus dem Weg zu gehen, die er mir beim Zurückkommen stellen könnte.

»Okay. Kein Problem.« Er lächelte mich an und mir plumpste ein Stein vom Herzen. »Ist es etwas Geschäftliches? Brauchst du meine Unterstützung?«

»Nein, ich meine, nein danke. Hab alles im Griff.« Ich schenkte ihm ein zuversichtliches Lächeln, das meinem inneren Aufruhr Lügen strafte. »Bin gleich zurück.«

Da auf mein Klopfen an die Milchglastür keine Reaktion erfolgte, drehte ich einfach den Türknauf und öffnete. Nate saß telefonierend mit dem Rücken zu mir in seinem Sessel, die langen Beine überkreuzt und die

Füße in den schicken, schwarz glänzenden Business-schuhen lässig auf dem Schreibtisch abgelegt.

Da er mich nicht bemerkte, nutzte ich die Chance, um mich in seinem Büro umzusehen. Ich hatte es noch nie zuvor betreten. Anscheinend liebte Nate die dramatische Kombination von Schwarz und Weiß. Schwarz-Weiß-Fotografien, allesamt Landschaftsbilder von der Pazifikküste, akzentuierten die strahlend weiß gestrichenen Wände. Keine Ahnung, ob die Bilder zur Einrichtung gehörten oder Nate sie selbst ausgesucht hatte. Auf jeden Fall verliehen sie dem Raum eine moderne, coole Note, genau wie der Designer-Schreibtisch aus Glas und Chromstahl oder die lederne Zweisitzercouch.

Der fantastische Blick aus dem Fenster auf die imponierende Skyline von Downtown L.A. haute mich regelrecht um. Wie schön musste das erst aussehen, wenn all die Lichter und Reklameschilder in der Dunkelheit glitzerten! Was würde ich dafür geben, in meinem eigenen Büro so eine Aussicht genießen zu können. Vermutlich würde ich den ganzen Tag lang verträumt aus dem Fenster starren und mich in diesem Anblick verlieren. Vielleicht war es doch ganz gut, dass Miguels und mein Büro zum Innenhof ausgerichtet lag, wo es weniger imposante Bauten zu sehen gab.

Ich räusperte mich dezent, um auf mich aufmerksam zu machen. Es funktionierte, denn Nate drehte sich um. Das Aufblitzen in seinen Augen verriet seine Überraschung, doch er ließ sich nicht stören und führte sein Telefongespräch in aller Seelenruhe fort, während er meinen Blick hielt. Ich bemühte mich nach Kräften, nicht auf die kleinen goldenen Härchen auf seinen sehnigen Unterarmen zu starren, die die kurzen Hemdsärmel freigaben. Wir sahen einander an und es schien, als wussten wir beide, was der andere dachte. Ungesagtes, Offensichtliches schwebte knisternd durch den Raum.

Sofort startete in meinem Bauch ein erotisches Kribbeln. Dieser verfluchte Mistkerl. Allein mit seinen braunen Samtaugen schaffte er es, dass meine Knie butterweich wurden und mein Herz einen Purzelbaum schlug. Ich verschränkte meine Arme vor der Brust, als könnte ich mich so vor den sexuellen Spannungen zwischen uns schützen. Nates linker Mundwinkel hob sich zu einem trägen Grinsen. Er schien ganz genau zu wissen, was gerade in mir vorging. Unmerklich wich ich zurück, als er sich unvermittelt erhob und mit dem Smartphone am Ohr auf mich zukam. Ich schluckte, versuchte, die Beule in seiner Businesshose zu übersehen, und hielt unwillkürlich die Luft an, als Nate wenige Zentimeter vor mir stehen blieb.

»Entschuldige«, raunte er und griff an mir vorbei nach dem Knauf, um die Tür hinter mir zu schließen. Ich hörte das Schloss einrasten und mein Pulsschlag setzte einen Takt lang aus.

»Alles klar, Judd. Ich mache die Papiere fertig.« Nate ließ seinen Blick hinab zu meinem Ausschnitt wandern.

Mir entfuhr ein leises Keuchen, als er seine freie Hand hob und mit leisem Kopfschütteln den obersten Knopf meiner Bluse öffnete. Ich wollte ihn daran hindern, seine Finger wegschlagen. Aber ich verharrte wie festgefroren auf der Stelle, während mein Puls in schwindelerregende Höhen jagte. Weil ich es nicht schaffte, den inneren Film zu stoppen, der plötzlich in meinem Kopf startete und mir Bilder vorspielte, die mit Nates sinnlichen Lippen und meinen Brustwarzen, die sich sehnsüchtig seiner Berührung entgegenreckten, zu tun hatten.

»Hab ich dir nicht gesagt, dass du deine hübschen Titten ruhig zeigen kannst?«

Sein Atem kitzelte mich, als er mir ins Ohr flüsterte, so leise, dass nur ich es hören konnte.

Seine provokativen Worte schossen direkt in das Lustzentrum zwischen meinen Beinen. Eine Welle der Erregung flutete meinen Unterleib. Verdammt, nein, das lief in die falsche Richtung! So war das nicht geplant gewesen! Zornig schüttelte ich den Kopf, hob eine Hand, um Nate abzuwehren, als er sich einfach abwandte und ziemlich lässig zurück zu seinem Tisch spazierte.

»Ich verspreche Ihnen, das klappt, Judd. Machen Sie sich keine Gedanken.« Nate ließ sich seitlich auf der Tischkante nieder. Seine attraktiven Züge verzogen sich zu einem Lächeln, als er Judds Worten am anderen Ende der Leitung lauschte. Mich schien er völlig vergessen zu haben. Ich verfluchte den Kerl. Warum musste er auch so unglaublich anziehend sein? Umso wichtiger war, dass ich das hier mit ihm klärte. Ich reckte mein Kinn, blieb aber in sicherer Distanz zu ihm an der Tür stehen.

Endlich war er fertig mit dem Telefonieren. Betont langsam legte er das Smartphone auf den Tisch neben seinen Laptop und seine Augen funkelten, als er mich anschließend ansah. »Nun? Was führt dich zu mir, A-melia Heart?«

»Wir ...« Ich verschränkte meine Arme vor der Brust, »müssen reden.«

»Müssen wir?« Er zog eine dunkle Braue hoch.

»Unbedingt.« In meinem Magen tobte ein Schwarm Schmetterlinge. Mein Kopf fühle sich seltsam leicht an, als hätte ich gerade ein Glas Champagner geleert. Ich schwankte auf meinen High Heels und um ein Haar wäre ich über meine eigenen Füße gestolpert, als ich mich ihm näherte. »Das da vorhin in der Küche«, ich schüttelte den Kopf, während ich mich bemühte, Nates amüsierten Blick fest zu erwidern, »so geht das einfach nicht. Nathan, wir sind Arbeitskollegen und ich will mich in den Büroräumen frei bewegen können, ohne dass ich jedes Mal Gefahr laufe, von dir überfallen und geküsst zu werden.«

»Nathan, hm?« Wieder verzogen sich seine Lippen zu diesem sexy, trägen Lächeln, das mich sofort an Sex denken ließ. Energisch schob ich die Bilder, die sich mir aufdrängten, von mir, als Nate von der Tischkante glitt und auf mich zukam.

»Du hast völlig recht.« Sein Telefon klingelte, aber er ignorierte es. Wieder blieb er dicht vor mir stehen und starrte mir in die Augen. »Wir sollten wirklich damit aufhören. Das hier ist nicht gut. Weder für uns noch für das Arbeitsklima. Gar nicht gut.« Sanft verfolgte sein Daumen den Schwung meiner Oberlippe.

Seine Berührung war federleicht, kaum zu spüren, und doch ging sie mir durch und durch. Meine Haut prickelte, als würden mich tausend Nadeln stechen. Ich hielt die Luft an. Wünschte, er würde seine Finger von meinem Gesicht nehmen. Solange er mich berührte, konnte ich nicht klar denken. »Nate ...«

»Ja, Miss Heart?« Sein Daumen verließ meine Lippe.

»Nate, ich ...« Ich holte tief Luft, versuchte Ordnung in das Chaos meiner Hirnwindungen zu bringen.

Wenig hilfreich war allerdings, dass Nate eine meiner Locken, die sich aus meinem Pferdeschwanz gelöst hatte, um seinen Finger wickelte. »Es ist schrecklich. Ich scheine dich immerzu anfassen zu müssen.«

»Nate, nein. Wir sollten nicht ...« Wie gebannt versank ich in dem sanften, verführerischen Kaffeebraun seiner Augen, in denen sich pures Verlangen spiegelte, ein Echo meines eigenen Begehrens. Mein Herz schlug wild gegen meine Rippen. Adrenalin flutete meinen Körper. Renn, Amelia. Renn. Aber ich verharrte wie festgefroren.

Nates Augen verdunkelten sich. Ich hatte das Gefühl, dass er meine Gedanken lesen konnte. Er schien genau zu spüren, was in mir vorging. Ich war ein offenes Buch für ihn. Ich protestierte nicht, als er eine Hand an meine Taille legte. Denn die Wahrheit war, ich wollte es genauso sehr wie er. Ich brauchte ihn. Brauchte seine Berührung. Er war wie eine Droge. Ihm zu widerstehen – unmöglich. Seine kräftigen Finger umfingen mein Kinn.

Zärtlich.

Behutsam.

So, als wäre ich etwas Kostbares. Etwas Zerbrechliches.

Er hielt mich fest. Seine Lippen streiften meine. Wie ein Windhauch. Wie das Streicheln von Schmetterlingsflügeln. Es war nicht genug. Es würde nie genug sein.

Hungrig presste ich meinen Mund auf seinen und er öffnete seine Lippen, damit unserer Zungen miteinander spielen konnten. Mein Verstand schrie Nein, doch mein Körper wollte diesen Kuss. Diesen und noch viel mehr. Ich wurde schwach, Wachs in seinen Händen. Die Berührung seiner Lippen entfachte ein alles verzehrendes Feuer in mir und meine Beine drohten nachzugeben, als sich das kribbelnde, sanfte Begehren in nackte, pure, alles verschlingende Lust wandelte. Ich legte meine Arme um seinen Nacken und er zog mich mit einem Ruck an sich, damit ich ihn in seiner ganzen Härte spürte.

»Ich sollte dich nicht begehren. Vielmehr sollte ich meinem eigenen Rat, meinen Grundsätzen folgen. Aber zum Teufel, ich will dich. So sehr, dass ich bereit bin, mich dafür in Schwierigkeiten zu bringen. Ich will ungehemmten, wilden Sex mit dir, Amelia Heart«, sagte er, als er mir einen Moment zum Luftholen gab. Seine Stimme, rau und tief, vibrierte vor Erregung. Wieder küsste er mich voller Leidenschaft und ich vergrub stöhnend meine Finger in seinem dichten dunklen Haar. Als er sich das nächste Mal von mir löste, war ein verheißungsvolles, gefährliches Glitzern in seine Augen getreten.

Ich folgte seinem Blick, der hin zu der schwarzen Couch wanderte. Ein elektrisierender Schauer durchfuhr mich, als ich mir vorstellte, wie sich meine nackte Kehrseite an das kühle, glatte Leder schmiegen würde, während Nate auf Erkundungstour unter meinem hochgeschobenen Rock gehen würde. Ich biss mir in die Unterlippe. Das Bild war unfassbar verführerisch. Oh ja. Ich wollte es. Das Verlangen brannte in mir wie

Feuer. Mit einem Ruck riss ich mich von ihm los. »Nein, Nate. Es darf – es wird«, verbesserte ich mich, »nicht wieder geschehen.« Nach Atem ringend, trat ich einen Schritt zurück. »Wir verhalten uns nicht professionell. Wir müssen Grenzen ziehen. Das hier muss aufhören.«

Einen Herzschlag lang erwiderte er nichts. Er fixierte mich, sein Blick hielt meinen gefangen und ich spürte die Hitze seiner intensiven Musterung an meinem ganzen Körper. »Du hast absolut recht«, sagte er dann zu meiner Überraschung. Er wandte sich ab und durchmaß den Raum mit langen, entschiedenen Schritten, schloss die Tür auf und öffnete sie. Eine Aufforderung an mich zu gehen.

Wie vom Donner gerührt stand ich da und starrte ihn an, bevor ich mich in Bewegung setzte. Irgendwie hatte ich nicht mit dieser Reaktion gerechnet. Doch wie es aussah, hatte ich ihn überzeugt. War das nicht mein Ziel gewesen, als ich mich vorhin auf den Weg zu ihm gemacht hatte? Meine Knie waren butterweich, als ich sein Büro verließ, und ich zitterte am ganzen Körper, als hätte mich Nate gerade mit Eiswasser übergossen. Dabei war ich diejenige gewesen, die diesen Eimer über uns ausgeleert hatte.

»Miguel, ich mache Schluss für heute.« Nachdem ich meinen Laptop heruntergefahren hatte, klappte ich ihn zu und schnappte mir meine Clutch aus der Schreibtischschublade. Es war erst halb fünf. Normalerweise verließ ich das Büro nie pünktlich, aber in den letzten Stunden hatte ich nichts Produktives zustande gebracht. Ich würde mir Arbeit mit nach Hause nehmen. Vielleicht würde es mir fern vom Büro gelingen, mich zu konzentrieren. Zu wissen, dass mich nur wenige

Wände und ein paar Schritte über den Flur von Nate trennten, trug nicht gerade zu meiner Arbeitsmoral bei und das ärgerte mich. Ich hatte ein neues Projekt begonnen, mit dem ich bei Todd glänzen und das ich als Pluspunkt für die Bewerbung einsetzen wollte.

Miguel und ich tauschten ein High five, als ich an seinem Tisch vorbeiging. »Richtig so, Schatz. Mach es dir daheim gemütlich«, sagte er mit einem nachsichtigen Lächeln. »Du wirkst etwas angespannt.«

Fast hätte ich mich an meinem Kaugummi verschluckt. Miguel hatte mal wieder den Nagel auf den Kopf getroffen. Ich war so gespannt wie ein Flitzebogen kurz vor dem Abschuss. Manchmal könnte ich schwören, dass dieser Mann Röntgenaugen besaß.

Wir verabschiedeten uns und ich ging, so schnell es meine hohen Absätze erlaubten, den Flur entlang, wobei ich betete, dass mir Nate nicht über den Weg laufen möge. Erleichtert stieß ich die Luft aus, die ich unbewusst angehalten hatte, und lächelte Reese am Empfang zu, bevor ich in meinem Postfach nachsah, ob dort irgendwelche Nachrichten auf mich warteten. Reese war gerade am Telefon und nickte, mein Lächeln kurz erwidernd. Heute also kein Small Talk, den wir miteinander üblicherweise austauschten, bevor ich das Büro verließ. Es kam mir entgegen, denn nach diesem Tag war ich alles andere als in Plauderlaune.

Ich sehnte mich nach einem heißen, duftenden Schaumbad und nach Magic Mike. Ich musste dringend Spannung abbauen, sonst würde ich noch verrückt werden. Magic Mike hatte ich mir während meiner Beziehung mit Drake zugelegt, was nicht gerade ein Kompliment für meinen Ex bedeutete. Er hatte nichts von meiner heimlichen Schwärmerei für Channing Tatum geahnt und das war auch gut so. Vielleicht hätte er sonst geargwöhnt, dass so manches zufriedene Grinsen nicht ihm, sondern Channing gegolten hatte. Mike war zwar schon in die Jahre gekommen, tat aber immer noch brav seinen Dienst. Ein Halleluja für Mike! Es war gut zu wissen, dass er zwischen meinen Höschen in der untersten meiner Nachttischschubladen auf seinen Einsatz wartete.

Den Gedanken an meinen kleinen Freund und Helfer verdrängend, nahm ich meine Post aus dem Fach, als ich aus dem Augenwinkel mitbekam, wie Parker Rowe den Empfangstresen ansteuerte. Schon wieder dieser Kerl! Sein penetrantes Aftershave wehte mir entgegen wie Zigarettenrauch. Wie schon zuvor kroch mir bei seinem Anblick etwas Kaltes über den Rücken. Ich mochte die Art nicht, mit der er mich taxierte. Da lag nichts Bewunderndes darin, nichts Freundliches. Eher etwas ... Lüsternes. Dieser Rowe war mir irgendwie suspekt und in dem Moment, da sich seine Aufmerksamkeit auf meinen Busen heftete, war er mir regelrecht zuwider. Es war das zweite Mal heute, dass er mir auf die Brust starrte. Widerling! Rasch senkte ich die Lider, ging meine Post durch und stutzte, als ich einen verschlossenen Briefumschlag ohne erkennbaren Absender entdeckte. Auf der Vorderseite stand in Druckbuchstaben vermerkt: *Miss A. Heart. Persönlich.*

Wie merkwürdig. Da Rowe mich noch immer beobachtete, beschloss ich, das mysteriöse Kuvert zu Hause zu öffnen, und ließ es in meine Tasche gleiten.

12. Kapitel

Nate

Ich war erleichtert, dass ich am nächsten Tag einen Au-ßentermin hatte und meine Anwesenheit im Büro da-nach nicht mehr erforderlich war. Auf diese Weise ge-lang es mir, Amelia aus dem Weg zu gehen und wir beide hätten Gelegenheit, uns während dieser kleinen Auszeit zu fangen. Die Anziehung zwischen uns war stark und nicht zu unterschätzen. Aber Amelia hatte mir deutlich gemacht, dass wir unserem Verlangen nicht weiter nachgeben durften. Zum Glück besaß we-nigstens einer von uns beiden einen klaren Kopf, dachte ich in einem Anflug von Sarkasmus, denn mein Vorsatz, diese Frau aus meinen Gedanken zu verban-nen, scheiterte kläglich. Ich dachte beim Zähneputzen an sie. Unter der Dusche. Beim Lunch. Beim Work-out. Verflucht, ihr süßer Körper ging mir nicht mehr aus dem Sinn. Jede verdammte Sekunde dachte ich an den unglaublichen Sex.

Ich wollte mich nicht ständig danach sehnen, sie zu berühren. Sie in Besitz zu nehmen. Wir hatten Sex ge-habt, okay. Ein einziges Mal. Und dabei würde es zum Teufel auch bleiben.

Am frühen Abend nahm ich die Hundeleine vom Haken an der Garderobe, um mit Sam einen ausgiebigen Spaziergang zu machen. Ich brauchte dringend frische Luft, um meinen Kopf freizubekommen.

Die Kieferknochen aufeinanderpressend, ließ ich meinen Schlüsselbund rasseln. Aus Richtung Küche stürmte Sammy auf mich zu, ein goldbraunes Fellbündel, das einen großen Teil meines Herzens in Beschlag genommen hatte, und sprang an mir hoch. Ich tätschelte seinen seidenweichen Kopf. »Lust auf einen Spaziergang, Kumpel?«

Sam bekundete seine Zustimmung durch ein raues Bellen. Als Kind hatte ich mir immer einen Gefährten an meiner Seite gewünscht. Einen Freund, an dessen warmem, weichem Fell ich meine Tränen hätte trocknen können. Dessen Gegenwart mir Trost und Geborgenheit gespendet hätte, wenn ich wieder einmal verprügelt worden war. Aber in den unzähligen Heimen, in denen ich aufgewachsen war, war es mir nicht gestattet gewesen, ein Haustier zu halten. Der Wunsch nach einem Hund hatte mich jedoch nie verlassen. Nachdem ich den Job in L.A. ergattert und die Wohnung gegenüber dem Wilshire Park bezogen hatte, hatte mich nichts mehr davon abgehalten, mir endlich meinen Kindheitstraum zu erfüllen.

Joe hatte mir irgendwann bei einem Feierabendbier beiläufig vom *Ace of Hearts* erzählt und einem Impuls folgend, war ich gleich am nächsten Morgen vor Arbeitsbeginn zu der Auffangstation in West Hollywood aufgebrochen. Ein goldfarbener Retriever, der wie ein Trauerhäufchen in einer Ecke kauerte, fesselte meine Aufmerksamkeit. Er wäre ein komplizierter Fall, hieß es. Hatte drei Jahre Misshandlungen hinter sich. Holy Shit. Damit kannte ich mich aus. Ebenso mit seelischen Verletzungen.

Irgendetwas hatte dieses Kerlchen an sich, das es mir unmöglich machte, es allein zu lassen. Ich fühlte seinen Schmerz fast körperlich. Seine tiefe Enttäuschung. Seine Trauer. Und seine Angst.

Zwei Wochen nach meinem ersten Besuch im *Ace of Hearts* nahm ich Sam mit nach Hause. Tief in mir drin hatte ich gewusst, dass dieser Hund für mich bestimmt gewesen war. Oder ich für ihn? Keine Ahnung, aber seitdem waren wir unzertrennlich.

Wenn man Sam jetzt anblickte, erinnerte nichts an das jämmerliche Fellbündel, das er einst gewesen war. Nichts außer gelegentliche Albträume, die ihn ab und an plagten, aber damit konnten wir beide leben, denn auch mit schlechten Träumen kannte ich mich aus.

Ich hatte Sammy ein neues Zuhause gegeben. Und durch ihn wurde auch meine eigene Wohnung zu einem Heim. Seine Gegenwart füllte die Leere in mir, die sich nie ganz vertreiben ließ. Inzwischen waren wir ein eingespieltes Team und ich konnte mir mein Leben ohne Sammy nicht mehr vorstellen. Ein Mann war erst ein Mann mit einem Hund an der Seite. Und einem schnittigen Sportwagen unter dem Hintern, ergänzte ich im Geist grinsend, als ich mit Sam, der erwartungsvoll um meine Beine tollte, das dreistöckige Mehrfamilienhaus verließ, in dem wir wohnten. Wir steuerten den Park gegenüber des mehrspurigen Boulevards an. Sam kannte den Weg genau, und da er inzwischen aufs Wort hörte, konnte ich ihn ohne Leine laufen lassen.

In der Grünanlage angekommen, flitzte er sofort los, tollte über die akkurat gepflegte Grasfläche, markierte ein paar Palmenstämme und blieb hier und dort stehen, um besonders interessante Ecken zu beschnüffeln. Ich sah ihm zu, beobachtete sein unbekümmertes Treiben und plötzlich wurde mir schlagartig bewusst, dass ich verdammt einsam ohne ihn sein würde. Er war so ziemlich das einzige Lebewesen, an das ich mir gestattet hatte, mein Herz zu hängen. Nach Josslyn. In der Regel teilte ich mein Leben in vor und nach Josslyn ein. Ich wollte nicht darüber nachdenken, wie es ohne Sammy sein würde, viel zu sehr hatte ich mich an meinen vierbeinigen Freund gewöhnt.

»Nate? Nate!«

Ich drehte mich um und entdeckte Amelia in einigen Metern Entfernung auf mich zulaufen.

Überrascht wanderte mein Blick über ihre zierliche Gestalt in dem *Boston-Red-Sox*-Baseballshirt und den Laufshorts, die nur knapp die Rundungen ihres Hinterns bedeckten. Beiläufig registrierte ich, wie in ihrem kastanienbraunen Haar, das sie zu zwei Zöpfen geflochten hatte, Sonnenreflexe schimmerten. Mit dieser Frisur und in den Sportklamotten wirkte sie jünger und verspielter als in ihren üblichen Businesskostümen. Verletzlicher. Keuchend blieb Amelia vor mir stehen und stützte sich auf ihren Oberschenkeln ab.

»Oh, Nate, wie gut, dass ich dich treffe!«

»Hey! Was machst du denn hier in dieser Gegend?« Mit ihr hatte ich am allerwenigsten gerechnet. So viel zum Thema Auszeit.

»Ich war joggen und hab mich verlaufen.« Sie richtete sich wieder auf und verdrehte die Augen. »Unfassbar, oder? Jetzt lebe ich schon knapp drei Monate in L.A. und trotzdem passiert mir so etwas.«

Ich konnte mir ein Grinsen nicht verkneifen und wollte bereits etwas Entsprechendes entgegnen, aber auf einmal schaltete mein Hirn in den Leerlauf und ich konnte nichts anderes tun, als sie anzustarren. Ich sah die kleinen Schweißtropfen über dem Schwung ihrer Oberlippe glitzern. Den schnellen Pulsschlag an ihrer Kehle. Wie sich das Baseballshirt über ihren Brüsten spannte. Mein Blutdruck schoss binnen Sekunden in die Höhe. Zur Hölle! Wie schaffte sie es nur, dass ich jetzt jedes Mal, wenn ich sie sah, den dringenden Wunsch verspürte, sie flachzulegen? Und wie vor allen Dingen konnte ich mich von diesem Wunsch befreien?

Aufgeregt bellend kam Sammy von seiner Erkundungstour zurückgerannt und brach den Bann. Er knurrte leise und beäugte Amelia misstrauisch, wobei er sich Schutz suchend an mein rechtes Bein schmiegte. »Hey Kumpel.« Ich tätschelte ihm die Flanke. »Das ist Amelia. Eine Freundin aus dem Büro. Sie ist in Ordnung.«

Sam schien kurz zu überlegen, ob er meinen Worten trauen konnte, dann löste er sich von mir und fing an, um Amelias nackte Beine herumzustreifen, um sie ausgiebig zu beschnüffeln. Mich überfiel der absurde Wunsch, es ihm gleichzutun. Nate Westbrook, du bist bereit für die Klapse.

Amelia lachte, aber mir fiel auf, dass sie dabei irgendwie nervös wirkte. »Wer ist denn dieser nette Kerl?«

»Darf ich vorstellen, das ist Sam, mein bester Kumpel.« Zärtlich ließ ich meine Finger durch Sams dichtes

Fell gleiten und stellte mir vor, sie würden über Amelias nackte Haut wandern.

»Warum ist er so vorsichtig?« Sie richtete ihre Augen auf mich. Seltsam, wie sie ihre Farbe wechselten. Von Bernstein zu gesponnenem Gold und schließlich wieder dunkel wie guter alter Whisky ... Nicht zu vergessen dieser dunkle Ring um die Iris. Ich glaubte nicht, dass ich so eine Augenfarbe schon jemals zuvor gesehen hatte.

»Nate?«

Ihre Stimme riss mich zurück in die Gegenwart. »Sammy hat ein Vertrauensproblem, es fällt ihm immer noch schwer, sich auf fremde Menschen einzulassen«, sagte ich und versuchte mein Bestes, das nervige Hämmern in meiner Brust zu ignorieren. Es machte keinen Sinn, dass mein Puls raste. Schließlich war nicht ich derjenige, der joggen gewesen war.

»Oh. Woher kommt das?« Amelia blickte kurz über ihre Schulter in die Richtung, aus der sie gekommen war, bevor sie in die Knie ging. Behutsam streichelte sie Sam über den Rücken, was er ihr zu meiner Überraschung gestattete. Bei der Bewegung rutschte ihr kurzes Oberteil aus den knapp sitzenden Shorts. Wie hypnotisiert starrte ich auf diesen verführerischen Streifen Haut und die feinen Härchen, die in der Sonne schimmerten.

»Ich habe Sam vor drei Jahren bei *Ace of Hearts* in Beverly Hills adoptiert«, erklärte ich mit seltsam belegter Stimme, meinen Blick noch immer auf dieses verlockende Stückchen Rücken geheftet.

»Ach, tatsächlich?« Sie hob den Kopf, um mich anzuschauen, und ich kniff die Augen zusammen, weil ich mich ertappt fühlte.

»Warum erstaunt dich das?«, hakte ich angesichts ihrer offensichtlichen Überraschung nach.

Sie erhob sich und zuckte mit den Schultern. »Keine Ahnung. Ich hätte einfach nicht damit gerechnet, dass du einen Hund retten würdest.« Sie sah mich an, als würde sie mich zum ersten Mal sehen. Ich verlor mich in dem dunklen Gold.

Wunderschön. Verflucht schön.

Nope. Nope. Nope! Ich zog eine imaginäre Reißleine. Diese Art Gedanken waren nicht willkommen. Und sie gingen in eine Richtung, die ich nicht länger verfolgen wollte. Ich schüttelte den Kopf, um sie aus meinem Bewusstsein zu verdrängen. Viel zu gefährlich.

»Okay, hör zu, Amelia«, sagte ich und brach den Bann. »Es war nett, dich zu treffen. Sam und ich müssen langsam wieder weiter.« Ich wandte mich zum Gehen, als sie mich unvermittelt am Handgelenk berührte.

»Nate, warte.« Sie biss auf eine Ecke ihrer vollen Unterlippe und lenkte so meinen Blick auf den verführerischen Schwung.

Holy cow.

Ich verlagerte mein Gewicht und wartete darauf, dass sie endlich weitersprach.

»Ich wollte es eigentlich nicht erwähnen, aber ...«, erneut drehte sie sich um, und als sie mich wieder ansah, bemerkte ich einen Anflug von Beunruhigung über ihre Züge huschen.

Ich machte einen Schritt auf sie zu. »Was ist los?«

»Also.« Sie verschränkte die Arme vor der Brust. »Gestern fand ich in meinem Postfach im Büro einen Umschlag. Einen Brief.«

»Okay?«

»Ich hab ihn mit nach Hause genommen, um ihn dort zu öffnen, und …«

»Amelia, was zum Henker willst du mir eigentlich sagen?«, hakte ich nach, weil es ihr offensichtlich schwerfiel, sich mir anzuvertrauen.

»In dem Kuvert steckte ein Blatt Papier mit einer gedruckten Nachricht. Irgendein Schwachsinn von wegen, jemand müsste dauernd an mich denken, weil er mich so sehr will, und ich hätte einen Fehler gemacht …« Sie brach ab und hob die Schultern.

»Kein Absender?«

Sie schüttelte den Kopf.

»Und kein Hinweis? Irgendetwas, an dem du festmachen könntest, von wem dieses Schreiben stammt?«

»Nein.« Gedankenverloren starrte sie Sammy an. »Ich habe die halbe Nacht gegrübelt.«

»Verdammt. Das ist creepy, Amelia. Vielleicht hat sich einer der Kollegen einen Scherz erlaubt. Obwohl es einer von der ziemlich üblen Sorte wäre.« Ein Gedanke ließ mich innerlich zusammenfahren. »Du denkst hoffentlich nicht, dass ich …«

Sie richtete ihre Aufmerksamkeit zurück auf mich. »Nate, nein. Natürlich nicht.« Ein winziges Lächeln zuckte um ihre Mundwinkel. »Du kannst zwar ganz schön aufdringlich sein, aber so etwas Absurdes traue ich dir dann doch nicht zu.«

»Na, da bin ich aber erleichtert«, erwiderte ich mit einem Grinsen.

Unvermittelt wurde sie wieder ernst. »Da ist noch etwas. Als ich eben gejoggt bin, hatte ich das Gefühl, als ob mich jemand beobachten würde. Immer wieder kam es mir vor, als würde ich verfolgt werden.« Sie umschlang ihren Oberkörper, als würde sie frösteln.

Sammy tänzelte um meine Beine und ich bückte mich, um ihm die Flanke zu tätscheln. »Hast du jemanden gesehen? Ist dir etwas aufgefallen?«

Wieder schüttelte sie den Kopf. »Es ist nur so ein ... Gefühl.«

Mit einem Seufzen stieß sie Luft aus. »Es klingt verrückt, ich weiß, aber mir kommt es vor, als ob mir jemand auf den Fersen ist.«

Deshalb hatte sie sich vorhin mehrfach umgesehen. Jetzt ließ ich ebenfalls meinen Blick schweifen, entdeckte jedoch nichts Verdächtiges. Ein paar Kids mit Skateboards sausten johlend an uns vorbei und Sammy wurde unruhig. Sicherheitshalber hielt ich ihn am Halsband fest, aber immerhin bellte er den Jugendlichen nicht einmal hinterher. »Brav, Sammy«, lobte ich. »Sitz.«

Das genügte. Schwanzwedelnd ließ er sich zu meinen Schuhen nieder.

»Den hast du aber gut erzogen.«

»War nicht schwer. Sam hat ein Herz aus Gold.«

Obwohl Amelia lächelte, wirkte sie beunruhigt. Sie hatte Angst. Ich konnte es an dem angespannten Zug um ihren Mund herum erkennen. An der Art, wie sie die Stirn runzelte. Ich fühlte, wie etwas Undefinierbares in mir hochstieg und sich in meinem Bauch festsetzte. Es verursachte einen Druck auf meiner Brust und machte es mir schwer, zu atmen. Der flüchtige Gedanke an Josslyn streifte den Rand meines Bewusstseins, bevor ich erkannte, was dieses Undefinierbare war. Amelia hatte meinen wunden Punkt getroffen. Mein Beschützerinstinkt war geweckt. Ja, verdammt. Ich wollte dieses Mädchen beschützen.

Irritiert über dieses neue Gefühl rieb ich mir übers Kinn.

»Ich wohne gleich in der Nähe. Was hältst du davon, wenn ich dich nach Hause fahre?«, fragte ich und fegte diesen beunruhigenden Wunsch, sie vor Schlimmem bewahren zu wollen, von mir.

»Das musst du nicht. Sicher habe ich mir das Ganze nur eingebildet.« Sie senkte den Blick und streichelte Sammy über den Kopf. »Es war dumm von mir. Ich ...«

Behutsam hob ich ihr Kinn, damit ich ihr ins Gesicht sehen konnte. »Das war keineswegs dumm. Es war gut, dass du mir davon erzählt hast. Und immerhin ist da ja auch noch dieser Brief. Vielleicht solltest du damit zur Polizei gehen. Oder ihn zumindest aufheben, falls weitere Nachrichten eintreffen.«

»Denkst du, das könnte passieren?«

»Keine Ahnung«, erwiderte ich vage, denn ich wollte sie nicht noch mehr alarmieren, als sie es ohnehin schon war. Sanft steckte ich ihr eine Haarsträhne, die sich aus einem der beiden Zöpfe gelöst hatte, hinters Ohr. »Jetzt komm, ich bringe dich nach Hause. Und nein«, wehrte ich ihren erneuten Protest ab, »ich mache das sehr gern.«

Nachdem ich Sam in die Obhut meiner Nachbarin gegeben hatte, fuhr ich Amelia wie versprochen nach Hause. Sie bestand darauf, dass ich auf einen Drink mit nach oben kam, sozusagen als kleines Dankeschön und weil sie mir diesen Brief zeigen wollte.

»Ich kann doch meinen Retter nicht auf dem Trockenen sitzen lassen«, meinte sie mit einem kleinen Funkeln in ihren Augen und da ich das Gefühl hatte, dass sie gerade einen Freund brauchte, nahm ich die Einladung gerne an.

Während sie also duschte, saß ich in ihrer Küche auf einem Holzhocker, lauschte dem Wasserplätschern und grübelte darüber nach, ob ihr tatsächlich jemand gefolgt war und was es mit diesem rätselhaften Schreiben auf sich hatte. Beiläufig stellte ich fest, dass es mir tatsächlich gelang, jeglichen Gedanken an Sex meinem Bewusstsein fernzuhalten. Bis Amelia aus dem Bad kam.

Mein Atem stockte.

Sie hatte sich ein großes, über der Brust verknotetes Frotteehandtuch umgeschlungen, trug ihre frisch gewaschenen Haare offen, auf ihren Schultern und ihrem Dekolleté glitzerten Hunderte von kleinen Wasserperlen. Vermutlich, nein, sogar ganz sicher, war sie unter dem verdammten Handtuch nackt. Sie lächelte mich an, und ich verfluchte meine Entscheidung, ihrer Einladung gefolgt zu sein. Ich hätte es besser wissen müssen.

»Zeig mir dieses Schreiben, das du in deinem Postfach vorgefunden hast«, forderte ich rau, um mich von diesem verführerischen Anblick abzulenken.

»Das Kuvert liegt auf der Kommode im Flur, ich hole es rasch.«

Innerlich aufstöhnend, blickte ich ihr hinterher und zwang mich zu einem unverfänglichen Lächeln, als sie mit dem Brief in der Hand zurückkam.

»Hier, lies selbst.« Sie hielt ihn mir entgegen.

Der Umschlag war aus dickem, feinem, cremefarbenem Papier und mit Druckbuchstaben an Amelia adressiert. Ich zog das Schreiben heraus, ein simples weißes Blatt, darauf ein kleiner Text, vermutlich ein Computerausdruck.

Du ahnst nicht, wie sehr ich dich will – jedes Mal, wenn du in meiner Nähe bist. Tag und Nacht denke ich nur an dich. Aber du hast einen Fehler gemacht, den ich dir nicht durchgehen lassen kann.

Ich hob den Kopf, um Amelia anzusehen. »Was für ein kranker Brief. Den solltest du auf jeden Fall aufheben. Vielleicht auch den Sicherheitsdienst informieren. Er muss ja von irgendjemandem stammen, der entweder Zutritt zum Turner Building oder zumindest eine Genehmigung zum Betreten des Gebäudes hat. Jemand mit Besucherausweis.«

Amelia nickte, während ich ihr das Papier zurückreichte. »Ich werde ihn aufheben. Falls ich ein weiteres Schreiben erhalten sollte, gehe ich damit postwendend zur Polizei.«

»Das solltest du tun. Oder sprich mit Todd Millard darüber.« Sie zuckte mit einer Achsel. »Vielleicht. Aber ich will kein Aufsehen in der Firma erregen.«

»In der Nachricht schwingt auf jeden Fall eine unterschwellige Drohung mit. Falls das ein Scherz sein sollte, ist er ziemlich schlecht.«

»Es ist definitiv beunruhigend. Und gruselig.« Das Handtuch rutschte ein paar Millimeter tiefer, als sie den Brief auf dem Tresen ablegte und ihre Arme hob, um ihr Haar hinter die Ohren zu stecken. »Ich bin froh, dass du gerade da bist, Nate.« Ihr Blick suchte meinen.

»Kein Thema. Das ist doch selbstverständlich.« Ich verlagerte mein Gewicht auf dem Hocker, als Amelia sich auf die volle Unterlippe biss.

»Nate?«

»Hm?«

»Könntest du«, sie holte tief Luft und ich stieß einen stummen Fluch aus. Bemerkte sie nicht, dass sich der Handtuchknoten langsam lockerte? »Könntest du vielleicht noch ein bisschen bei mir bleiben?«

Sie hatte wirklich Angst. Und vermutlich wäre es ziemlich unhöflich, wenn ich jetzt einfach verschwinden würde. »Natürlich. Schließlich hattest du mir ja einen Drink versprochen«, neckte ich sie, um ihr die Anspannung ein wenig zu nehmen.

»Und ohne den bekommen zu haben, bewege ich mich keinen Zentimeter von hier fort.«

Tatsächlich zeigte sie mir ihre Grübchen. »Was darf ich dir anbieten, Nate?

»Was ...«, ich räusperte mich, weil meine Stimme auf einmal belegt war. »Was hast du denn anzubieten?«

»Schlag etwas vor und ich sage dir, ob ich es dahabe.«

Ich setzte gerade zu einer Antwort an, als sich mein Smartphone meldete.

»Einen Augenblick.« Ich gab ihr ein Zeichen, bevor ich das Handy aus der Gesäßtasche meiner Jeans fischte. Nach einem kurzen Blick aufs Display nahm ich das Gespräch an.

»Das war eins meiner Kids«, erklärte ich anschließend, da sie mich fragend anblickte.

»Deiner Kids?«

»Ach, nur ein paar Jugendliche, die es im Leben nicht so einfach haben. Ich trainiere sie ein bisschen und bin ihr gelegentlicher Ansprechpartner, wenn es mal irgendwo brennt.« Ich zwinkerte ihr zu. »So eine Art großer Bruder.«

»Wow.« Amelia trat näher und ich erhaschte ihren Duft. Dieses Duschgel, das sie benutzte, taugte wahrlich dazu, einem Kerl die Sinne zu vernebeln. »Irgendwie hätte ich das nicht von dir gedacht. Erst der Hund und nun das.« Sie machte eine kleine, hilflose Handbewegung in den Raum hinein.

»Einen Whisky«, sagte ich rasch, bevor sie auf die Idee kam, mehr von mir erfahren zu wollen und es zwischen uns zu intim wurde.

»Hm?« Sie sah mich an, als wäre sie gerade mit ihren Gedanken weit weg gewesen.

»Wenn du einen Bourbon dahast, würde ich gern einen nehmen.«

»Oh, nein, tut mir leid. Vielleicht einen Scotch?«

Ich grinste. »Du hörst mich nicht Nein sagen.«

Innerlich über mich den Kopf schüttelnd, sah ich ihrem kleinen Knackarsch hinterher. Ich würde den Drink entgegennehmen, runterkippen und von hier verschwinden.

In dem Moment, als Amelia mit der Flasche in der Hand wiederauftauchte, hatte der Knoten weiter nachgegeben und das Handtuch war mehrere Millimeter hinuntergerutscht, entblößte den Ansatz ihres Busens. Das verdammte Schicksal liebte es anscheinend, mich zu provozieren. Ich erhob mich, weil meine Jeans im Schritt zu spannen begann, und trommelte sachte mit den Fingern auf der Arbeitsfläche, während Amelia ein Glas mit Eis aus dem Kühlschrank befüllte und Scotch darüber goss, bis es knisterte.

»Hier, bitte, genieße deinen Drink.« Unsere Finger berührten sich flüchtig, als ich ihr das Getränk abnahm. »Und nochmals vielen Dank fürs Heimfahren. Wir könnten auch ins Wohnzimmer rübergehen, dort ist es gemütlicher. Aber ich sollte mir vielleicht vorher etwas Anständiges ...«

»Halt die Klappe«, unterbrach ich sie, stellte das Glas auf den Tresen, umfasste ihre Taille und verschloss ihre Lippen mit einem Kuss.

Sie stieß einen ersticken Schrei aus und ich dachte schon, sie würde mich abwehren. Zu meiner Überraschung aber legte sie ihre Hand in meinen Nacken und zog mich näher an sich heran, presste ihren kleinen, verführerischen Körper an meinen. Ihre Zunge glitt in meinen Mund und forderte mich zu einem erotischen Spiel heraus, während ihr Duft mich umfing und alles um mich herum vergessen ließ.

Ich rieb mein Becken an ihr, drängte mich ihr entgegen und irgendwie machte sich ihr Handtuch selbstständig und rutschte an ihr hinab, sodass ihre Brüste entblößt wurden und ihre Fülle sich gegen mich drückte. Mir entfuhr ein Stöhnen. Lust jagte heiß und unkontrolliert durch meine Adern und ich wusste, wenn ich mich nicht augenblicklich losreißen würde, wäre es zu spät, um diesen Zug zu stoppen. Ich vertiefte den Kuss. Amelia erwiderte ihn mit einer fast verzweifelten Leidenschaft.

»Du bringst mich noch um«, entfuhr es mir keuchend, als wir uns endlich voneinander lösten.

»Das würde mir leidtun.« Humor funkelte in ihren Augen. Ihre Brust hob und senkte sich in schneller Folge und mein Blick suchte immer wieder diese wunderschön wippenden Nippel.

»Ich will dich in meinem Bett haben«, erklärte ich unverblümt.

»Oder besser gesagt: in deinem.« Die Sache war die: Ich würde mir selbst untreu werden. Meine eigenen Regeln brechen. Wie zur Hölle hatte das passieren können? Aber ich musste es tun. Ich hatte keine andere Wahl. Mein Verstand hatte mit meiner Libido gerungen und verloren.

»Jetzt?« Ihr entfuhr ein unsicheres Lachen und prompt zog sie das Handtuch zurecht. Das kurze Flackern in ihren Augen verriet mir jedoch alles, was ich wissen wollte.

Ich hob eine Hand und schob ihr eine Locke hinters Ohr.

»Jetzt. Dein Anblick macht mich unglaublich heiß«, raunte ich nur Zentimeter von diesen wunderschönen, vollen Lippen entfernt, die ich gerade geküsst hatte.

»Oh.«

»Du hast richtig verstanden. Ich will dich, Amelia. Jetzt und hier. Oder im Büro. In deinem Bett. Auf der Rückbank meines Autos. Einfach überall.«

»Oh.«

»Süße, du wiederholst dich.« Sachte, ganz zart streifte ich mit meinen Lippen ihre Mundwinkel und fühlte, wie sie erschauderte. »Ich weiß, wir hatten vereinbart, die Finger voneinander zu lassen. Aber das kann ich

nicht. Ich habe auch keine Lust mehr, dagegen anzu-
kämpfen.« Spielerisch wickelte ich eine ihrer Locken
um den Finger. »Also Amelia Heart, was sagst du?«

Die Luft um uns flirrte vor Erotik.

13. Kapitel

Parker

Ich goss mir großzügig von dem Jack Daniel's ein und leerte das Glas in einem Zug, bevor ich mich in meinem Lieblingssessel im Wohnzimmer zurücklehnte und die Füße hochlegte. In der Flimmerkiste lief irgendein Scheiß, der mich nicht interessierte, aber ich mochte das diffuse Stimmengemurmel im Hintergrund. Dann hatte ich das Gefühl, nicht ganz allein in dieser beschissenen, leeren Bude zu hocken. Es fuchste mich, dass die Sache mit der Erpressung nicht hingehauen hatte. Noch verstörender war allerdings die Tatsache, dass es Westbrook, diesem Hurensohn, tatsächlich gelungen war, die kleine Heart flachzulegen. Niemals hätte ich gedacht, dass sie sich dafür hergeben würde. Wie konnte sie nur! Sie war eine anständige Frau. Viel zu schade für diesen Kerl!

Ich könnte mir in den Arsch treten für meinen blinden Aktionismus. Kotzen, wenn ich daran dachte, dass sie eine Nummer mit ihm geschoben hatte. Unfassbar. Warum hatte ich Westbrook nur diesen Vorschlag unterbreitet? Andererseits hätte Amelia ja nicht auf seine Anmache hereinfallen müssen. Sie hatte einen Fehler gemacht und ich würde sie die Konsequenzen spüren

lassen, beschloss ich, als ich eine zerdrückte Zigaretten-
packung aus der Gesäßtasche meiner Jeans zog. Ich
wusste nur noch nicht genau, wie. Vom ersten Moment
an, da sie in unsere Firma gekommen war, hatte sie
mich fasziniert. Dieses wundervolle braune Haar, die
großen unschuldigen Augen mit den langen Wimpern.
Und diese verflucht erotischen Lippen! Mein Schwanz
regte sich bei der Vorstellung, wie sie ihre Lippen um
mich schließen und an mir saugen würden. Wie ihre
Brüste sich in meinen Händen anfühlen würden, ihre
seidenweichen Schenkel ... Zum Henker, ich wurde
steinhart.

Bestimmt war sie fantastisch zu vögeln. Ich würde es
herausfinden. Lang genug hatte ich davon geträumt,
eine wie sie zu kriegen.

Das Feuerzeug klickte, und ich inhalierte tief den
Rauch meiner Zigarette. Bald würde es passieren. Sehr
bald. Ich musste nur die richtige Gelegenheit abpassen.
Und dann würde Amelia Heart sich wünschen, niemals
die Beine für Westbrook, diesen Wichser, breitgemacht
zu haben. Und sie würde erkennen, dass ich der Richtige für sie war.

Amelia

Wie schafft er es nur immer, dass ich mich in seiner
Gegenwart so unglaublich gut fühle?, überlegte ich,
während ich auf den zerknautschten Laken in meinem
Bett lag und darauf wartete, dass Nate aus dem Bade-
zimmer zurückkehrte. Ich fühlte mich unanständig.
Auf eine höchst angenehme Weise. Verrucht. Sexy. Ich

liebte es, wie ihn mein Anblick erregte. Liebte das Gefühl, diese Art Macht über ihn zu haben. Ihn verführen zu können. Mit Nate zusammen fühlte ich mich nicht wie das kleine Mädchen, das sich nach der Anerkennung seines Dads sehnte. Ich war eine erwachsene Frau. Eine, die begehrt und bewundert wurde. Die in der Lage war, ihn so zu befriedigen, dass er sich nach einer Wiederholung sehnte. War das einer der Gründe gewesen, weshalb ich meine Entscheidung, Nate gegenüber standhaft zu bleiben, soeben über den Haufen geworfen hatte? Vielleicht auch, weil ich mich im Moment gerade sehr verletzlich fühlte. Dieser mysteriöse Brief hatte mich verunsichert und wenn ich ehrlich war, war ich erleichtert, dass Nate sich bereit erklärt hatte, noch eine Weile bei mir zu bleiben. Als ich ihn beim Joggen im Park zusammen mit Sammy, diesem liebenswerten Hund, angetroffen hatte, war etwas in mir geschmolzen. Ein Mann, der einen Hund rettete, musste ein weiches Herz besitzen. Auch dass er sich in seiner Freizeit um vernachlässigte Jugendliche kümmerte, ließ mich ihn mit anderen Augen sehen. In Nate steckte offenbar viel mehr, als ich zunächst vermutet hatte. Und das gefiel mir ausgesprochen gut.

Meine Neugier, den wahren Nathan Westbrook kennenzulernen, nicht den charmanten, lässigen Player, als den er sich meist ausgab, war geweckt. Ich vermutete, dass sich hinter seiner coolen Fassade ein gefühlvoller, tiefgründiger Mann verbarg. Und dieser Mann interessierte mich.

Warum aber gab er sich so viel Mühe, sein Herz zu verstecken? Würde er seine verletzliche Seite zeigen, wäre er auf den ersten Blick weitaus anziehender – zumindest für Frauen wie mich. Zu meinem Erstaunen spürte ich so etwas wie Zärtlichkeit aufsteigen, als er jetzt aus dem Badezimmer trat.

»Komm zurück ins Bett«, forderte ich rau. Bewundernd wanderte mein Blick über seinen wohl definierten Oberkörper mit den Tattoos und hinab zu seinem Waschbrettbauch.

Ich genoss es, das unverhohlene Verlangen in seinen Augen funkeln zu sehen, als er sich neben mich legte.

»Nate, das eben war …« Vergeblich suchte ich nach den richtigen Worten, während ich mich in seine starken Arme kuschelte. Überwältigend hatte ich sagen wollen. Aber das schien es nicht annähernd zu treffen. Dieses zweite Mal mit ihm zu schlafen, hatte ich viel intensiver empfunden als bei unserer ersten Begegnung. Vielleicht weil ich inzwischen Dinge über ihn erfahren hatte, die mich in meinem Innersten berührten. Vielleicht auch, weil er hiergeblieben war. Er musste gemerkt haben, wie aufgewühlt ich gewesen war. In diesem Moment, in meinem Bett an seiner muskulösen Brust, fühlte ich mich beschützt und geborgen. Um seine Mundwinkel zuckte ein zufriedenes Lächeln.

»Gern geschehen, Miss Heart.«

Das warme, dunkle Timbre seiner Stimme schoss direkt in mein Lustzentrum und startete ein erneutes Kribbeln. Belustigt hob ich den Kopf, um ihm ins Gesicht zu sehen. »Eingebildet bist du zum Glück gar nicht.«

»Okay, du warst nicht unerheblich an dem Spaß beteiligt«, erwiderte er noch immer grinsend.

Eine Weile lagen wir schweigend nebeneinander, bis irgendwo in einer Nachbarwohnung eine Tür schlug. Leise Musik setzte ein, die jäh von einem rauen Jaulen begleitet wurde.

Nate hob fragend eine Braue.

Ich lachte. »Trevor. Der Hund meiner Nachbarin. Er liebt es, zu singen.«

»Scheint ein echtes Talent zu sein.«

»Kann man so sagen. Die Wände in diesem Apartmenthaus sind sehr hellhörig.«

»Nun, dann haben wir deinen Nachbarn eben aber auch etwas geboten«, sagte er mit einem amüsierten Funkeln in seinen Augen. Mir war klar, dass er auf die kleinen Schreie anspielte, die ich beim Sex manchmal losließ. Hitze schoss in meine Wangen.

»Du treibst viel Sport, hm?«, fragte ich ihn, um von mir abzulenken. Ich legte beide Handflächen auf seine Brust, zeichnete anerkennend die Konturen seiner Muskeln nach.

Nate streichelte über die Kurve meiner Hüfte. »Das scheint dir zu gefallen.« Die Wärme seiner Fingerspitzen kribbelte auf meiner Haut.

»Und dir scheint es zu gefallen, den Beweis deiner Männlichkeit an mich zu pressen, Mr Westbrook.«

»Das magst du doch auch, gib es zu.« Er knabberte an meinem Ohrläppchen und ein prickelnder Schauer rann mir über die Wirbelsäule.

»Dem kann ich nicht widersprechen.« Ich liebte es, ihn in all seiner wundervollen Härte zu spüren. »Aber um wieder auf den Sport zurückzukommen, was genau treibst du so – außer Bettsport?«, neckte ich ihn weiter.

»Stell dir vor, ich habe tatsächlich im Basketballteam der *UCLA* gespielt. Aber jetzt sollten wir uns wieder den wirklich wichtigen Dingen widmen.« Er ließ ein paar sanfte, verführerische Küsse auf meine Schultern regnen.

»Du hast Basketball gespielt?«

»Jepp.«

»Das ist aber schon ein paar Jährchen her, oder?« Ich kniff ihm spielerisch in die Seite. »Du willst mir doch nicht weismachen, dass du deine Form behalten hast, ohne etwas für diesen Wahnsinnsbody zu tun.«

»Sportstudio«, murmelte er. »Sag mal, Amelia Heart, hast du eigentlich einen Spitznamen? Oder einen Zweitnamen?«

»Das war ja ein rasanter Themenwechsel. Warum willst du das wissen?«

»Ich bin einfach ein wissbegieriger Mensch.« Seine Zunge fuhr an meiner Ohrmuschel entlang und ich erschauderte. Schon wieder.

»Ich ... oh«, zitternd holte ich Luft. »Hast du einen zweiten ... Namen?«

»Netter Versuch, Miss Heart.« Ich hörte das leise Lachen in seiner Stimme. »Wie sieht es nun mit einem Zweit- oder Kosenamen aus?« Konzentriert malte er eine Spur von meinem Ohr an meiner Kehle hinab. »Mein zweiter Name lautet übrigens Lucas.«

»Rose«, murmelte ich.

»Das ist hübsch. Niedlich, aber zugegebenermaßen nicht wirklich sexy.«

»Amy. Freunde nennen mich Amy.« Ich schätzte, ich war so weit, ihm diesen Namen zu nennen. »Okay, jetzt bin ich wieder dran«, wechselte ich das Thema. »Was bedeuten eigentlich diese Tattoos?« Mit meinem Finger verfolgte ich die Kontur des Vogels, der mit ausgebreiteten Schwingen Nates Brust in Besitz nahm, und danach die Zeichnung um seinen Bizeps, diesen Dornenring, um den sich der Name Josslyn schlang.

Einen Herzschlag lang fühlte ich Nate erstarren. »Beenden wir doch die Frage- und Antwortstunde«, wich er mir aus. »Ich will dich, Amy. Und ich möchte nicht länger warten.«

Okay. Ich hatte es kapiert. Nate hatte die Tür zwischen uns wieder geschlossen. Er sprach nicht gern über Dinge, die ihn persönlich betrafen. »Schon wieder?«, witzelte ich, um die leichte Spannung zwischen uns zu lösen. »Du bist echt unersättlich.«

»Und das ist allein deine Schuld, du Verführerin.« Spielerisch biss er mir in die Schulter und presste seine Erektion an meinen Oberschenkel.

»Dann bestrafe mich, Nathan Westbrook.«

Mein Kichern wich einem überraschten Aufkeuchen, als er meine Hüften packte und sich auf mich schob.

Oh Himmel, wie ich das Gewicht seines harten, muskulösen Körpers auf mir genoss. Ich schnappte nach Luft, als er unvermittelt eine Hand zwischen meine Beine gleiten ließ und sie sanft spreizte. Im gleichen Augenblick presste er seine Lippen auf meine und eroberte meinen Mund, während er meine Klitoris auf höchst stimulierende Weise massierte. Er wusste ganz genau, wie er mich anfassen musste, um mich an den Rand des süßen Wahnsinns zu treiben. Atemlos ließ ich meine Hüften kreisen. »Mehr«, bat ich. »Schneller, Nate.«

»Alles, was du willst, Amy.« Leise lachend küsste er meine Kehle. »Ich will, dass du zufrieden bist.«

Oh ja. Das war ich definitiv. Es fühlte sich so unglaublich gut an. Ich war im Himmel.

»Wir haben es also wieder getan«, sagte ich später mit leicht tadelndem Unterton, während wir um Atem ringend nebeneinander auf dem Rücken lagen und meine Schlafzimmerdecke anstarrten.

»Wir sind schlimm.«

»Jepp.«

»Obwohl wir es eigentlich nicht mehr tun wollten.«

»Falsch. Ich wollte dich die ganze Zeit über flachlegen. Jede verdammte Minute, die du mir über den Weg gelaufen bist.« Nate lachte leise auf. »Ich wollte diesem Bedürfnis nicht nachgeben, aber du siehst ja, was daraus geworden ist.«

»Und was machen wir jetzt?« Ich drehte mich zu ihm, um ihn anzusehen.

Er legte sich ebenfalls auf die Seite und stützte seinen Kopf in die Hand. Sein Blick forschte in meinem Gesicht. »Hör zu, Amy«, sagte er schließlich und schob mir zärtlich das Haar von der Schulter. »Ich will Sex mit dir haben.«

Ich richtete mich halb auf. »Hatten wir den nicht gerade? Sogar zweimal. Wenn ich mich recht erinnere, war er wild und leidenschaftlich. Und auf die Gefahr hin, dass du dir etwas darauf einbildest – unheimlich gut.«

»Eben.« Er stupste mir gegen die Nase. »Und weil der Sex zwischen uns so fantastisch ist, möchte ich das gern wiederholen. Ich will dich, Amy. Wieder und wieder.«

»Oh.« Die Aussicht war äußerst verlockend, aber ich bezweifelte, dass ich das durchhalten würde. Schließlich musste ich morgen früh zeitig raus und ich war, wenn ich ehrlich war, nach zwei fantastischen Orgasmen ziemlich platt. Ich ließ meine Handfläche über Nates Brustwarze gleiten und spürte, wie sie unter meiner Berührung hart wurde. »Das klingt wunderbar, aber ich brauche eine Pause und eine Mütze Schlaf, wenn ich morgen auch nur halbwegs funktionieren soll, Nate.«

Ein winziges Lächeln tauchte in seinen Mundwinkeln auf.

»Nein, nicht heute Abend. Außer du führst das fort, was du gerade beginnst.« Er packte mein Handgelenk. »So sehr ich auch weitermachen möchte, muss ich gestehen, dass ich ein bisschen ausgepowert bin«, sagte er, verschränkte seine Finger mit meinen und hob sie an seine Lippen, um meine Knöchel zu küssen.

»Ich begehre dich. Ich will deinen Körper. Ich genieße es, mit dir Sex zu haben. Die Wahrheit ist, ich bin verrückt nach deinen Kurven.«

»Du möchtest ...«, begann ich, denn mir war nicht ganz klar, auf was er hinauswollte.

»Dich wiedertreffen. Sex mit dir haben. Wann immer uns danach ist.«

»Oh.« Einen Moment herrschte vollkommene Stille im Raum, bis auf das leise Surren des Deckenventilators. Aber vielleicht war es auch das Blut in meinen Ohren. Mein Herz klopfte wild gegen meine Rippen.

»Amelia.«

»Okay.« Ich konnte nicht verhindern, dass meine Stimme zitterte.

»Heißt das, du hast meine Worte verstanden oder bedeutet dieses Okay, dass du mich wiedertreffen wirst?«

Ein Schauer der Erregung lief durch meinen Körper. Dieser Mann war nicht gut für mich. Ihn weiterhin zu treffen, würde bedeuten, dass ich meine Prinzipien verletzte. Meine eigenen Regeln brach. Aber ich hatte sie ja bereits in den Wind geschossen, als ich Nate das erste Mal in meine Wohnung gelassen hatte. Als ich ihm zugestanden hatte, mit mir ins Bett zu steigen. Heute Abend zum zweiten Mal. Und ehrlich, ich war heiß auf diesen Mann. Konnte nicht genug von ihm kriegen.

Es wäre verrückt, selbstzerstörerisch und in höchstem Maße unvernünftig, wenn ich mich weiterhin mit ihm einlassen würde. Ebenso, wenn ich ihn abweisen würde. Wann hatte ich mich das letzte Mal so begehrenswert gefühlt? Ich mochte die Art, wie er mich ansah. Wie Leidenschaft und Verlangen in seinen Augen funkelten, wenn er mich betrachtete. Wie ich mich als Frau fühlte, wenn er mich in Besitz nahm. Ich mochte die Art, wie er seine Finger über meinen Körper wandern ließ. Wie er mich zum Fliegen brachte. Ich war süchtig nach seiner Berührung. Er wollte meinen Körper. Es ging um Sex, um nichts weiter. In einem verborgenen Winkel meines Herzens bedauerte ich dies, aber hatte ich nicht unlängst Beth erzählt, dass die Sache mit der Liebe, der wahren, echten Liebe, für mich noch Zeit hatte? Dass meine Priorität bei meiner Karriere lag? Hier ging es lediglich um das sexuelle Vergnügen zweier Menschen, die sich zueinander hingezogen fühlten. Und das war einfach zu gut, um es aufzugeben. Wollte ich also weiterhin Sex mit Nathan Westbrook haben?

Verdammt. Verdammt, ja!

»Ich will dich wiedertreffen«, flüsterte ich. Wenn ich mein Verlangen ausleben konnte und nicht mehr peinlich darauf achten müsste, Nate nicht zu nahe zu kommen, würde es mir vielleicht auch endlich wieder gelingen, mich komplett auf die Arbeit zu konzentrieren.

»Gute Entscheidung.«

Ich konnte mir ein Schmunzeln nicht verkneifen. »Was hättest du getan, wenn ich Nein gesagt hätte?«

Er umfasste meine Pobacke mit seinen kräftigen Fingern und drückte mein Becken an sich. Sein heißer Atem strich kitzelnd über mein Ohr. »Glaub mir, ich hätte einen Weg gefunden, dich zu überzeugen.«

14. Kapitel

Nate

»Hey Nate!«

Am nächsten Morgen stand ich vor dem Aufzug in der Lobby, als ich Joes Stimme in meinem Rücken hörte. Ich drehte mich um. »Hey Joe. Gut, dich zu sehen, Mann.« Wir tauschten ein High five. »Was macht Livvy? Es müsste doch bald so weit sein, wenn ich mich nicht irre?«, erkundigte ich mich nach seiner besseren Hälfte.

Joe zog sein iPhone aus der Brusttasche seiner Jacke und hielt es demonstrativ in die Höhe. »Jederzeit bereit. Livs Mom ist schon mit mehreren Koffern aus Chicago angereist und hat sich bei uns eingenistet«, fügte er augenrollend hinzu.

Ich lachte. So sehr er Livvy auch liebte, seinem etwas gequälten Gesichtsausdruck nach zu urteilen, zählte ihre Mom nicht gerade zu seinen Lieblingsmenschen. Was für ein Glück, dass mir dieser ganze Schwiegermutter-Verwandten-Quatsch erspart blieb. Natürlich sagte ich nichts in dieser Richtung zu Joe. Stattdessen klopfte ich ihm aufmunternd auf die Schultern. »Ach, sei froh, dass Liv nicht allein herumsitzt und in Panik verfällt, wenn es losgeht.«

Joe stieß einen tiefen Seufzer aus. »Ja, das sollte ich vermutlich.« Wir winkten beide Beth zu, die im Begriff war, eins der Security-Drehkreuze zu passieren. »Und du? Was ist eigentlich aus deinem Vorhaben geworden? Und diesem Video, das dir Bauchschmerzen verursacht hat? Wir haben uns gar nicht mehr gesprochen, seitdem du mir eröffnet hast, dass du dich auf diesen zweifelhaften Handel einlassen willst.«

»Richtig, Mann. Stell dir vor, es gibt gute Neuigkeiten.« Die Aufzugtür öffnete sich und wir traten beiseite, um eine hochgewachsene Rothaarige passieren zu lassen, die ich irgendwo in der Schauspielagentur auf der ersten Etage einordnete. Joe trat in die Kabine und ich hielt die Tür offen, um auf Beth zu warten, die sich allerdings mit Jam am Empfang unterhielt und keine Anstalten machte, sich zu uns zu gesellen, wie ich schnell feststellte. Nachdem wir eingestiegen waren, überprüfte ich den Sitz meiner nachtblauen Krawatte in einer der verspiegelten Wände.

»Ich habe die Sache geregelt«, sagte ich und konnte mir ein breites Grinsen nicht verkneifen.

Joe zog die Brauen zusammen. »Ach?«

Ich drückte den Knopf für die oberste und für meine Etage.

»Jepp. Ich habe die bezaubernde Miss Heart verführt und dafür gesorgt, dass Rowe das Video löscht. Und meinen Kunden habe ich selbstverständlich behalten.«

»Du hast es wirklich durchgezogen, was?« Joe starrte mich kopfschüttelnd an. »Du bist unverbesserlich, mein Freund. Aber ich bin erleichtert, dass die Erpressung vom Tisch ist. Unangenehme Sache war das, Mann.«

»Das kannst du laut sagen.« Der Aufzug hielt im zweiten Stock und die Tür glitt auf, es stieg jedoch niemand ein. »Ich erzähle dir bei Gelegenheit gern mehr bei einem Drink.«

»Nichts dagegen.«

»Amy ist klasse, Joe. Eine echte Überraschung.«

»Amy, hm?« Ein winziges Lächeln kräuselte Joes Mundwinkel.

»Hat nichts zu bedeuten«, erklärte ich rasch.

»Verbrenn dir nicht die Finger. Beziehungen unter Kollegen, das ist eine heikle Sache.« Der Aufzug hielt erneut und Joe trat aus der Kabine.

»Wir haben keine Beziehung.« Ich hob die Hand zum Abschied, bevor die sich schließende Tür uns trennte und der Aufzug mich wieder ein Stockwerk tiefer brachte. Ich würde Joe erzählen, was passiert war. Irgendwann bei einem Drink oder zweien. Ich vertraute ihm. Auch wenn ich sonst eher damit zu kämpfen hatte, meinen Mitmenschen zu trauen, wusste ich, dass Joe mich niemals verraten würde. Wir kannten uns zu lang und gut genug, als dass ich in dieser Hinsicht irgendeinen Zweifel hätte haben können.

Leise vor mich hin pfeifend stieg ich aus und steuerte den Empfang an. »Einen wunderschönen guten Morgen, Reese.«

Zwanglos lehnte ich mich gegen den Tresen. Im Moment fühlte ich mich, als könnte ich es mit der ganzen Welt aufnehmen.

»Irgendwelche Nachrichten für mich?«

Amelia

Miguel wirkte regelrecht geschockt, als ich ihm von dem Brief erzählte, den ich in meinem Postfach entdeckt hatte. Nachdem ich nicht hatte aufhören können, mich damit zu beschäftigen, während ich an meinem Schreibtisch saß und meine Mails durchging, hatte ich beschlossen, mich ihm anzuvertrauen.

»Um Himmels Willen, Amelia, das ist furchtbar. Wer macht denn so etwas?« Er erhob sich und kam zu mir an den Tisch, um sich auf die Kante niederzulassen. Die Brauen zusammenziehend, rückte er seine Brille zurecht. »Hast du jemandem davon erzählt außer mir?«

Ich schüttelte den Kopf. »Nein, ich«, fing ich an, aber dann entschied ich mich, ihm die Wahrheit zu sagen. Zumindest einen Teil der Wahrheit. »Ich habe Nate – Nathan Westbrook – zufällig gestern beim Joggen getroffen und habe ihm gegenüber diese Nachricht erwähnt. Aber sonst niemandem.« Um meine Nervosität zu überspielen, griff ich nach dem Ende meines Pferdeschwanzes und wickelte ihn mir um den Finger. »Er meinte, ich solle mich Todd Millard anvertrauen, aber die Sache ist die: Ich möchte ihn jetzt wirklich nicht mit so einem Problem belästigen. Wegen dieser Stelle, für die ich mich bewerben möchte.«

»Ich verstehe.«

»Ich will diesen Job wirklich, Miguel.«

»Natürlich. Und ich will, dass du ihn bekommst, Schätzchen.« Miguel lächelte mir aufmunternd zu, bevor er sich von der Tischkante schob und gestikulierend durch den Raum marschierte. »Wir machen Folgendes: Ich werde Reese bitten, mich sofort zu benachrichtigen, wenn sie jemand anderen als John bemerken sollte, der sich an deinem Postfach zu schaffen macht. Und sie soll mir oder dir Bescheid geben, wenn sich jemand, der offenkundig nicht zur Belegschaft gehört, in unseren Firmenräumen aufhält.«

»Danke Miguel. Ich weiß das sehr zu schätzen.« Dankbarkeit durchflutete mich.

»Solltest du noch einmal eine derartige Nachricht vorfinden, lass es mich wissen, ja?«

Genau das hatte Nate auch gesagt. Ich fühlte mich bedeutend besser, jetzt, wo ich wusste, dass ich beide hinter mir stehen hatte.

Miguel kam zu mir und legte mir eine Hand auf die Schulter.

»Jetzt geh erst mal los, organisiere dir einen Kaffee und atme tief durch. Du bist ein wenig blass ums Näschen, Liebes.«

Ein wenig später war ich dabei, mit meinem Getränk die Teeküche zu verlassen, als ich auf dem Flur fast mit Nate kollidiert wäre.

»Hey Vorsicht, schöne Frau.« Er legte mir seine Finger an meinen Arm, um meine Hand zu stabilisieren, mit der ich den Kaffeebecher hielt. Nur leider half das gar nichts, denn das Gefühl seiner Haut auf meiner ließ meinen Puls auf gefühlte hundertachtzig schießen und brachte meine Hände zum Zittern. Verdammt, er sah fantastisch aus. Diese dunkelblaue Krawatte ließ seine braunen Augen richtiggehend funkeln. Und wie sich das Hemd über seinen Schultern straffte! Ich bemühte mich ja nicht hinzusehen, aber leider schmiegte sich die anthrazitfarbene Anzughose wie eine zweite Haut an seine Hüften.

Ich unterdrückte ein Aufstöhnen, da ich mich schlagartig an den gestrigen Abend erinnerte, an das, was wir miteinander getrieben hatten. Zwischen meinen Beinen erwachte ein sehnsüchtiges Prickeln und mein Mund war plötzlich so trocken, dass ich meine Lippen mit der Zunge befeuchten musste. Ich registrierte, dass Nate meiner Bewegung folgte, und in meiner Mitte explodierte kribbelndes Verlangen. Du lieber Himmel, wie ich diesen Mann wollte. Sogar jetzt, hier im Büro, verspürte ich den dringenden Wunsch, mich ihm hingeben zu wollen. »Hi«, flüsterte ich, wobei mein hektischer Blick den Flur auf und ab huschte, um sicherzugehen, dass uns niemand beobachtete.

Nate hob eine Braue und sein linker Mundwinkel zuckte verräterisch. »Du scheinst etwas nervös zu sein, Amy. Gibt es dafür einen Grund?«

Machte er Witze? Ich funkelte ihn vorwurfsvoll an. »Was, wenn uns jemand zusammen sieht?«

»Und?« Sein Mundwinkel hob sich noch ein Stückchen mehr.

»Wir sind Kollegen oder etwa nicht? Es ist völlig normal, dass wir uns im Büro über den Weg laufen und vielleicht auch mal das eine oder andere Wort miteinander wechseln.« Er neigte sich in meine Richtung, sodass sein Atem mein Ohr kitzelte. »Solang niemand dein feuchtes Höschen bemerkt, ist doch alles im grünen Bereich«, raunte er leise lachend.

Mistkerl. Er wusste genau, welche Wirkung er auf mich hatte. Seine sexuelle Ausstrahlung war einfach überwältigend. Ich richtete mich zu meiner vollen

Größe auf, wobei ich die Tatsache ignorierte, dass ich ihm lediglich bis zum Kinn reichte.

»Woher willst du wissen, dass mein Höschen feucht ist?«, konterte ich und bemühte mich vergeblich, das verlangende Pulsieren dort unten zu ignorieren.

»Weil du mich unwiderstehlich findest?«

»Tue ich das?«

»Ich denke schon.« In seinen Augen glitzerte ein Funken Arroganz.

Es machte mich unheimlich an und Nate wusste das ganz genau. Trotzdem gab ich mich betont cool und zuckte mit einer Schulter.

»Amy.«

»Ja?«

»Dein Kaffee.«

»Oh Shit!« Ich hatte nicht gemerkt, dass ich meine Tasse schief hielt und dabei der Inhalt ungehindert auf den Boden tropfte.

»Ich gehe ein paar Papiertücher organisieren. Rühr dich nicht vom Fleck.«

Mein Blick blieb an seinem Hintern in der maßgeschneiderten Hose hängen. Reiß dich zusammen, Amelia Heart. Jetzt ist weder die Zeit noch der Ort ...

»So, das haben wir im Nu wieder trocken«, meinte Nate und ging vor mir in die Knie, um die braune Brühe von den marmorierten Bodenfliesen zu wischen. »Verflucht, du ahnst nicht, wie gern ich jetzt unter deinen Rock kriechen würde.« Provokativ schnalzte er mit der Zunge.

»Nate«, tadelte ich ihn leise, auch wenn ich mir wünschte, er würde tun, wovon er eben gesprochen hatte. Himmel, ich erkannte mich selbst nicht wieder.

Wenigstens im Büro sollte ich solche Art von Gedanken von mir schieben! Ich hob den Kopf und sah zum Empfang hinüber, wo Reese telefonierte. Offensichtlich hatte sie uns beobachtet, denn sie fing meinen Blick ein, hielt ihn sekundenlang fest und nickte mir zu. Ob sie ahnte, dass zwischen Nate und mir etwas lief? Ich hoffte nicht. Vielleicht hatte aber auch Miguel schon mit ihr wegen meines Postfachs gesprochen, während ich mir meinen Kaffee zubereitet hatte.

»Guten Morgen, Amelia! Nate.«

Beim Klang von Todd Millards Stimme zuckte ich zusammen. Ich lächelte meinem Boss freundlich zu, die Tatsache ignorierend, dass ich einen halb leeren, tropfnassen Kaffeebecher in der Hand hielt und Nate zu meinen Füßen kniete, um den Boden zu wischen. »Es ist nicht so, wie ...«, fing ich an und brach irritiert ab. War ich vollkommen verrückt geworden? Meine Hormone tanzten Samba in Nates Gegenwart und mein Hirn hatte offensichtlich Urlaub eingereicht. Innerlich erneut über mich den Kopf schüttelnd, atmete ich tief durch. »Hi, Todd«, krächzte ich.

Mein Chef, zudem CEO der Firma, war kaum größer als ich, von gedrungener Gestalt, und man sah ihm an, dass er anders als sein Geschäftspartner Greenwalt lieber eine ruhige Kugel schob, als sich zu bewegen. Todd war ein alter Studienfreund meines Dads aus Berkeley. Diese Verbindung hatte mir die Tür zu *Greenwalt & Millard Solutions Inc.* geöffnet. Es wäre unklug gewesen, Todds verlockendes und vielversprechendes Angebot auszuschlagen. Ich mochte den Mann. Er besaß ein ruhiges, angenehmes Wesen, allerdings blieb er stets ein bisschen distanziert, was mir aber eher entgegenkam. Seine haselnussbraunen Augen in dem rundlichen, von grau meliertem Haar eingerahmten Gesicht fixierten mich interessiert, aber nicht unfreundlich. »Kann ich Ihnen irgendwie helfen, Amelia?«

»Danke, Todd, das ist sehr nett, aber wir haben alles im Griff.« Ich schaffte es, ihm ein überzeugendes Lächeln zu präsentieren. Fehlte noch, dass er Dad am Telefon beiläufig berichtete, dass er mich in reichlich verwirrtem Zustand auf dem Büroflur angetroffen hätte. Das wäre nur wieder Wasser auf Dads Mühlen.

Ich hab's doch gleich geahnt, Caroline, würde er stirnrunzelnd zu Mom sagen. *Das Mädchen taugt nicht dafür, Karriere in diesem Business zu machen. Sie lässt sich viel zu leicht ablenken.* Ich konnte seinen leicht näselnden Bariton förmlich hören.

»Dummerweise habe ich etwas Kaffee verschüttet und Nate – Mr Westbrook – war so nett, mir zu helfen«, erklärte ich Todd. Du lieber Himmel. Ich klang wie eine Studentin, die sich vor ihrem Professor rechtfertigte. Automatisch straffte ich die Schultern und ließ mein Lächeln noch ein bisschen mehr strahlen.

Todd nickte mir zu und zu meiner Überraschung erwiderte er mein Lächeln. »Garcia sagte mir, Sie machen sich gut. Weiter so, Amelia.«

»Danke, Todd. Das freut mich.« Und das tat es wirklich. Es war das erste Mal, dass ich ein Lob aus seinem Mund zu hören bekam. Und genau aus diesem Grund hatte ich mich auch dagegen entschieden, ihm von dieser seltsamen Nachricht zu berichten. Das war eine Sache, mit der ich selbst fertig werden würde. Ich kramte in meinen Hirnwindungen nach weiteren Small Talk-

Schnipseln, mit denen ich vor ihm brillieren könnte, als Nate sich mit einem leisen Ächzen aufrichtete und mich aus dem Konzept brachte.

»So, alles wieder im Lot. Ich bringe das mal eben in die Küche«, meinte er und wandte sich ab.

»Ich muss weiter, Amelia.« Todd tippte mir flüchtig auf die Schulter. »Entschuldigen Sie mich. Und Sie wissen ja, meine Tür steht immer für Sie offen, falls Sie etwas auf dem Herzen haben sollten.«

»Danke schön«, erwiderte ich warm. Mit einem guten Gefühl sah ich meinem Boss hinterher, als Nate zurückkehrte und mich ohne Vorwarnung in die Teeküche zog. Er nahm mir die Tasse aus der Hand, stellte sie auf der Arbeitsfläche ab und blieb dicht vor mir stehen.

»Hey, was soll das denn jetzt?« Oh verflucht, er roch so gut. Am liebsten hätte ich meine Nase an seiner Halsbeuge vergraben. Einzig die Möglichkeit, dass jederzeit jemand hereinspazieren könnte, hielt mich davon ab. »Du bist unvorsichtig.«

Nates Kiefermuskeln arbeiteten, als sich sein Blick in meinen brannte. »Du hast ja recht. Wir sollten aufpassen. Das Problem ist einfach, dass jedes Mal, wenn ich dich sehe, meine Sicherungen durchbrennen. Ich will dich nackt, Amy. Das ist nun mal ein Fakt und nicht zu ändern. Jedes verdammte Mal, wenn ich dir begegne, will ich dich nackt haben.«

Ich schnappte leise nach Luft. Denn mir ging es nicht anders.

Nate rückte noch ein wenig näher. »Die Vorstellung, dich zu nehmen, erregt mich so sehr, dass ich es nicht wage, noch einen einzigen Schritt zu gehen. Glaub mir, Süße, es ist besser, wenn wir uns einen Moment in die

Küche zurückziehen. Denn wenn ich nicht aufpasse, ist der Beweis meines Verlangens hier für alle im Büro sichtbar«, raunte er an meinem Ohr.

Seine Bemerkung entlockte mir ein Schmunzeln. Lasziv fuhr ich mit dem Zeigefinger den Rand seines Hemdkragens nach und schnappte mir seine Krawatte, um ihn an mich zu ziehen.

»Hm. Was machen wir denn da?«

»Vielleicht sollten wir diese unerträgliche Spannung ein wenig abbauen?« Sein Mund näherte sich meinem.

Ich warf ihm einen verführerischen Blick unter meinen Wimpern hervor zu und zog meine Unterlippe zwischen die Zähne.

»Unbedingt.«

»Verflucht, Mädchen, du machst mich fertig.« Nate stieß ein leises Knurren aus.

Sekundenlang starrten wir einander an, bevor Nate den Blickkontakt brach. Er trat einen Schritt zurück und brachte Distanz zwischen uns.

Ohne etwas zu sagen, fasste er mich am Ellenbogen und dirigierte mich auf den Flur hinaus. Wir gingen ein paar Schritte in Richtung unserer Büros, bevor wir erneut stehen blieben.

Mein Herz klopfte noch immer hektisch.

»Sag mal, hat sich eigentlich wegen dieses Briefs etwas Neues ergeben?« Stirnrunzelnd blickte er mich an und ich bildete mir ein echte Besorgnis aus seiner Stimme zu hören.

Ich schüttelte den Kopf. »Nein. Ich werde allerdings dieses dumme Gefühl nicht los, dass ich noch immer beobachtet werde.« Ich seufzte leise. »Aber ich habe Miguel informiert und er wird Reese instruieren, ein Auge auf mein Postfach zu haben.«

»Sehr gut.« Nate studierte mich nachdenklich. »Sehen wir uns später?«

»Das würde ich furchtbar gern, aber eigentlich hatte ich vor, mir wieder Arbeit mit nach Hause zu nehmen.«

»Du solltest dir mal Ruhe gönnen, Amy. Auf andere Gedanken kommen – gerade jetzt, wo dich dieser Brief so beschäftigt.«

»Das hört sich wirklich verlockend an, aber nein, lieber nicht.«

»Komm schon.« Flüchtig berührte er meine Hand. »Es würde dir guttun. Und morgen früh kannst du dich mit neuem Elan in die Arbeit stürzen. Was meinst du?«

Ich blickte in seine wunderschönen braunen Augen. Und stellte einmal mehr fest, dass es mir schier unmöglich war, ihm etwas abzuschlagen. Außerdem wäre es wirklich nicht verkehrt, den Kopf freizukriegen. Zumal ich, seitdem ich mir eingebildet hatte, dass mich jemand verfolgte, nachts schlecht schlief. »Na gut. Du hast mich überredet.«

Er nickte leise lächelnd. »Ich kenne da ein entzückendes und sehr verschwiegenes kleines Hotel.«

»Ein Hotel? Aber wieso? Wir könnten doch einfach ...« Schnell legte er mir einen Finger auf die Lippen. »Shhh. Sag Ja. Du wirst es nicht bereuen.«

»Okay.« Ich blickte ihm hinterher und fragte mich, was er wohl geplant hatte. In meinem Bauch prickelte Aufregung wie Champagnerbläschen.

15. Kapitel

Parker

Verdammter Mist! Dieser Schweinehund. Bittere Galle stieg in mir auf, als ich ruhelos durch mein Wohnzimmer stapfte und mir mit allen Fingern durchs Haar fuhr. Ich hatte beobachtet, wie Amelia das Haus zusammen mit Westbrook verlassen hatte. Er hatte sie mit seinem Cabrio abgeholt, mit diesem Scheiß-Camaro, den er vermutlich stundenlang auf Hochglanz poliert hatte. Wollte die Kleine wohl beeindrucken. Wichser.

Wie so oft hatte ich nach Feierabend, versorgt mit einem Burger aus dem Schnellrestaurant und einer Coke, gegenüber von Amelias Haus geparkt, um einen Blick auf sie zu erhaschen. Ich beobachtete sie schon lang. Sie ahnte ja nicht, wie oft ich sie schon an ihrem Schlafzimmerfenster erspäht und mir dabei einen runtergeholt hatte. Und heute hatte ich gesehen, wie die Kleine einfach mit diesem Arschloch weggefahren war. Wohin er sie wohl gebracht hatte? Amelia hatte sich herausgeputzt, als wollte sie auf dem roten Teppich bei den Oscars posieren. Die beiden hatten etwas am Laufen, na klar. Es hatte ihm nicht genügt, sie einmal zu vögeln, nein. Allem Anschein nach wollte er es wieder und wieder tun. Seinen verfickten Schwanz in ihre süße Muschi stecken.

Gleißende Wut schoss durch meine Eingeweide und ich stieß einen derben Fluch aus. Amelia gehörte mir. Diesen beschissenen Großauftrag hatte Westbrook behalten, aber die Frau gehörte verdammt noch mal mir.

Fieberhaft kramte ich in meinen Gehirnwindungen nach einer Möglichkeit, mich an meinem Konkurrenten zu rächen. Dafür, dass er mir Amelia weggeschnappt hatte. Um die Kleine würde ich mich danach kümmern.

Ich organisierte mir einen Jack Daniel's und setzte mich an den PC, um ein paar Pornos herunterzuladen. Ich musste dringend den Druck loswerden. Ungeduldig wartete ich, bis die Kiste hochgefahren war, und klickte dann meine Lieblingsseite an, um mir ein Video auszusuchen. Video ... Moment mal. Wie vom Blitz getroffen starrte ich auf meinen Bildschirm. Ich schloss die Pornoseite und rief stattdessen die Dropbox auf.

Nate

»Wollen wir hinein?« Ich machte eine Kinnbewegung, als wir vor dem *Black Swan*, einem kleinen verträumten Familienhotel in West Hollywood, standen, nachdem ich den Camaro auf dem hoteleigenen Parkplatz abgestellt hatte.

»Ernsthaft?« Amelia sah mich an, als hätte ich ihr gerade vorgeschlagen, splitterfasernackt über den Sunset Boulevard zu tanzen.

»Natürlich.« Grinsend deutete ich ihr mit einer Geste an, durch die gläserne Schiebetür zu treten, die sich automatisch öffnete, als wir uns näherten. »Auch wenn ich dein Bett für äußerst bequem und einladend halte, liebe ich die Abwechslung, du nicht?«

»Wir hätten auch zu dir gehen können.«

Nope. So weit waren wir noch lang nicht. Und ich bezweifelte, dass ich es jemals sein würde. Niemals nahm ich eine Frau mit zu mir nach Hause. Meine Privatsphäre schützte ich so vehement wie andere ihren wertvollsten Besitz. »Glaub mir, meine Junggesellenbude ist alles andere als einladend.«

Wir traten in die hell erleuchtete Lobby. »Ich weiß auch nicht. Ich dachte, ich habe noch nie ... Andererseits ...«

»Süße, du redest zu viel.« Ich verschloss ihre Lippen mit einem raschen Kuss. Sie sah umwerfend aus heute Abend in diesem schlichten, aber eleganten schwarzen Neckholderkleid. Dazu schwarze hohe Riemchenpumps, die ich ihr nicht erlauben würde, von den nackten Füßen zu ziehen, wie ich sofort beschlossen hatte. Sie strahlte einen Touch zurückhaltender Unnahbarkeit aus, was mich unheimlich anmachte. Zu meiner heimlichen Freude trug sie ihr wundervolles Haar offen, es fiel ihr in leichten, verführerischen Wellen auf die nackten Schultern. Die kleinen Diamantstecker in ihren Ohrläppchen blitzten im Licht des Kronleuchters auf, der über unseren Köpfen hing. Wir checkten ein – als Mr und Mrs Donahue und selbstverständlich für eine Superior Suite, die ich vorab hatte reservieren lassen. Mit einem Lächeln nahm ich die Schlüssel in Empfang.

»Sie bringen kein Gepäck mit, Mr Donahue?«, erkundigte sich die junge Dame an der Rezeption und Amy schenkte mir ein verhaltenes, unsicheres Lächeln, als ich der Hotelangestellten freundlich bestätigte, dass wir tatsächlich ohne Koffer reisten.

»Wer benötigt schon Gepäck, wenn alles, was ich brauche, dein verführerischer Körper ist«, raunte ich und kniff im Gehen unauffällig in ihren süßen Arsch.

Ein Lachen unterdrückend steuerten wir die Aufzüge an. Im Vorbeigehen schnappte ich mir eine der leuchtend roten Rosen aus einer Vase von einem runden Glastisch und überreichte sie Amy.

»Ich kann es kaum erwarten, dich auszuziehen«, flüsterte ich ihr ins Ohr und erhaschte einen Hauch ihres Parfums. Zur Hölle, dieser verfluchte Duft. Mein Schwanz erwachte prompt zum Leben.

»Wir haben also eingecheckt, um es hier zu treiben, und fahren danach wieder nach Hause?« Amy warf mir einen unschuldigen Blick unter langen Wimpern hervor zu.

Ich betätigte die Ruftaste. »Das ist der Plan.« Sie roch so verdammt gut. Nicht aufdringlich und nicht süß, sondern frisch, aber mit einer unglaublich verführerischen Note, die mich an unanständige Dinge denken ließ. An sehr unanständige Dinge. Eine interessante, aufregende Kombination.

Wenige Sekunden später glitten die Aluminiumtüren auf und wir traten in die verspiegelte Kabine. Amelia schnupperte an der Blume. Sie wirkte verflucht sexy auf mich, wie sie so dastand in ihren High Heels, dem kleinen Schwarzen und der Rose in der Hand. Unschuld und Verführung zugleich. Als sich unsere Blicke trafen, zeigte sie mir ihr Grübchen und eine Ahnung streifte den Rand meines Bewusstseins. Ohne Vorwarnung drängte ich sie gegen die Wand, während der Aufzug lautlos nach oben glitt. Spielerisch fuhr ich den Ausschnitt ihres Kleids entlang.

Herausfordernd reckte sie das Kinn. Auf einmal schwebte knisternd erotische Spannung durch die Kabine.

Ein rascher Blick beim Einsteigen hatte mir offenbart, dass es in dieser Kabine keine Überwachungskamera gab. Meine Hand schnellte zum Halteknopf und mit einem Ruck blieb der Aufzug stehen. Aufreizend langsam schob ich den Saum ihres Kleids nach oben, ließ meine Finger über die zarte Innenseite ihres Schenkels hinaufgleiten und fühlte, wie Amelia erschauderte. Meine Fingerspitzen fanden ihre samtige Mitte. Jedoch kein Höschen.

Ich hob eine Braue.

Als Antwort grub Amelia ihre Zähne in die volle Unterlippe.

Gütiger Himmel! Wusste sie eigentlich, wie sexy sie gerade war? Ich genoss es, wie sie zusammenzuckte, als mein Finger ihre Perle berührte. Sie fühlte sich so unfassbar gut an. Seidenweich. Warm. Und nass. Verflucht, sie war so verdammt nass! Ich stieß ein unterdrücktes Knurren aus, während Verlangen wie ein rasendes Feuer durch meine Blutbahnen schoss. »Du wirkst oft so harmlos. So unschuldig, Amy.« Ich lachte leise. »Aber anscheinend hat die Idee, es im Hotel zu machen, deiner Fantasie Flügel verliehen.« Was mir äußerst gut gefiel.

Rastlos ließ ich meine Hände weiterwandern, über ihren straffen, nackten Bauch und registrierte am Rande, wie die Rose zu Boden fiel. Mein Herz hämmerte wild gegen meine Rippen, als ich meine Daumen über die verführerische Schwellung der Unterseite ihrer Brüste gleiten ließ. Dieses Mädchen trug tatsächlich nichts unter diesem Stück Stoff. Nada! Absolut nichts! Damit überraschte sie mich wirklich.

Ich wollte ihr das Kleid vom Leib reißen, sie auf der Stelle nehmen und zu der meinen machen. Hier und jetzt in diesem Aufzug. Es fiel mir nicht leicht, diesen übermächtigen Drang zu kontrollieren. Schweiß brach mir aus allen Poren. Ich suchte und fand ihre Nippel, nahm sie zwischen meine Finger und spielte mit ihnen. Ein leises Lächeln zuckte um meine Mundwinkel, als ich sah, wie Amelias Lider flatterten und sich die bernsteinfarbene Iris in ein dunkles Gold verwandelte.

Sie stieß einen kleinen überraschten Schrei aus, als ich mit beiden Händen ihre nackten Pobacken umfasste und ihren Unterleib hart an mich presste. Meine Erektion drückte durch die Hose gegen ihre Scham und ich bemerkte, wie sich auch mein Atem beschleunigte und sich dem ihrem anpasste.

»Du überraschst mich«, murmelte ich und platzierte einen Kuss an ihrer Kehle. »Anscheinend habe ich dich völlig falsch eingeschätzt.«

Ihr Lachen war dunkel und lasziv, und mein steinharter Schwanz schmerzte vor unerfüllter Lust. Gänsehaut überzog ihre samtige Haut, als ich die Kurven ihres Hinterteils streichelte und sie unter meiner Berührung erbebte. Es war unfassbar befriedigend zu erleben, wie leicht es mir gelang, sie mit meinen Händen zu erregen.

Ich selbst konnte kaum noch aufrecht stehen, so heftig quälte mich mein eigenes Verlangen. Meine Hoden zogen sich lustvoll zusammen und meine Jeans spannte bedenklich im Schritt. Ich musste mich dringend zügeln, denn ich hatte eigentlich nicht vorgehabt, schon im Aufzug Sex mit ihr zu haben. Ich legte eine Hand an ihre Taille und ließ die andere nach vorn gleiten. »Du bist so unglaublich nass«, raunte ich in ihr Ohr. Sanft biss ich in ihr Ohrläppchen.

»Kann es sein, dass du scharf auf mich bist?«

»Ich ... oh.« Sie holte zitternd Luft, als ich die Stelle hinter ihrem Ohr mit der Zunge streichelte.

»Ich interpretiere das mal als ein Ja«, sagte ich rau und bewegte meinen Daumen kreisförmig um ihre Klit.

Amelia sog scharf die Luft ein.

Ich erhöhte den Druck und die Geschwindigkeit. »Öffne dich für mich, Amy«, bat ich und spreizte sanft ihre Schenkel. Sie rang nach Atem, als ich mit einem Finger in sie eintauchte. Sie war heiß, wunderbar eng und unglaublich nass. Sie war reif wie eine köstliche, süße Pflaume. Reif und bereit für mich. Oh verflucht. Ich schluckte hart. Meine Erektion brachte mich noch um. Mit der richtigen Mischung aus Sanftheit und Druck massierte ich sie, ein Finger tief in ihr drin.

»Oh ... oh.« Amys Kopf sank gegen die Wand. Sie schloss die Augen und mich damit aus. Gut, damit konnte ich leben.

Ich erstickte den Laut, der sich ihrer Kehle entrang, als ich den Druck meiner Daumenkuppe verstärkte, mit meinem Mund. Ihre Lippen waren unglaublich weich und öffneten sich mir bereitwillig, so, wie es zuvor ihre Schenkel für mich getan hatten. Amelia gab sich mir völlig hin, ließ mich ohne Widerstand gewähren, was mich verdammt heißmachte. Sie gab mir das Gefühl, Macht über sie zu besitzen, und ich wurde von einem noch nie zuvor erlebten Verlangen erfasst, sie zum Höhepunkt zu bringen.

Ich eroberte ihren Mund, lockte ihre Zunge mit meiner und forderte sie zu einem sündigen Spiel auf. Begehren jagte wie kochende Lava durch meine Venen.

»Komm für mich, Babe«, raunte ich zwischen zwei leidenschaftlichen, langen Küssen. »Komm jetzt.« Immer schneller ließ ich meinen Daumen kreisen und schob noch einen Finger in sie hinein. Sie schien innerlich zu kochen, ich spürte die Kontraktionen ihrer Muskeln und wie sie in meinen Armen erzitterte, als sie mit einem süßen, tiefen Seufzen kam. Ihr Blick war verschleiert, als sie ihn wieder auf mich richtete, und ich sah ihren hämmernden Puls an ihrer Kehle schlagen. Ich hielt sie einen Moment, bis sie sich gefangen hatte, dann drückte ich erneut den Halteknopf und der Aufzug setzte sich mit einem leisen Summen in Bewegung.

Als wäre nichts zwischen uns geschehen, glitten wir schweigend weiter in den obersten Stock, wobei ich mich zwischendurch bückte, um die vernachlässigte Blume vom Boden aufzuheben. Amelia vermied es, mich anzusehen. Sorgfältig strich sie über den weichen Stoff ihres Kleids, bevor wir den Lift verließen. Nichts an ihrer äußeren Erscheinung deutete darauf hin, dass ich ihr soeben einen Orgasmus verschafft hatte. Bis auf die verräterischen roten Flecken auf ihren Wangen vielleicht und das unnatürliche Glänzen ihrer Augen. Ich konnte mir ein breites Grinsen nicht verkneifen, als wir über den mit einem dicken Teppich ausgelegten

Korridor zu unserer Suite gingen. Dort angekommen, holte ich die Schlüsselkarte aus meiner hinteren Hosentasche, um sie durch den Leseschlitz zu ziehen.

Die Tür schwang auf und ich bat Amy mit einer leichten Verbeugung einzutreten. »Mylady. Nach Ihnen.«

»Wow, Nate, sieh doch nur! Ist das nicht zauberhaft?« Sie hörte sich ein wenig atemlos an, als sie die Suite erblickte, eine ansprechende Kombination aus romantischer Verspieltheit und modernem Stil. Mein Grinsen vertiefte sich.

16. Kapitel

Amelia

Wie in Trance betrat ich den großzügigen, mit einem sanften Licht gedimmten Raum, während mein Verstand vergeblich versuchte, zu erfassen, was da eben im Aufzug geschehen war. Hatte Nathan Westbrook mir vor wenigen Sekunden erneut einen der besten Orgasmen beschert, die ich je gehabt hatte? In diesem verdammten Lift? In einem Hotel? Aber ich hatte es ja provoziert. Als ich mich zu Hause für das Date fertiggemacht hatte, hatte ich spontan beschlossen, nichts unter meinem Kleid zu tragen. Ich erkannte mich selbst nicht wieder. Aber wenn es um Nate ging, setzte anscheinend mein Verstand aus und meine Libido übernahm – jedes Mal. Ich war süchtig nach seinen Berührungen. Süchtig nach dem Sex mit ihm. Das war mein Problem. Nate war eine Droge. Eine gefährliche Droge, der ich nicht widerstehen konnte – und auch nicht länger wollte.

Ich nahm das breite mit einer schneeweißen Tagesdecke belegte Kingsize-Bett in Augenschein, auf dem Nate die Blume drapiert hatte, und wandte mich ihm mit einem Lächeln zu.

»Schön, dass dir meine kleine Überraschung gefallen hat.«

Ein laszives Grinsen spielte um seine Mundwinkel, während er die Tür schloss. »Gefallen ist gar kein Ausdruck.« Er kam auf mich zu und strich mir eine Haarlocke aus der Stirn. »Ich werde mich gebührend revanchieren, süße Amelia.«

Mein Pulsschlag beschleunigte sich. »Stell dir vor, jemand hätte uns erwischt. Oder der Alarm wäre ausgelöst worden.«

»Was zum Glück nicht geschehen ist. Aber es hat den Reiz erhöht, findest du nicht?«

»Schuft.« Ich zwickte ihm in die Seite. »Für den Aufzug hatte ich mein Outfit eigentlich nicht geplant.« Dennoch war es eine Erfahrung, die ich nicht missen wollte. Mit einem Lachen richtete ich meinen Blick auf die unzähligen glitzernden und bunten Lichter der Stadt jenseits der beiden hohen, geteilten Fenster. Wie Diamantensplitter funkelten sie in der aufkommenden Dämmerung.

»Wow. Was für ein Anblick.« Ich kam mir vor, als wäre ich in einem Märchen gelandet.

»Dem habe ich nichts entgegenzusetzen.« Nates Atem kitzelte meinen Nacken, als er meine Haare beiseite strich, um mit seinen warmen Lippen über meine Haut zu fahren. »Du siehst entzückend aus in deinem kleinen Schwarzen, Miss Heart. Aber ich fürchte, ich werde dir das Kleidungsstück ausziehen müssen.« Plötzlich lagen seine Hände an meiner Taille und er drehte mich zu sich um.

»Du musst tun, was du tun musst«, erwiderte ich in gespielter Ergebenheit und mein Herz pochte laut in meinen Ohren.

»So ist es.« Er sah mir in die Augen, während er behutsam die Schleife in meinem Nacken löste. »Es gefällt mir, wenn du einsichtig bist.«

Ich fand es aufregend, dass er so tat, als wäre ich sein Besitz und hielt den Atem an, als die Stoffbänder über meine Schultern glitten und Nate mir das Oberteil vorsichtig über die Brüste zur Taille schob. Ein Lufthauch streifte meine Haut wie kühle Seide. Dennoch fühlte ich unter Nates Blick eine plötzliche Hitze aufwallen und meine Brustwarzen stellten sich auf. Was hatte er vor? Ich biss auf meine Unterlippe, als sich seine Hände um meine Brüste schlossen, und er anfing, mit den Daumen die empfindlichen Spitzen zu reizen. Ich wünschte, er würde mich nehmen, sofort und hier und jetzt. Zwischen meinen Beinen pochte heftiges Verlangen, der letzte Orgasmus schien eine Ewigkeit her zu sein. »Nate ...«

»Geduld, Miss Heart.« Zärtlich spielte er mit meinen Nippeln, streichelte und liebkoste die empfindliche Haut meines Busens, bis ich aufstöhnte und den Kopf zurückwarf.

»Nate, bitte ...« Ich wollte mehr. Sehr viel mehr als das hier.

Meine Erregung stieg ins schier Unerträgliche.

Unvermittelt fuhren seine Hände unter den Saum meines Kleids, damit er es hochschieben und mich entkleiden konnte. Es fiel zu Boden und blieb als Häufchen zu meinen Füßen liegen. Dank der Klimaanlage war es angenehm temperiert im Raum und doch fing ich an zu zittern – allerdings nicht vor Kälte.

Nate legte seine Hände an meine Taille und dirigierte mich zum Bett.

»Setz dich, süße Amelia.«

Ich tat, um was er mich gebeten hatte, gespannt, was er im Schilde führte. Die Tagesdecke unter meinem Hintern fühlte sich kühl und seidig an, und mein Herz klopfte mir bis zum Hals, als ich verfolgte, wie Nate zu einem kleinen Tisch an einem der beiden Fenster ging, auf dem sich ein Sektkühler inklusive Flasche, zwei Champagnerflöten sowie eine Schale Früchte befanden.

»Etwas Champagner?« Mit einem Glas in der Hand drehte er sich zu mir um.

»Ist das zu fassen. Die haben hier wohl an alles gedacht.«

Sein linker Mundwinkel hob sich zu einem trägen Grinsen.

»Vielleicht war es auch hilfreich, dass Mr Donahue bei einem kleinen Anruf darum gebeten hat.«

»Du hast das bestellt?«

Er antwortete mir nicht, befüllte stattdessen beide Gläser und setzte sich anschließend zu mir aufs Bett, um mir eins davon zu reichen. »Wir werden jetzt miteinander anstoßen. Und dann ...« Er verstummte mit einem vielsagenden Hochziehen seiner linken Braue und ließ sein Glas an meins klingen.

Der Champagner schmeckte süß und perlte auf meiner Zunge.

Nate neigte sich mir zu und küsste mich leicht auf den Mund.

»Warum machst du es dir nicht ein bisschen bequemer? Du wirkst, als würde jeden Moment ein Zug vorbeifahren, auf den du aufspringen musst.«

»Es ist nicht fair, dass ich hier nackt herumsitze und du vollständig bekleidet bist«, konterte ich, weil mich diese Tatsache etwas verunsicherte.

Nate nahm mir das Glas aus der Hand und stellte es zusammen mit seinem auf den schmalen Nachtschrank neben dem Bett. Dann nahm er die Rose auf und strich mit der zarten Blüte über meine Lippen. »Ich ziehe es vor, angezogen zu bleiben – vorerst – und die Aussicht zu genießen.« Mit federleichten Berührungen ließ er die Blüte meine Kehle hinab zu meinen Brüsten und über meine Nippel wandern. »Warum zeigst du mir nicht, wie du dich gern verwöhnst?« Mit einem Lächeln und der Blume in der Hand erhob er sich und ließ sich in dem Sessel schräg gegenüber von mir nieder.

Wie bitte? Er wollte, dass ich ... Vermutlich bemerkte er die glühende Hitze, die gerade in meine Wangen stieg. Ich hatte noch nie vor einem Mann Hand an mich gelegt. Einen Herzschlag lang starrten wir einander an.

»Komm schon, Amy. Zeig es mir.« Nate lehnte sich lässig zurück. »Sei ein braves Mädchen. Ich verspreche dir, dass ich dich anschließend ausreichend belohnen werde.«

Seine scheinbar leicht dahingesagten Worte brachten mein Blut in Wallung. Und auf einmal verspürte ich große Lust, Nates Wunsch zu erfüllen. Ich würde über meinen Schatten springen. Wenn Nate eine Show wollte, würde ich ihm eine liefern. Ich lehnte mich gegen das weiche Kopfpolster und winkelte mein linkes Bein an. Ob das hier überhaupt funktionieren würde?

Zu Hause, in der Abgeschiedenheit meiner vier Wände, hatte ich kein Problem damit, mich selbst zum Höhepunkt zu bringen. Aber jetzt – unter Nates intensivem Blick ...

Kleine Schweißperlen traten mir auf die Stirn und mein Körper vibrierte vor Nervosität. Doch er ließ mich nicht im Stich, stellte ich ziemlich rasch fest. In meinem Bauch begann ein süßes, vertrautes und gleichzeitig schmerzhaftes Ziehen, als ich meine Schenkel spreizte und mich dort berührte, wo Nate es vor Kurzem getan hatte. Ich keuchte leise auf. Nach der Nummer vorhin im Aufzug war ich noch viel empfindsamer und leichter erregbar.

»Amelia. Amy.« Nate hob die Rose an seine Nase und roch daran. »Ich will, dass du dich überall anfasst. Deine Lippen, deine hübschen Brüste. Lass dich gehen, Süße. Tu es. Für mich.«

Jegliche Scheu und jedes Schamgefühl verflogen, als ich seiner Aufforderung folgte. Längst bereitete mir dieses Spiel viel zu sehr Vergnügen, als dass ich noch einen einzigen Gedanken daran verschwendete, wie ich auf Nate wirken könnte.

»Verflucht, Babe. Du bist so heiß, du bringst mich um den Verstand.« Mit einem tiefen, lustvollen Knurren fuhr Nate sich durch die Haare. In seinen Augen loderte ein lustvolles Glitzern, als er zusah, wie ich mit mir spielte, und seine offensichtliche Erregung, die sich als riesige Beule in seinen Jeans manifestierte, entfesselte in mir einen Sturm der Lust.

Mein Stöhnen wurde lauter, eine warme Welle stieg in mir auf, ergriff von mir Besitz und als ich kurz davor war, erneut zu kommen, vernahm ich durch den Nebel meiner Lust ein raues, unmissverständliches *Stopp.* Ich hob den Kopf und Nate fing meinen Blick ein. Für einen Augenblick hatte ich seine Gegenwart komplett ausgeblendet. »Oh Nate.« Mit einem frustrierten Laut stieß ich die Luft durch meine Zähne. Warum wollte er, dass ich aufhörte?

»Warte auf mich.« In Windeseile entledigte Nate sich seiner Kleidung.

»Nate, verdammt, ich kann nicht ...«

Das leise Knistern von Plastik. »Ich bin schon bei dir. Rutsch ein bisschen runter, Amy.« Nates Gewicht drückte mich ins Polster zurück und ich spürte seine Erektion an meinem Bauch. Mit einer Hand nahm er meine Handgelenke gefangen und führte sie über meinem Kopf zusammen, presste seine Lippen hart auf meine.

Er schmeckte nach Champagner und ich seufzte leise auf, als er mühelos in mich drang. Ich begegnete seinen kraftvollen Stößen mit der gleichen Leidenschaft und Intensität. In einem Taumel aus verzweifeltem Begehren und glühender Leidenschaft gab ich mich ihm völlig hin.

Eine Weile später lagen wir verausgabt und ziemlich verschwitzt nebeneinander oder besser ineinander verschlungen auf dem herrlich breiten, weichen Bett. Nichts war in der Stille des Raums zu hören, außer unser beider Atem, der schnell und unregelmäßig ging. Ich kuschelte mich in Nates Arme und bewunderte, wie das sanfte Licht die wunderschönen, gemeißelten Konturen seines Gesichts betonte.

»Wow. Danke für den wilden Ritt, Miss Heart.«

Ich hätte es nicht besser ausdrücken können. Es schmeichelte mir, dass Nate den Sex scheinbar ebenso genossen hatte wie ich. Mit einem zufriedenen Seufzen fuhr ich die Zeichnung seines Brust-Tattoos nach.

»Ich kann noch immer nicht recht glauben, dass du keine Wäsche unter deinem Kleidchen getragen hast.« Nate zupfte an einer meiner Locken.

»Tatsächlich?« Ein Lächeln huschte über mein Gesicht. »Du klingst so überrascht.«

»Irgendwie passt so ein Verhalten nicht zu dir.«

»Nicht?« Spielerisch umrundete ich einen seiner harten kleinen Nippel.

Er grinste. »Bevor wir das erste Mal miteinander geschlafen haben, hätte ich nie gedacht, dass du, nun, lass es mich so formulieren, experimentierfreudig sein könntest. So sinnlich.«

»Tja. Offenbar scheinst du ein derartiges Verhalten in mir zu provozieren.« Ich hatte ja selbst nicht gewusst, dass eine solche Leidenschaft in mir schlummerte. Bis ich Nate Westbrook begegnet war.

Seine weißen Zähne blitzten im Dämmerlicht auf. »Hätte ich das nur eher geahnt.«

»Dann hättest du was getan?«

Er verschloss meine Lippen mit einem langen, sinnlichen Kuss. Er schmeckt nach Sex, nach Schweiß und Mann. Und ich liebte diesen Geschmack.

»In Zukunft werde ich jedes Mal, wenn ich ein breites Bett sehe, dieses Bild von dir vor meinem inneren Auge haben«, sagte er, nachdem wir wieder zum Luftholen gekommen waren.

»Wie du mit deinen kirschroten Wahnsinnslippen und gespreizten Beinen ...«

»Hör schon auf!« Ich versetzte ihm einen spieleri-
schen Klaps auf seinen anbetungswürdigen Hintern.
Seine Worte hatten in meinem Bauch allerdings erneut
Schmetterlinge auffliegen lassen und auch Nate schien
wieder in Stimmung zu kommen. Seine Erektion an
meinem Bauch sprach eine eindeutige Sprache.

»Der Gedanke daran ist jedenfalls äußerst erregend.«

»Ist er das?« Ich starrte auf den sinnlichen Schwung
seiner Lippen und überlegte, ob ich schon jemals einen
Mann mit derart verführerischem Mund begegnet war.

»Mhh ...«

Ich hob meinen Blick und wir sahen einander in die
Augen, für einen Moment, der mir wie eine Ewigkeit er-
schien, hörte die Welt auf, sich zu drehen. Die sexuelle
Spannung zwischen uns knisterte laut und deutlich.
Wir hörten es beide.

Begierde. Sehnsucht.

Leidenschaft flirrte durch die Luft.

»Ab sofort gehört dieser Körper mir.«

»Nate, ich ...«

Sein Mund erstickte jeden Versuch meinerseits weiterzusprechen. Fordernd und unerbittlich teilte er
meine Lippen, ließ seine Zunge meinen Mund erobern,
während er seinen nackten Körper auf meinen schob.
Es schien, als brandmarkte er mich mit diesem Kuss als
sein Eigentum. Seltsamerweise machte es mir nichts
aus. Im Gegenteil. Das Wissen, dass Nate mich besitzen
wollte, erregte mich zutiefst. Ich vergrub meine Hände
in seinem Haar und gab mich ihm völlig hin. Mein Körper wurde weich und nachgiebig und passte sich seinen
harten, muskulösen Linien an. Wir küssten uns. Lang.
Ausdauernd. Voller Hingabe. Ihn zu küssen, war fast so

gut, wie ihn in mir zu spüren. Seine sinnliche Liebkosung ließ mich atemlos zurück. Mein Herz klopfte so schnell, dass ich dachte, es würde gleich davonfliegen.

»Bedeutet das, wir sehen uns exklusiv?«, wollte ich von ihm wissen, nachdem er mich wieder freigegeben hatte.

»Solang wir das Bett teilen, wird keiner von uns jemand anderen sehen«, erwiderte er und studierte mein Gesicht.

Ich nickte. Zum Glück sah er diese Sache genau wie ich. Ich hätte es nicht ertragen. Die Vorstellung, dass er mit seinem wunderschönen Körper eine andere Frau verwöhnte, dass jemand außer mir ihn berühren könnte, war schrecklich.

Seine schwarzen Pupillen verdeckten fast das samtige Schokoladenbraun seiner Iris. »Es ist nur Sex, hörst du? Nicht mehr und nicht weniger. Keine Versprechen, keine Verpflichtungen. Keine Affäre. Und schon gar keine Beziehung. Nur fantastischer, wilder, leidenschaftlicher Sex.«

Ich ignorierte den winzigen Stich in meiner Brust. »Ich erwarte nichts von dir, Nathan Westbrook.«

»Perfekt.« Er rieb seine Nasenspitze an meiner. »Dann lass uns unseren Pakt mit einem erneuten Ritt besiegeln.«

Ich hatte nichts dagegen.

»Müssen wir los?«, wollte ich eine ganze Weile später von Nate wissen, als er aus dem Bett stieg, wobei ich es mir nicht nehmen ließ, seine knackige Kehrseite zu bewundern. Der Mann war von jeder Perspektive aus betrachtet einfach umwerfend.

Ich hörte ihn leise lachen, als er den kleinen Tisch vor dem Fenster ansteuerte, wo er sich die Glasschüssel schnappte.

»Wirke ich, als ob ich die Segel streichen wollte?«, erwiderte er und lächelte mich vielsagend an. »Es ist gerade mal halb zehn, die Nacht ist noch jung, Babe.«

Er kam zurück zu mir aufs Bett, setzte sich neben mich mit dem Rücken gegen das Kopfpolster gelehnt und steckte mir eine tiefrote Erdbeere zwischen die Zähne.

Lachend biss ich in die herzförmige Frucht und leckte mir anschließend den klebrig-süßen Saft von den Lippen.

Nate knurrte leise. »Hast du eigentlich eine Ahnung, dass du einen Mann mit deinem Mund um den Verstand bringen kannst?«

»Kann ich das?«

»Allerdings. Und das weißt du ganz genau, denn es ist nicht das erste Mal, dass ich dir das sage.« Er gab mir keine Gelegenheit zum Antworten, sondern streifte mit seinen Lippen spielerisch zart über meine Mundwinkel. »Du bringst mein Blut zum Kochen.«

Als Antwort fütterte ich ihn ebenfalls mit einer Erdbeere und sah dabei zu, wie er sie genoss. »Schön zu wissen, denn umgekehrt gilt das ebenso«, murmelte ich. Anschließend kuschelte ich mich an ihn und fuhr fast andächtig über seine straffen Brustmuskeln, zeichnete die Konturen des Vogels mit seinen ausgebreiteten Schwingen nach. Ich spürte, wie Nate unter der Berührung erschauderte. Meine Finger verharrten auf dem gut fünfzehn Zentimeter langen Wulst an seiner linken Schulter.

»Wie ist das hier eigentlich passiert? Das und ...« Ich deutete zu dem feinen weißen Strich über seinem rechten Wangenknochen. Sein Blick wurde hart. Ich sah einen Nerv an seiner Schläfe zucken und bereute meine Neugier prompt. Vielleicht hatte ich eine Grenze überschritten und Nate war noch immer nicht bereit, mit mir über Persönliches zu reden.

Mit düsterem Ausdruck starrte er Richtung Tür. Plötzlich schien er abgetaucht zu sein, irgendwohin an einen anderen Ort, wo ich ihn nicht erreichen konnte.

»Nate«, sagte ich leise. »Es tut mir leid. Du musst mit mir nicht darüber reden.«

»Ich bin in verschiedenen Heimen aufgewachsen«, sagte er, ohne mich anzusehen. »Ich habe keine Ahnung, wer meine Eltern sind oder woher ich stamme. Man hat mich als Säugling vor den Toren der 55., einer Feuerwache in Detroit, gefunden.« Aus seiner Kehle drang ein rauer Laut, eine Mischung aus Lachen und Verachtung. »In einem Pappkarton.«

»Oh, Nate. Wie furchtbar.«

»Gewalt und Entbehrung waren für mich keine Fremdwörter. Als ich siebzehn wurde, steckte man mich in so eine Art betreutes Wohnheim für jugendliche Schwererziehbare. Da waren harte Kerle drin. Kerle ohne Gewissen. Ohne Respekt. Kerle, die nie Zuneigung erfahren hatten. Nie jemanden gehabt hatten, der ihnen wirklich zugehört oder sich gekümmert hätten. Kerle wie ich. Es verging kaum ein Tag ohne Schlägerei, blaue Augen oder blutige Nasen. Aber dort in dem Heim gab es jemanden. Jemand Besonderes. Jemand, der zu mir gehörte. Ein süßes Mädchen, mit dem ich mich heimlich traf, weil Beziehungen unter den

Heimbewohnern untersagt waren.« Seine Kiefermuskeln spannten sich, als er ein verächtliches Lachen ausstieß.

»Von wegen Moral und Anstand. Bescheuerte Regeln. Die Heimführung war ... na ja, unterirdisch. Und das ist noch gelinde ausgedrückt. Sie hatten sogar die Stockwerke nach Geschlechtern getrennt. Jedenfalls, diese Kleine und ich, wir gaben einander Halt. Sie war das Licht für mich in der Dunkelheit.« Er hörte auf zu reden und ich hielt unwillkürlich den Atem an. Es schien, als würde es ihm schwerfallen, weiterzusprechen. »Eines Abends erwischte ich einen von besagten Typen, wie er meinem Mädchen an die Wäsche ging«, fuhr er schließlich leise fort. »Sie schrie und wehrte sich aus Leibeskräften, aber er lachte nur und schob seine dreckigen Finger unter ihren Rock.« Jetzt sah er mich an. Der harte Ausdruck in seinen braunen Augen jagte mir einen kalten Schauder über die Wirbelsäule. »Ich war beileibe kein Chorknabe, Amy. Glaub mir, ich war wild und stur und rebellisch und hab damals viel Mist gebaut, oh verflucht, ja. Aber ich hätte niemals ein Mädchen angefasst, wenn sie Nein gesagt hätte. Geschweige denn ...« Er verstummte abrupt und sog scharf die Luft ein. »Ich hörte ihre verzweifelten Schreie und hab mich auf diesen Typen gestürzt. Ich hätte alles getan, um sie vor ihm zu beschützen.«

Er wandte wieder den Blick von mir und starrte auf seine Hände, die in seinem Schoß ruhten. Mir war klar, dass er den Gefühlsaufruhr in seinem Inneren vor mir zu verbergen versuchte. »Niemand konnte ahnen, dass der Hurensohn ein Messer besaß.«

»Wie schrecklich«, flüsterte ich entsetzt.

»Sie hatte schwere innere Verletzungen davongetragen.« An seinem Hals trat eine dicke Ader hervor, während er sich offensichtlich bemühte, die Kontrolle zu behalten.

»Josslyn?«, wisperte ich aus einer Ahnung heraus.

Er nickte kaum merklich. »Joss hat es nicht geschafft.«

Wie grausam. Und wie unendlich traurig. Ich konnte nur erahnen, was Nate damals durchgemacht haben musste. »Und dieser Kerl?«, flüsterte ich.

Erneut stieß er ein bitteres Lachen aus, das von den Zimmerwänden widerzuhallen schien. »Das verdammte Schwein hat sich aus dem Staub gemacht. Die Cops haben ihn nie aufgespürt.«

Ich drehte mich, um mit meinen Lippen sanft über die Narbe an seiner Schulter zu streifen, als könnte ich seinen Schmerz damit auslöschen. »Und du hast bei dem Kampf mit diesem Typen diese Narbe davongetragen? Diese und die über deinem Wangenknochen?«

Nate zuckte mit den Schultern. »Ich hätte gern schlimmere Verletzungen in Kauf genommen, wenn ich Joss dadurch hätte retten können.«

Ohne dass ich es wollte, traten mir Tränen in die Augen und irgendeine stählerne Faust quetschte mein Herz zusammen. Ich konnte mir nicht einmal ansatzweise vorstellen, was Nate hatte durchmachen müssen. Diese Geschichte war einfach furchtbar.

»Es tut mir so wahnsinnig leid«, brachte ich schließlich hervor. Leere Worte, die nicht mal ansatzweise ausdrückten, was ich fühlte.

Ich griff nach seiner Hand, verschränkte meine Finger mit seinen und hielt sie fest. Schockiert bis ins Mark blieb ich eine Zeit lang wortlos neben ihm sitzen und sah ihn einfach nur an, diesen geheimnisvollen, tiefgründigen Mann, in dessen Vergangenheit so viel Trauriges lag. Diese Geschichte erklärte das Tattoo auf seinem linken Bizeps, das von Josslyns Namen eingerahmt wurde, und auch, warum er nicht gern Persönliches preisgab. Vielleicht ertrug er die Erinnerung an seine Vergangenheit nur schwer oder schämte sich wegen der Verhältnisse, in denen er aufgewachsen war. Auch wenn mich diese Geschichte erschütterte, war ich dankbar, dass er sich mir geöffnet hatte. Dass er mir einen winzigen Einblick in seine Welt gewährt hatte, die so ganz anders war als meine. Diese Art von Leid, das er erfahren hatte, hatte ich zum Glück nie erleben müssen. Ich verspürte den jähen, tiefen Wunsch, ihm einen Teil dieses Schmerzes abnehmen zu können. »Oh Nate«, flüsterte ich.

Er löste seine Finger aus meinen, zog mich an sich und drückte mir einen sanften Kuss auf den Scheitel. »Aus diesem Grund habe ich vor drei Jahren beschlossen, mich ein bisschen um die Kids in der Nachbarschaft zu kümmern. Mit ihnen zu trainieren.« Sein Brustkorb hob sich, als er tief Luft holte. »Sie brauchen jemanden, der ihnen zuhört. Jemanden, der sich kümmert.«

»Eine wunderbare Idee.« Um den Gefühlsaufruhr in mir zum Ausdruck zu bringen, schlang ich fest meine Arme um ihn und presste meine Nase an seine Brust.

»Hey, hey.« Sanft löste er sich von mir und legte mir einen Finger unters Kinn, damit er mir ins Gesicht sehen konnte.

Ich blinzelte, damit er meine Tränen nicht bemerkte. Vergeblich.

»Amy.«

Mein Puls stolperte, als ich seinem Blick begegnete.

»Verdirb uns nicht den schönen Abend, okay?« Mit sanftem Druck wischte er mit seinem Daumen über meine Wange. »Das ist alles lang her und nicht mehr zu ändern.« Seine Lippen auf meinen fühlten sich wunderbar weich und tröstlich an. »Was hältst du davon, wenn wir jetzt noch ein Glas von diesem leckeren Champagner trinken und anschließend den Jacuzzi im Bad nebenan ausprobieren?«

17. Kapitel

Nate

Obwohl ich erst gegen Mitternacht bei mir zu Hause aufgeschlagen war, schnappte ich mir am nächsten Morgen noch vor Sonnenaufgang mein Surfboard und fuhr zusammen mit Sam an unseren Lieblingsstrand in Malibu. Eine Runde zu surfen, war jetzt genau das Richtige, um den Kopf freizubekommen. Nur Sam und ich und das Meer. Keine Frauen. Keine Gespräche. Keine Tränen.

Das Gespräch mit Amy gestern im *Black Swan* hatte die Schatten der Vergangenheit wieder aufleben lassen und ich wusste aus Erfahrung, hier am Meer würde es mir am leichtesten gelingen, sie zu vertreiben.

Am Zuma Beach angekommen, stellte ich fest, dass kaum jemand unterwegs war. Lediglich ein paar einsame Jogger und ein Surfer, die wie ich die Einsamkeit des frühen Morgens genossen. Die Brandung brach sich in schaumgekrönten Wellen am Strand, erste Sonnenstrahlen tasteten nach dem indigoblauen Wasser. Ein perfekter Morgen zum Surfen, entschied ich, während ich mir meine Sonnenbrille hoch auf die Haare schob und mich umblickte. Wie üblich suchte ich uns ein Plätzchen in der Nähe des Campingplatzes und der öffentlichen Toiletten, wo ich mir nach dem Surfen das Salzwasser abspülen konnte.

Sam ließ mich nicht aus den Augen, als ich mich meiner Kleidung entledigte und in meine dunkelblauen Boardshorts schlüpfte. »Du bleibst hier, Kumpel«, wies ich ihn an und lobte ihn, weil er sich, ohne zu jaulen, neben den Kleiderhaufen in den Sand legte. Sam kannte das Prozedere. Er war es gewohnt, mir beim Surfen zuzusehen, denn er wusste genau, dass er danach als Belohnung ausgiebig am Wassersaum herumtollen durfte. »Braver Hund«, lobte ich ihn noch einmal und tätschelte seinen Kopf. Einen besseren Gefährten konnte sich ein Mann nicht wünschen. In Sams Gesellschaft gab es keine Diskussionen über Gefühle, keine Fragen zu meiner Vergangenheit und keine Unsicherheiten.

Ich schob die Erinnerung an den gestrigen Abend von mir und rollte mit den Schultern, bevor ich meine Muskeln mit ein paar Dehn- und Streckübungen aufwärmte. Anschließend schnappte ich mir mein Brett und paddelte hinaus, ließ mich von der Kraft einer Welle tragen. Es gab wirklich nichts Besseres, als sich mit den Elementen zu messen. Das Wasser auf meiner Haut und den Wind in meinen Haaren zu spüren. Dazu die Berge in meinem Rücken und den Horizont vor meinen Augen. Dieses Gefühl von Freiheit und Lebendigkeit. Nein, es gab nichts Besseres. Außer Sex vielleicht. Und Whisky.

Hier draußen auf dem Ozean fiel die Dunkelheit von mir ab, die Erinnerungen und der Schmerz lösten sich von meiner Seele wie das Wasser, das meinen Rücken hinabrann. Wenn ich surfte, spürte ich das Leben. Ich schmeckte das Meersalz auf meinen Lippen und merkte, wie das Adrenalin durch meine Venen schoss, als ich aufs Brett sprang und den steilen Abhang der Wellen hinunterritt. Unfassbar. Atemberaubend.

Eine Stunde später schmerzten meine Muskeln und meine Haut brannte wie Feuer, aber hey: Ich fühlte mich gut. Wie immer, wenn ich mich auf dem Wasser verausgabt hatte. Und das hatte ich gerade bitter nötig gehabt. Ich musste vorsichtig sein. Amy besaß definitiv das Potenzial, die Mauer, die ich um mich herum errichtet hatte, einzureißen. Niemanden überraschte es mehr als mich, dass ich mich dazu hatte hinreißen lassen, ihr von meiner Vergangenheit zu erzählen. Das hatte ich noch nie getan bei einer Frau. Aber Amy und ich waren uns gestern in diesem Hotelzimmer so verdammt nah gekommen, nicht nur in körperlicher Hinsicht, dass ich unvorsichtig geworden war. Mein Schutzwall, den ich sonst so sorgfältig aufrechterhielt, hatte Risse bekommen. Ich hatte ihr erlaubt, in mein Inneres zu blicken. Das durfte nicht wieder geschehen. Nur Sex, hatte ich ihr gesagt. Keine Versprechen, keine Verpflichtungen. Und schon gar keine Beziehung. Ich musste klare Grenzen ziehen.

Grübelnd schnappte ich mir mein Handtuch und rubbelte mir damit über meine Haare. Eigentlich sollte ich sie von mir stoßen. Aber zur Hölle, der Sex mit Amy war zu fantastisch, als dass ich ernsthaft darüber nachdachte, ihn aufzugeben. Der Gedanke, sie nicht mehr anfassen zu können, meine Hände nicht mehr über ihren unglaublichen Körper wandern zu lassen und meinen Schwanz nicht mehr in ihr zu versenken, war seltsam schmerzlich. Also würde ich mit der ganzen Sache irgendwie klarkommen müssen. Schließlich bin ich ein Meister darin, mich von Emotionen jeglicher Art abzuschotten, überlegte ich, eine Grimasse ziehend, als ich mir das Handtuch um die Schultern legte.

Das Leben hatte mich früh gelehrt, dass Gefühle nur Chaos und Schmerz verursachten. Und ich sah verdammt noch mal nicht ein, warum ich mir nicht die Rosinen herauspicken sollte. Das nehmen sollte, was mir das beschissene Schicksal auf dem Silbertablett anbot. Immerhin hatte es meiner Meinung nach eine Menge wiedergutzumachen. Wenn das überhaupt jemals möglich war.

Sams aufforderndes Bellen drang in meine Gedankengänge. Er hatte sich aufgerappelt und stupste mich mit seiner feuchten Schnauze am Bein, um mich daran zu erinnern, dass es Zeit für seinen Spaziergang war. Recht hatte er.

»Na, komm schon, Kumpel. Lauf los«, forderte ich ihn auf und gab ihm einen liebevollen Klaps auf sein Hinterteil. Ich sah ihm nach, wie er schwanzwedelnd zum Wasser rannte und ein paar Möwen aufscheuchte, und ging dann selbst ein paar Schritte.

»Nate? Nate Westbrook?«

Beim Klang der weiblichen Stimme drehte ich mich um.

Eine langbeinige Blondine kam auf mich zugelaufen, ausgestattet mit Sneakers, Baseballkappe und Laufshorts. Ihre vollen Brüste hüpften in dem knappen *Los-Angeles-Lakers*-Tanktop und mein Blick wurde automatisch von ihren sich deutlich unter dem gelben Stoff abzeichnenden Nippeln angezogen.

Ich erkannte die junge Frau: Cassandra Fairfax, eine ehemalige Bettgespielin von mir. Unwillkürlich erinnerte ich mich an die extreme Biegsamkeit ihrer schlanken Glieder. »Hey Cassie, wie geht's?« Ich räusperte mich.

Sie nahm ihre Kappe vom Kopf und schüttelte ihr langes Haar auf. Sie war definitiv ein Hingucker, das typische California-Girl. Traum eines jeden Mannes. Wir tauschten ein Wangenküsschen.

»Westbrook.« Sie grinste und zwischen ihren Zähnen blitzte ein knallblauer Kaugummi hervor. »Dass man dich auch mal wiedertrifft. Und ich dachte immer, du wärst verrückt nach diesem göttlichen Körper.« Sie machte eine entsprechende Handbewegung, um ihren Vorbau hervorzuheben.

»Cassie, wie sie leibt und lebt.« Ich erwiderte ihr Lachen, dabei glitt mein Blick über sie hinweg. Merkwürdigerweise ließ mich ihre sexy Erscheinung kalt. Anders als noch vor wenigen Monaten, wo ich meine Hände nicht von ihr hatte lassen können. Der zweite Vorname dieser Frau lautete Sexy, verflucht noch mal. Mit ihrem Äußeren entsprach sie genau dem Typ, auf den ich üblicherweise abfuhr. Was zum Teufel war mit mir los? Ach komm schon, Westbrook. Du weißt es genau. Da ist diese Frau mit den goldfarbenen Augen und den sinnlichen Lippen, von der du nicht genug kriegen kannst. Diese Kleine mit den Grübchen und dem süßen knackigen Hintern. Das ist los.

»Und?« Cassie legte den Kopf schief. »Wie sieht's aus? Lust auf einen Drink mit anschließendem Kuscheln? Ich hätte diese Woche noch einen Termin frei.« Sie zwinkerte mir zu. »Du weißt, dass ich dich glücklich machen könnte, Süßer.«

Ich nickte. Vor einiger Zeit hätte ich blindlings darauf gewettet. Cassandra Fairfax kannte all die Kniffe und Tricks, um einen Mann ins Paradies zu bringen. Komischerweise verspürte ich nicht den winzigsten Hauch von Verlangen. Der Gedanke, mit ihr ins Bett zu gehen, machte mich in keiner Weise an. »Sorry Cassie«, erwiderte ich. »Ich weiß dein Angebot zu schätzen, aber ich bin aktuell gerade ... zu beschäftigt.«

»Zu beschäftigt, hm?« Sie ließ ihren Kaugummi knallen. »Verstehe. Ich hoffe, sie weiß ihr Glück zu schätzen, deine Süße. Mach's gut, Westbrook.«

»Hey, sie ist nicht ...«, startete ich einen Versuch, ihre Äußerung zurechtzurücken, doch schon hatte Cassie mir einen freundschaftlichen Stoß versetzt und war weitergejoggt.

Achselzuckend grub ich meine Zehen in den Sand und sah ihr unschlüssig hinterher, bevor ich mich umdrehte, um Sammy zu rufen. Es war Zeit, zurückzufahren und mich fürs Büro fertigzumachen.

Amelia

Ich schlüpfte in meinen Rock, zog den Reißverschluss hoch und versuchte dabei erfolglos, ein herzhaftes Gähnen zu unterdrücken. Im Vorbeigehen schnupperte ich an der tiefroten Rose auf meiner Schlafzimmerkommode. Es war spät geworden gestern im *Black Swan*. Angesichts dessen, dass heute wieder ein Arbeitstag war, eigentlich viel zu spät. Doch die Stunden in diesem zauberhaften kleinen Hotel waren einfach viel zu schnell verflogen. Nach einem sehr entspannenden Bad im Jacuzzi hatten wir, eingehüllt in weiche Bademäntel, den Zimmerservice angerufen, um uns ein paar Kleinigkeiten kommen zu lassen. Die übrigens kaum einer von uns angerührt hatte, weil wir so beschäftigt gewesen waren, einander zu verwöhnen. Ich erzählte ein wenig aus meinem Leben, von meinem Dad und unserer Firma, aber auch von meinem Wunsch, endlich Dads Anerkennung zu bekommen. Über Nates Vergangenheit hatten wir nicht mehr gesprochen. Obwohl er sich betont locker und unbekümmert gegeben hatte, hatte ich das Gefühl gehabt, dass er irgendwie dichtgemacht hatte. Dennoch hatte seine Bereitschaft, mir einen winzigen Einblick in seine Vergangenheit zu erlauben, etwas in mir ausgelöst. Ich war neugierig, mehr von ihm zu erfahren, und wenn ich ehrlich war, mochte ich ihn immer mehr. Mehr, als für mich gut war.

Vielleicht könnte ich Spaghetti kochen und ihn mit einem Abendessen überraschen, falls er Lust hätte, heute nach Feierabend bei mir vorbeizukommen?, überlegte ich, als ich meine Bluse zuknöpfte und mich anschließend auf den Weg ins Bad begab, um meine Haare in einem Pferdeschwanz zurückzubinden. Nach dem gestrigen Date sehnte ich mich danach, mehr mit Nate zu erleben als nur hervorragenden Sex. Obwohl der ganz sicher nicht zu verachten und definitiv eine Wiederholung wert war. Eine gute Flasche kalifornischen Rotweins, Kerzenlicht, sanfte Musik ... Wir könnten tanzen. Mein Wohnzimmer war zwar nicht sehr groß, aber wenn ich den Teppich einrollte, hätten wir genug Platz. Für einen Slowdance. Ich lächelte, denn der Gedanke gefiel mir ausgesprochen gut. So gut, dass ich anfing, leise vor mich hinzusingen. Im Flur schlüpfte ich in meine Sneakers, schnappte mir meine Clutch sowie die High Heels und verließ meine Wohnung.

Ich begrüßte Miguel mit einem strahlenden Lächeln, als ich in unser gemeinsames Büro trat, das mich den ganzen Vormittag über nicht verlassen wollte. In meinem Postfach fanden sich keine gruseligen Nachrichten, stellte ich erleichtert fest. Außerdem plante ich heute mein Projekt abzuschließen, um mich dann meiner Bewerbung zu widmen, die ich anschließend Todd präsentieren wollte. Ich hatte zwischenzeitlich von einer Mitarbeiterin aus der Personalabteilung erfahren, dass die zweite Stelle in der Webdesign-Abteilung schon in der nächsten Woche ausgeschrieben werden sollte.

Trotz meines Vorsatzes, produktiv zu sein, richtete ich den Blick immer wieder zum Fenster, sah verträumt hinaus und erinnerte mich an den letzten Abend. An die atemberaubenden Stunden mit Nate im *Black Swan.*

Irgendwann stand Miguel vor meinem Tisch und hielt mir eine Schachtel unter die Nase, der ein verführerischer Schokoladenduft entstieg.

»Greif zu, Liebes.«

Irritiert löste ich meinen Blick vom Bildschirm. »Pralinen?« Miguel grinste breit. »Ich halte in meiner untersten Schreibtischschublade einen geheimen Vorrat versteckt. Und du wirkst wie jemand, der gerade von etwas Süßem träumt.«

Oh ja, das tat ich definitiv. Allerdings nicht von Schokolade. Vermutlich lief ich knallrot an, denn prompt fingen meine Wangen an zu glühen. »Wie kommst du denn darauf?« Ich musste zugeben, die Pralinen rochen ziemlich verlockend.

Miguel zwinkerte mir zu. »Schätzchen, ich erkenne eine Frau, die mit den Gedanken überall anders, aber nicht bei der Arbeit ist, wenn ich sie sehe. Also komm, schnapp dir ein Stückchen oder auch zwei.«

Ich schätzte, dass es vergebene Liebesmüh sein würde, Miguel weiszumachen, dass er sich geirrt hatte. Leise seufzend griff ich in die Schachtel und steckte mir eine herzförmige Schokopraline in den Mund, um sie auf der Zunge zergehen zu lassen. Sie schmeckte genauso süß wie die Erdbeeren, mit denen Nate und ich uns gestern in der Suite gefüttert hatten. »Danke ... Du bist ein Schatz, Miguel.«

Sein Grinsen vertiefte sich und seine grauen Augen hinter den Brillengläsern funkelten warm. »Magst du darüber reden?«

Fast hätte ich mich an der Praline verschluckt. Ich fing an zu husten und schüttelte den Kopf, während Miguel mir auf den Rücken klopfte.

»Geht es wieder?«, wollte er besorgt wissen, nachdem ich mich beruhigt hatte.

Ich nickte und schluckte die Schokoladenreste hinunter. »Ach, Miguel. Das Leben ist manchmal einfach «

»Ein Mysterium?«

Wieder nickte ich. Das traf es ganz gut. Irgendwie. »Und danke für das Angebot zu reden, aber ...«

»Kein Problem, Liebes. Ich bin da, wenn du mich brauchst. Jederzeit.« Er drückte sanft meinen Oberarm, bevor er die Pralinenschachtel wieder an sich nahm.

Sehnsüchtig blickte ich der Schokolade hinterher. Miguel natürlich auch. Er war ein so lieber Kerl und ich hatte unglaubliches Glück, ihn als Arbeitskollegen zu haben. Umso mehr hoffte ich, dass meine Bewerbung angenommen werden würde. Es wäre fantastisch, weiterhin mit Miguel zusammenzuarbeiten.

Genug geträumt. Wenn ich so weitermachte, würde mein Projekt heute ganz sicher nicht fertig werden. Ich beschloss, die Damentoilette aufzusuchen, um mir das Gesicht zu waschen und mich dann mit neuem Elan meiner Arbeit zu widmen.

Auf dem Flur traf ich Mark von der Buchhaltung. Wir wechselten ein paar freundliche Worte und ich wollte gerade weitergehen, als ich Nates Stimme in meinem Rücken hörte.

»Hey Amy. Flüchte doch nicht vor mir.«

Oh Himmel. Dieses Timbre. Dunkel und verführerisch wie kühle Seide auf nackter, erhitzter Haut. Es ging mir durch und durch.

Ich wandte mich um und konnte nicht verhindern, dass ein breites Lächeln über mein Gesicht glitt. Wie erwartet sah er wieder unverschämt gut aus. Diese breiten Schultern. Die schmalen Hüften und die langen Beine. Er trug ein weißes kurzärmeliges Hemd zu einer schwarzen Hose und eine dunkelblaue Krawatte mit winzigen weißen Pünktchen darauf. Ich hatte das Gefühl, vor Lust zu vergehen. In meiner Magengegend startete ein Flattern und zwischen meinen Beinen ein beunruhigendes Pulsieren, das mit dem überwältigenden Wunsch, mich ihm an die Brust zu werfen und seinen sinnlichen Mund zu erobern, einherging. »Hey Nate.«

Dicht vor mir blieb er stehen. Seine braunen Augen blickten warm, als er mit einem winzigen Lächeln auf mich herabsah.

»Hey, schön, dich zu sehen. Alles gut bei dir?«

Ich nickte. Dachte an gestern Abend. Und an all die Dinge, die wir miteinander getrieben hatten. Die Stunden, die wir miteinander verbracht hatten. Ich fühlte mich ihm seltsam verbunden. Nicht nur, weil wir Sex gehabt hatten, sondern weil er Dinge aus seinem Privatleben mit mir geteilt hatte. Er hatte mich berührt. Tief in mir drin.

»Prima. Ich muss weiter, wir sehen uns.« Nate berührte mich flüchtig an der Schulter, bevor er sich zum Weitergehen anschickte.

»Ja, ich auch«, murmelte ich und wandte mich ebenfalls ab, aber dann blieb ich abrupt stehen. »Nate!«

Er drehte sich um.

Ich vergewisserte mich, dass niemand außer uns auf dem Flur zu sehen war, und verringerte die Distanz zwischen uns mit ein paar schnellen Schritten.

»Was gibt's?« Abwartend studierte er mein Gesicht.

Mein Pulsschlag beschleunigte sich. »Ich wollte dich fragen, ob du vielleicht ... Ich könnte uns Spaghetti kochen. Heute Abend, wenn du Zeit hast.« Ich biss mir auf die Unterlippe, während ich auf seine Antwort wartete. »Hör mal, es ist nichts Besonderes«, fügte ich hastig hinzu, weil er nicht reagierte. »Nur ein ...«

»Hey, hey.« Nate legte mir eine Hand auf die Schulter und ich spürte die Hitze, die von seinen Fingern ausging, wie Feuer durch den Stoff meiner Bluse auf meiner Haut. »Ich bringe Chianti mit.« Er zwinkerte mir zu. »Habe ich dir je gesagt, dass ich die italienische Küche liebe?«

Mein Herz geriet außer Takt. »Gegen halb sieben?«

»Perfekt.« Er nickte zur Bestätigung. Dann neigte er sich mir blitzschnell zu, um mir ins Ohr zu flüstern. »Du siehst übrigens zum Anbeißen aus, wenn du errötest. Ich hätte verdammt Lust, meine Hand an deinen süßen Arsch zu legen und meine Erektion an ihm zu reiben.«

Noch bevor ich reagieren konnte, hatte er sich abgewandt. Kopfschüttelnd starrte ich ihm hinterher, konnte mir allerdings ein Grinsen nicht verkneifen. Wie sollte ich nach dieser Bemerkung mit klarem Kopf an mein Projekt gehen?

Als ich nach dem Besuch der Damentoilette wieder in unser Büro zurückkehrte, hatte sich Gott sei Dank mein Herzschlag einigermaßen normalisiert und mein Blutdruck auf einem normalen Level eingependelt. Meine Laune konnte nicht besser sein. Vorfreude auf heute Abend vibrierte durch meinen Körper. Mit Eifer machte ich mich an mein Projekt und konnte es Miguel bereits eine Stunde nach dem Lunch präsentieren. Er zeigte sich beeindruckt, war voll des Lobs und versicherte mir nochmals, dass er bei Todd auf jeden Fall ein gutes Wort für mich einlegen würde.

Gegen siebzehn Uhr, nachdem Miguel seinen Arbeitsplatz bereits verlassen hatte, fuhr ich meinen Laptop herunter und packte meine Sachen zusammen, um nach Hause zu fahren. Ich nahm mir vor, ein duftendes Schaumbad zu nehmen, mir die Beine und den Intimbereich zu rasieren und die Haare zu waschen, bevor ich in etwas Verführerisches schlüpfen würde – inklusive der schwarzen Riemchen-High Heels. Inzwischen wusste ich, dass Nate auf diese Schuhe stand. Zuvor jedoch würde ich einen Abstecher zu dem kleinen Supermarkt um die Ecke machen. Ich verstaute mein Smartphone in meiner Clutch und ging im Geist die Zutaten für die Spaghettisoße durch, als mich ein Räuspern innehalten und aufsehen ließ.

In ein graues Hemd und dunkelgraue Hosen gekleidet, lehnte Parker Rowe mit verschränkten Armen am Türrahmen und beobachtete mich. Seine Lippen inmitten des kurz gestutzten roten Barts verzogen sich zu einem Grinsen, als sich unsere Blicke trafen. Wie lang hatte er dort bereits gestanden? Dieser wissende Gesichtsausdruck, mit dem er mich maß, gefiel mir ganz und gar nicht. Warum zum Teufel sah der Kerl mich immer so seltsam an, wenn ich ihm begegnete? Was stimmte nicht mit ihm?

»Kann ich Ihnen helfen, Parker?« Meine Stimme schrammte am Rand eines Eisbergs entlang. Es war mir egal. Es gab Menschen, für die ich mich einfach nicht erwärmen konnte. Denen ich insgeheim misstraute. Und Parker Rowe war so einer.

»Hübscher Anblick«, bemerkte er mit einer Kinnbewegung in meine Richtung. Er löste sich vom Türrahmen, schob seine Fäuste in die Hosentaschen und kam auf mich zu. Dicht vor mir blieb er stehen. »Sie scheinen verdächtig gut gelaunt zu sein in letzter Zeit. Ich frage mich gerade, aus welchem Grund.«

Ich wich vor seinem Zigarettenrauch geschwänger-ten Atem zurück. Einen Augenblick verschlug es mir die Sprache. »Ich wüsste nicht, was Sie das angeht. Und jetzt lassen Sie mich vorbei, ich habe es eilig.« Da er sich nicht von der Stelle bewegte, trat ich zur Seite, um mich an ihm vorbeizuschlängeln, doch er versperrte mir den Weg.

»Machen Sie sich doch nicht lächerlich, Amelia.« Er packte mich am Handgelenk.

»Bitte?« Wie unverfroren konnte ein Mensch sein? »Lassen Sie mich augenblicklich los, Parker! Ich möchte jetzt den Raum verlassen.« Dieser Kerl widerte mich an.

»Haben Sie Angst, zu spät zu Ihrem Schäferstündchen mit diesem Arschloch zu kommen?« Ein spöttisches La-chen ausstoßend, gab er mich frei. »Das ganze Büro weiß über Sie Bescheid und lacht hinter Ihrem Rücken, Sie ahnungsloses Dummchen. Sie waren doch nur Mit-tel zum Zweck, damit Westbrook, dieser Idiot, seinen Kopf aus der Schlinge ziehen konnte. Erst beglückt er Miss Denton, dann Sie. Dieser Bastard.« Seine Brauen zogen sich zusammen und sein Gesichtsausdruck ver-änderte sich.

»Warum hast du dich nur darauf eingelassen, Ame-lia?« Er hob eine Hand und es schien, als wollte er meine Wange streicheln, doch dann ließ er den Arm wieder sinken.

Sein Glück. Denn hätte er es gewagt, mich erneut zu berühren, hätte ich ihm einen deftigen Tritt in seine Kronjuwelen verpasst.

»Weißt du denn nicht, dass Westbrook der falsche Mann für dich ist?«, fragte er gefährlich sanft.

Ich spürte, wie ich zu Eis erstarrte. »Was reden Sie da?« Der Kerl musste komplett verrückt sein. »Denken Sie, ich falle auf Ihr dummes Gerede herein?« Ich streckte mein Kreuz, damit ich größer als meine eins-fünfundsechzig wirkte. Was dank meiner High Heels durchaus im Bereich der Möglichkeit lag.

Während er meinen Blick hielt, zog Parker langsam sein Handy aus seiner hinteren Hosentasche und wischte über das Display. »Ich werde Ihnen jetzt etwas zeigen, Amelia. Und dann werden Sie Westbrook, die-sen jämmerlichen Frauenhelden, ganz sicher mit ande-ren Augen betrachten.«

»Ich habe kein Interesse«, schleuderte ich ihm entge-gen, doch seine Worte verunsicherten mich. Ich klemmte mir meine Clutch unter den Arm und ver-suchte abermals, mich an ihm vorbeizuschieben, doch er stoppte mich, indem er mir sein Smartphone vor die Nase hielt.

Obwohl ich es nicht wollte, starrte ich auf das Display und verfolgte die Aufnahme, die Nate in einer ziemlich verfänglichen und eindeutigen Stellung mit einer Blon-dine zeigte. Reese Denton.

»Was ... Was soll das?«, flüsterte ich und konnte den Blick nicht von den schrecklichen Bildern abwenden.

»Das, meine liebe Miss Heart, ist eine Kopie des Vi-deos, das ich im Rahmen der Geburtstagsfeier unseres geschätzten Bosses Simon Greenwalt aufgenommen habe. Wie Sie sehen, zeigt es unseren guten Westbrook in einer äußerst kompromittierenden Situation. Ich hatte ihm jedoch freundlicherweise zugesichert, den Film zu löschen, falls es ihm gelänge, Sie zu verführen.« Das Smartphone in seiner Hand wackelte, als er ein verächtliches Schnauben ausstieß. »Ich hatte ja nicht damit gerechnet, dass Sie auf diesen miesen Kerl hereinfallen. Ich bin sehr enttäuscht von Ihnen, Amelia.«

Mir wurde auf einmal furchtbar kalt. So kalt, dass ich anfing zu zittern. »Sie haben ihn nicht gelöscht«, stellte ich das Offensichtliche fest und versuchte vergeblich, diese Bilder, die sich in mein Hirn einbrennen wollten, loszuwerden.

Mit einem Achselzucken hob er beide Brauen. »Alles, was ich aufnehme, wird automatisch in meiner Cloud gespeichert. Was soll ich machen? Aber immerhin habe ich auf diese Weise die Gelegenheit, Ihnen klarzumachen, was für ein Mensch Nathan Westbrook eigentlich ist. Ich bin mir sicher, dass Sie, nachdem Sie dieses Filmchen gesehen haben, den Mann nicht mehr in Ihrem Bett willkommen heißen.« Er legte den Kopf schief, um mich eingehend zu mustern. »Habe ich recht?«

Mein Gehirn war wie leer gefegt, als ich ihn anstarrte. Eine Welle der Übelkeit erfasste mich und ich dachte, ich müsste mich auf der Stelle übergeben.

18. Kapitel

Amelia

»Amy!«

Ich war gerade dabei, im Sturmschritt die Lobby zu durchqueren und Nate in Gedanken sämtliche Schimpfwörter, die ich jemals gehört hatte, an den Kopf zu werfen, als ich Beth' Stimme hinter mir hörte.

Obwohl ich am liebsten meine Ohren verschlossen hätte und abgehauen wäre, um mich mit einem Jahresvorrat an Taschentüchern in meinem Bett zu verkriechen, zwang ich mich, stehen zu bleiben. Es kostete mich all meine Kraft, nicht in Tränen auszubrechen, als ich mich umdrehte.

»Süße, du siehst beschissen aus!« Beth musterte mich bestürzt. »Was um Himmels willen ist passiert?«

»Lass uns von hier verschwinden.« Ich hakte Beth unter und zog sie weiter. »Je schneller, desto besser.«

»Meine Güte, was ist mit dir los, Amy?« Beth warf mir einen irritierten Seitenblick zu, wobei sie sich bemühte, ihre Schritte den meinen anzupassen.

Normalerweise hätte ich das, was mich quälte, mit mir selbst ausgemacht, aber ich stand kurz davor, zu platzen. Ich war enttäuscht. Sauer. Wütend. Vor allem auf mich selbst. Weil ich Nates mieses Spiel nicht

durchschaut hatte. Weil ich mich einem Mann hinge-
geben hatte, für den ich offensichtlich nur Mittel zum
Zweck gewesen war. Es hatte mich zutiefst verletzt.
Und ich war auch noch so naiv gewesen, zu glauben,
dass er etwas für mich empfinden könnte. Wenigstens
ein kleines bisschen.

»Ich erkläre es dir, sobald wir hier raus sind«, sagte
ich leise, während meine Augen vorauseilten, um zu sehen, ob Nate irgendwo in Sichtweite war. Ich hatte
keine Lust auf ein Zusammentreffen. Im Augenblick
war ich mir nicht sicher, ob Nate diese Begegnung überleben würde.

»Jetzt bleib mal stehen und hol ganz tief Luft«, befahl
Beth und legte mir die Hände auf die Schultern, kaum
dass wir das Turner Building verlassen hatten. »Du bist
ja völlig durch den Wind.«

»Oh Beth. Du hast ja keine Ahnung«, erwiderte ich.

Mein Herz hämmerte schmerzhaft.

»So schlimm?« Ihre grauen Augen weiteten sich.

»Schlimmer.« Ich nickte. »Aber bitte lass uns weitergehen, okay?« Auf keinen Fall wollte ich Nate in die
Arme laufen, wenn er aus der Lobby kam. »Begleitest
du mich zum Parkplatz?«

Unsere Absätze klackerten auf dem Asphalt, während
wir die Straße hinuntergingen.

»Ich muss dich etwas fragen, Beth«, fing ich an und
versuchte, den Aufruhr in meinem Magen zu ignorieren, als wir unser Ziel erreicht hatten.

»Schieß los. Ich bin ganz Ohr.«

»Wird über mich und ... Nate im Büro geredet?« So.
Jetzt war es heraus. Mir rutschte das Herz in die Hose.

»Nicht, dass ich wüsste, warum?«

Erschöpft und kraftlos lehnte ich mich gegen die Fahrertür meines Hondas. »Dann hat er also gelogen.« Dieser Mistkerl von Rowe. Das würde bedeuten, dass Todd Millard wahrscheinlich nichts von meiner Affäre mitbekommen hatte. Doch die Existenz des Videos war leider nicht zu leugnen. Ebenso wenig die Tatsache, dass Nate mich offensichtlich benutzt hatte.

»Wer?« Beth schien sichtlich verwirrt.

»Parker Rowe.« Verzweifelt schlug ich mit der Faust gegen meine Tür. Eine Beule mehr oder weniger machte auch keinen Unterschied mehr. Aber meine Wut auf Nate suchte dringend ein Ventil. »Aber um den geht es eigentlich nicht.«

»Sondern?«

»Um Nate.« Beth verschwamm vor meinen Augen, als ich den Blick auf sie richtete.

»Was hat er angestellt?«

Ich scannte die Umgebung. Nur um sicherzugehen, dass dieser Schuft nicht unverhofft auftauchte. Sein Cabrio war allerdings nicht mehr auf dem Parkplatz zu sehen. Die Chancen, dass er die Firma bereits verlassen hatte, standen also gut. »Er hat mich hereingelegt, Beth.« Kurzentschlossen versorgte ich sie mit einer Kurzversion der Geschichte. »Ich fasse es nicht, was Nate da abgezogen hat«, entfuhr es mir Minuten später. Zornig verpasste ich meiner Autotür einen erneuten Schlag. »Und ich Schaf habe mich auch noch von ihm verführen lassen, von diesem Scheißkerl.« Auf einmal überwältigten mich meine Gefühle und ich verbarg mein Gesicht in den Händen. »Scheißfrosch.« Irgendwo hatte ich einmal gelesen, dass der Name Nate hebräischen Ursprungs war und in etwa so viel wie Gottesge-schenk bedeutete. Darüber konnte ich nur lachen. Der Nate, dem ich begegnet war, war ein selbstgefälliges Macho-Arschloch. Ein Mann, der sich nahm, was und wie es ihm beliebte. Ein Mann, der nichts gab. Nichts geben konnte. In Gedanken setzte ich seinen Namen auf die Liste der anderen Frösche, die ich bisher geküsst hatte. Schlimmer noch. Ich verachtete ihn. Niemals hätte ich mich mit ihm einlassen dürfen. Ich hätte auf meinen Verstand, nicht auf dieses verfluchte Prickeln in meinem Bauch hören sollen.

Plötzlich spürte ich Beths Arm um meine Schultern. »Süße, nein. Das ist er nicht wert, dieser – wie nanntest du ihn? – Scheißfrosch. Ganz bestimmt nicht.«

Oh, es tat so gut, ihre Wärme zu spüren. Dankbar nahm ich das Taschentuch entgegen, das sie mir reichte, und schnäuzte mich herzhaft. In diesem Au-genblick hätte ich Miguels süße Pralinen mehr als will-kommen geheißen.

»Und was willst du jetzt tun?«

Ratlos hob ich die Schultern und starrte über den Parkplatz sowie die Straße hinweg auf das Turner Buil-ding, dessen Fenster das Licht der Nachmittagssonne reflektierten. »Keine Ahnung. Ich fahre nach Hause und tröste mich mit einem Fünf-Liter-Becher Peanut-Butter-*Ben-&-Jerry's*.«

»Ach, Unsinn.« Beth knufft mich liebevoll in die Seite. »Lass dich jetzt bloß nicht hängen, Süße.«

Ich stieß einen lauten Seufzer aus und straffte meine Schultern. »Tja, ich schätze, ich muss irgendwie damit zurechtkommen, dass ich Nate weiterhin im Büro se-hen werde«, sagte ich schniefend. »Ich werde meinen

Job nicht aufgeben, Beth. Nicht wegen eines Mannes. Dazu habe ich bereits zu viel investiert.« Ich schüttelte den Kopf. »Wie konnte das alles nur passieren? Warum habe ich nicht Nein zu ihm gesagt?«

»Das Herz macht eben, was es will.«

»Mein Herz hat damit nichts zu tun«, entfuhr es mir eine Spur zu schroff, obwohl ich insgeheim wusste, dass es nicht stimmte. »Es war nur Sex. Nur verdammter und leider«, ich seufzte tief, »sehr, sehr guter Sex.«

Beth kommentierte meine Bemerkung nicht. Stattdessen studierte sie mich nachdenklich. »Weißt du was? Lass uns heute Abend ins *Gigi's* gehen.«

»Was? Nein. Auf keinen Fall!« Vehement schüttelte ich den Kopf. »Nicht in der miesen Stimmung, in der ich mich gerade befinde.« Was für eine Horrorvorstellung, mich in der Bar neugierigen Blicken preiszugeben, falls mich dort meine Emotionen überwältigen sollten. Nein. Keine gute Idee.

Wir verstummten, als sich eine Rothaarige dem Parkplatz näherte und einen Seat ansteuerte.

»Komm schon, Amy«, fuhr Beth fort, nachdem die Frau eingestiegen war. »Es wird dir guttun, glaub mir. Das ist die perfekte Gelegenheit, um dich von diesem ganzen Drama abzulenken. Richte deine Krone und zeig der Welt, dass du dich nicht unterkriegen lässt. Du brauchst Nate nicht, um Bestätigung zu bekommen, dass du sexy und umwerfend bist. Wirf dir etwas Hübsches über, geh aus und ich schwöre dir, du wirst dich gleich viel besser fühlen.« Sie zwinkerte mir vielversprechend zu.

»Du weißt schon, was ich meine.« Mit einem verschmitzten Grinsen hob sie ihre vollen Brüste in der pinkfarbenen Bluse an, wackelte provokant mit dem Oberkörper und schaffte es immerhin, mir damit ein winziges Lächeln zu entlocken.

»Himmel, du bist ja verrückt. Aber nein. Ich schlüpfe in etwas Bequemes und verkrieche mich lieber in meinen eigenen vier Wänden.« Entschlossen kramte ich in meiner Tasche nach den Autoschlüsseln. »Kann ich dich irgendwohin mitnehmen?«

»Danke Süße, aber ich nehme wie immer den Bus. Sind nur zwei Haltestellen, dann bin ich daheim.« Sie platzierte ein Küsschen auf meiner linken Wange und drückte mir sanft die Schulter. »Hey und Kopf hoch. Irgendwann kommt schon dein Prinz vorbeigeschneit, du wirst schon sehen.«

Wir verabschiedeten uns und ich klemmte mich hinters Steuer, um mich auf den Heimweg zu machen. Wer braucht schon Prinzen?, dachte ich trotzig. Ich besaß meine eigene – wenn auch zugegebenermaßen etwas zerbeulte – Kutsche, mein eigenes Schloss und ging meinen eigenen Weg. Und mit der anvisierten Karriere sah es momentan auch gut aus. Dieser Gedanke erfüllte mich mit plötzlichem Stolz und dieses überraschende Gefühl verdrängte einen Teil der unbändigen Wut und Enttäuschung in mir. Lass dich nicht unterkriegen, Amelia Heart. Auch wenn andere Menschen dich nicht wertschätzen. Ich dachte flüchtig an Dad. Und auf einmal war es mir fast egal, ob er stolz auf mich sein würde. Ich jedenfalls war es. Und das war ein verdammt gutes und befreiendes Gefühl.

Vielleicht, überlegte ich, als ich mich in den Feierabendverkehr einreihte, vielleicht sollte ich heute Abend doch mit Beth in den Pub gehen. Meine neue

Freundin hatte recht. Ich sollte allen und vor allem mir selbst beweisen, dass ich mich nicht unterkriegen lassen würde. Von nichts und niemandem. Auch nicht von Affären, die unglücklich endeten. Und schon gar nicht von einem Typen namens Nathan Westbrook, der dachte, dass die Frauen den Boden küssten, auf dem er seine Fußabdrücke hinterließ.

19. Kapitel

Nate

»Hey Brandi, lass mal die Luft aus diesem Glas!« Ich signalisierte meiner Lieblingsbarkeeperin, dass ich dringend Nachschub brauchte. Angespannt ließ ich die Schultern kreisen und drehte den Kopf hin und her, um meine Nackenmuskulatur zu lockern. Seit zwanzig Minuten saß ich an der Bar und starrte auf das Display des gigantischen Flatscreens, ohne wirklich etwas von dem Spiel der *Lakers* mitzukriegen.

Hoffentlich würde Joe in Kürze hier aufschlagen. Nachdem Amy auf mein Klingeln und mehrfache Versuche, sie auf dem Handy zu erreichen, nicht reagiert hatte, hatte ich Joe angerufen und mich mit ihm im *Gigi*s verabredet. Ich war verwirrt. Erst lud sie mich zum Essen ein. Und dann öffnete sie die Tür nicht, wenn ich zum vereinbarten Zeitpunkt davorstand. Ich machte mir ein wenig Sorgen. Später würde ich noch einmal bei ihr vorbeifahren und nach dem Rechten sehen. Ich hatte viele Frauen gehabt, doch keine hatte solche starken Gefühle ausgelöst wie Amy. Sie würde mein Untergang sein, wenn ich es zuließ. Aus der Vergangenheit hatte ich gelernt, dass man verloren war, wenn man sich von Gefühlen beherrschen ließ. Am

Arsch. Und das wollte ich definitiv nicht sein. Nie wieder.

Eine Grimasse ziehend, versuchte ich, die alten Bilder von mir zu schieben und mich auf das Stimmengemurmel, das Gläserklirren und das Gequatsche des nervigen Fernsehmoderators zu konzentrieren. Vergebens. Gewisse Dinge ließen sich nicht auslöschen, nicht verdrängen. Sie verfolgten dich wie verdammte Schatten. Ich dachte an Joss. Nein, Mann. Gefühle waren nichts für mich. Durchs Leben kam man nur unbeschadet, wenn man keinerlei Emotionen investierte. Mit einer Hand rieb ich mir übers Gesicht, als ob ich eine große Müdigkeit vertreiben wollte.

Ich atmete auf, als ich Joes Stimme in meinem Rücken hörte und drehte mich, um ihn zu mir an die Bar zu lotsen.

»Hey Mann.« Joe klopfte mir auf die Schulter. Er wirkte leicht gestresst und sah in etwa so beschissen aus, wie ich mich fühlte.

»Setz dich.« Ich lud ihn mit einer Handbewegung ein. »Du siehst aus, als könntest du einen ordentlichen Drink vertragen.«

»Nur ein schnelles Bier. Ich muss nach Hause. Möglich, dass es bei Livvy demnächst losgeht.« Joe schob seinen Hintern auf den Hocker neben mich und wir bestellten bei Brandi jeweils ein Heineken. »Du wirkst auch nicht gerade so, als hättest du den Hauptgewinn gezogen.« Er musterte mich kritisch über den Rand seiner Bierflasche hinweg.

Ich stieß einen frustrierten Laut aus. »Ehrlich gesagt, mache ich mir Sorgen um Amelia«, bemerkte ich und nahm einen großzügigen Schluck.

»Wieso in aller Welt?«

Seine Brauen zogen sich zusammen, als ich ihm von dem seltsamen Brief berichtete, den sie in ihrem Firmenpostfach vorgefunden hatte.

»Und eigentlich waren wir heute Abend verabredet. Sie hatte mich zum Essen eingeladen.«

»Und?« Joe hob sein Bier an die Lippen.

»Weder öffnete sie die Tür noch reagierte sie auf meine Anrufe.« Ich zuckte mit den Achseln und starrte auf Brandis Dekolleté, das sie mir freimütig präsentierte, als sie einen Whisky on the rocks vor meinen Augen fertigmachte. »Keine Ahnung, was da los ist. So ein Verhalten erscheint mir eher untypisch für Amy.«

»Das hört sich in der Tat seltsam an.« Joe stibitzte sich ein paar Erdnüsse aus der Holzschale vom Tresen und warf sie sich nacheinander in den Mund. »Was hast du jetzt vor?«

»Ich werde später noch einmal bei ihr vorbeifahren, Mann«, erklärte ich und knurrte. »Frauen. Soll die mal einer verstehen.«

»Apropos Frauen.« Joe zog sein summendes Handy aus der Brusttasche und checkte das Display. »Okay, ich hab's geahnt. Livvy fragt, wo ich bleibe.« Er leerte sein Bier, schob die Flasche auf den Tresen zurück und boxte mich freundschaftlich in den Oberarm. »Sorry, dass ich dich in deinem Elend allein lasse, aber jetzt in der Endphase hat meine Livvy mich gern an ihrer Seite.«

»Kein Problem. Fahr nach Hause, Joe. Und richte deiner Süßen einen lieben Gruß aus.« Ich hob mein Getränk zum Abschied. Ich wollte mich gerade wieder

meinem Bier widmen, als ich eine Bewegung im Augenwinkel wahrnahm. Einer Intuition folgend, wandte ich
meinen Kopf.

Und traute meinen Augen nicht.

Amy.

Was zur Hölle machte sie hier in der Bar? Einen Moment lang geriet ich derart außer Fassung, dass ich wie
betäubt sitzen blieb und beobachtete, wie sie sich mit
Beth im Schlepptau einen Weg zwischen den Tischen
hindurch bahnte. Bei ihrem Anblick kippte mir die
Kinnlade herunter. Nicht nur, weil sie plötzlich und un-
vermutet hier auftauchte, sondern auch ihres Outfits
wegen. Oh wow! Ich ballte meine Rechte zur Faust, als
ich meinen Blick über ihren Körper wandern ließ. Der
schwarze Minirock schmiegte sich wie eine zweite
Haut an die Kurven ihres Hinterns und ich spürte, wie
sich meine Hoden vor Verlangen schmerzhaft zusammenzogen, weil ich meine Finger nur zu gern über das
glatte Leder gleiten lassen würde. Ihre schlanken Beine
in den schimmernden Nylons wirkten endlos lang,
dazu trug sie diese schwarzen Riemchen-High Heels.
Zum Teufel! Sie wusste, dass ich auf diese Schuhe
stand! Zum ersten Mal, seitdem ich sie kannte, sah ich
sie in einer weit ausgeschnittenen Tunika, in deren
Ausschnitt die weiße Spitze eines BHs und der Ansatz
ihrer Brüste aufblitzten. Seit wann zur Hölle trug
Amy – die Amy, die ich kannte – solche Klamotten?
Wem versuchte sie etwas zu beweisen?

Sie sah so unglaublich heiß aus, dass mein Blut in
Wallung geriet. Mein Kopfkino startete und ich erinnerte mich, wie sich meine Hände auf ihren wunder-

vollen Rundungen angefühlt hatten ... Auf ihren Brüsten, ihren perfekten dunkelroten Nippeln. Und dort, wo sie samtweich und wahnsinnig feucht ... Gütiger Himmel! Alles an ihr, die Art, wie sie sich bewegte, wie sie mit einer Hand ihr offenes Haar hinter die Ohren strich, wie sie sich über die Lippen leckte, wenn sie mit Beth sprach – all das wirkte so verflucht sinnlich und sexy, dass es mir den sprichwörtlichen Boden unter den Füßen wegzog. Und dann diese Grübchen, wenn sie lachte. Unsere Blicke trafen sich und hielten einander für Sekunden gefangen, bevor sie den Mund verzog und sich abwandte. Was zur Hölle hatte dieses Verhalten zu bedeuten? Mein Puls raste. Ich ließ mein Bier stehen und stieg vom Hocker.

Als sie bemerkte, dass ich auf sie zukam, flüsterte sie Beth etwas ins Ohr, um dann zügigen Schrittes den Raum zu verlassen.

Flüchtete sie etwa vor mir? Es hatte fast den Anschein. Doch da hatte sie sich mit dem Falschen angelegt. Ich zwängte mich an den Gästen vorbei, um ihr zu folgen, und erwischte sie gerade noch am Handgelenk, bevor sie drohte, in der Damentoilette zu verschwinden.

»Amy! Was verdammt noch mal ziehst du hier eigentlich ab? Was soll das alles?« Mein Blick glitt an ihr hinab, weil ich es noch immer nicht fassen konnte, dass sie sich derart sexy gekleidet ins *Gigi's* gewagt hatte. »Erst lädst du mich zum Essen ein und dann zeigst du mir die kalte Schulter? Und was soll überhaupt diese Aufmachung?«

»Scher dich zum Teufel, Nathan Westbrook!« Sie riss sich los und versetzte mir einen derben Stoß gegen die Brust, der ihre zierliche Statur Lügen strafte.

»Verflucht Amy, was ist hier los?« Meine Wut über ihren Auftritt wich einer jähen Betroffenheit, als ich Tränen in ihren Augen funkeln sah.

»Zieh Leine, Westbrook.« Das klang erschreckend eisig. Und irgendwie endgültig. Als hätte sie mit mir abgeschlossen.

Ehe sie erneut von der Bildfläche verschwinden konnte, zog ich sie von der Tür weg und drängte sie mit meinem Körper gegen die Wand, um sie festzuhalten. »Amy, sag mir doch um Himmels willen, was in dich gefahren ist. Ich erkenne dich nicht wieder.« Ich näherte mich ihr, um meine Stirn an ihre zu legen, doch sie drehte ihr Gesicht fort.

»Hör auf damit!« Ihre Unterlippe bebte.

Okay. Sie schien sauer zu sein. Wirklich sauer. Nur weshalb? Ich hatte keinen blassen Schimmer. »Beruhige dich, Amy. Und dann sagst du mir in aller Ruhe, was eigentlich los ist.«

»Ich denke nicht, dass ich mich beruhigen werde!« Sie schoss mir wütende Blitze aus ihren bernsteinfarbenen Augen entgegen, die von dem Hurrikan zeugten, der ganz offensichtlich in ihr tobte. »Als ob du nicht ganz genau wüsstest, worum es hier geht. Was willst du eigentlich noch von mir? So, wie es aussieht, hast du doch längst erreicht, was du wolltest. Deinen Kopf aus der Schlinge gezogen. Mit meiner Hilfe.« Sie betonte das letzte Wort besonders.

»Wovon zur Hölle sprichst du eigentlich?«

»Erinnerst du dich an Greenwalts Geburtstagsfeier?«

»Sicher, aber was ...« Ich verstummte, als eine unheilvolle Ahnung in mir aufstieg.

»Dachte ich mir.« Ihre Züge versteinerten sich. »Und wie ich erfahren habe, hattest du verdammt viel Spaß auf der Party.«

Es dauerte kurz, bis ihre aufgebrachten Worte sämtliche meiner Hirnwindungen durchlaufen und mein Bewusstsein erreicht hatten. Geschockt ließ ich ab von ihr und trat einen Schritt zurück.

»Ich gratuliere dir, Westbrook. Setz mich einfach auf die Liste derer, die auf dein attraktives Gesicht hereingefallen sind.«

Darum ging es hier also. Ich ballte meine Fäuste, bis mir die Knochen schmerzten. Rowe, dieses miese Schwein. Kalte, unbändige Wut und blankes Entsetzen überwältigten mich, als ich begriff. Es existierte also noch immer eine Kopie dieses Videos. Und Rowe war in der Lage, mich weiterhin zu erpressen. Doch diese Erkenntnis war nichts im Vergleich zu der Gewissheit, dass ich Amy mit meinem Verhalten zutiefst verletzt hatte. Mein Puls arbeitete wie ein Schlaghammer in meiner Brust. »Amy«, sagte ich mit seltsam fremder Stimme.

»Amelia für dich.« Ihre Stimme traf mich wie ein Peitschenhieb. »Und jetzt lasse mich bitte in Ruhe, Nathan. In Zukunft werden wir nur noch geschäftlich miteinander verkehren, wenn es erforderlich ist.«

»Hör zu, bitte! Lass es mich erklären, Amelia.«

An der Seite ihrer Kehle zuckte ein Nerv und sie biss sich auf die Unterlippe, um deren Zittern zu unterdrücken. »Ich habe keinen Bedarf. Geh einfach. Wir sind fertig miteinander, Nathan Westbrook.«

Ihre Worte schnitten tief in meine Eingeweide. »Niemals. So lasse ich dich nicht gehen, Amelia. Lass uns in Ruhe miteinander reden. Wie zwei Erwachsene.«

Mit einem entschiedenen Kopfschütteln zog sie ihre feinen Brauen zusammen. »Wenn du nicht sofort verschwindest, schreie ich. Ich schreie so laut, bis Brandi die Cops ruft. Das schwöre ich dir.«

Der vernichtende Blick, den sie mir entgegenschleuderte, sagte mir, dass sie es ernst meinte. In diesem Zustand würde sie mir nicht zuhören. Mein gesunder Menschenverstand sagte mir, dass es keinen Sinn machte, weiterhin auf sie einzureden. Nicht, solang sie in dieser Verfassung war. Vielleicht sollte ich ihr Zeit geben, bis sie sich etwas beruhigt hatte. Ich gab mich geschlagen – für den Moment.

In einer Geste der Beschwichtigung hob ich beide Hände. »Schon gut. Ich lasse dich in Ruhe. Aber wir werden miteinander reden, Amelia. Und du wirst mir zuhören, denn du bist mir wichtig. Auch wenn du das im Moment wahrscheinlich nicht glauben kannst.«

Bevor sie mir noch etwas an den Kopf werfen konnte, hatte ich mich abgewandt, aber ich hörte sie verächtlich in meinem Rücken schnaufen. Ich kehrte in den Pub zurück und schluckte hart, um die brennende Säure, die in mir emporstieg, zu verdrängen.

»Süße«, ich reichte Brandi die leere Flasche, nachdem ich wieder meinen Platz an der Bar in Beschlag genommen hatte, »Zeit, zum Whisky überzugehen. Mach mir einen doppelten, ja?«

Brandi hob eine Braue, verkniff sich aber eine Bemerkung und widmete sich meiner Bestellung, als sich eine Rothaarige neben mich zwängte und bei Brandi einen

Malibu Beach orderte. Ein Hauch von Zigarette und der Duft eines schweren orientalischen Parfums wehten mir entgegen, sodass ich einen Seitenblick riskierte. Ende zwanzig, gut gebaut. Älter als ich, entschied ich nach ein paar Sekunden.

»Ich übernehme das, Brandi!«, rief ich aus einem Impuls heraus und bedachte meine Nachbarin mit einem etwas gequälten Grinsen. »Wenn ich Sie einladen darf.« Ich musste mich dringend ablenken, um nicht postwendend an Amys Tisch zu stürmen, sie am Handgelenk zu packen und aus dieser verdammten Bar zu schleppen, damit sie mir zuhörte. Dringend ablenken von dem verhängnisvollen Sturm, der sich in mir zusammenbraute.

»Sie dürfen«, erwiderte der Rotschopf gönnerhaft, nachdem sie mich einen Wimpernschlag lang gemustert hatte.

Brandi schob mir augenrollend meinen Whisky zu. »Cocktail kommt sofort«, meinte sie an meine Sitznachbarin gewandt.

»Danke Schätzchen.« Die Rothaarige starrte mich aus stark geschminkten Augen an und ich las unverhohlenes Interesse darin.

»Zum ersten Mal hier?«, fragte ich aus alter Gewohnheit heraus. Dabei könnte es mir nicht gleichgültiger sein, ob die Frau zuvor schon mal das *Gigi's* beehrt hatte. Denn alles, woran ich denken konnte, war, dass Amelia in meinem Rücken, nur wenige Schritte von mir entfernt, auf einer Bank in Beth' Gesellschaft saß und mich hasste. Ich hatte sie verletzt. Mehr als sonst einen Menschen je zuvor. Und dieses Wissen riss mich in Stücke. Mensch, Westbrook. Du bist so was von am Arsch.

»Ich bin übrigens Cindy«, erwiderte die Fremde mit der unverkennbar kratzigen Stimme einer langjährigen Raucherin und riss mich damit aus meinen Gedanken. An ihrem linken Schneidezahn blitzte ein diamantähnlicher Stein auf und die Silberreifen an ihrem Handgelenk klimperten, als sie mir eine Hand hinhielt. Sie hatte schilfgrüne Augen, einen Leberfleck über dem rechten Mundwinkel und sie streckte mir ihre Titten in einem engen pinkfarbenen Shirt entgegen, damit ich nicht übersah, was sie zu bieten hatte. Die Signale, die sie aussandte, sprachen eine deutliche Sprache, doch ich war weder in Plauder- noch in Flirtlaune, wie ich schnell feststellte.

Cindy plapperte über belangloses Zeug, gab ihren Versuch, mich anzuflirten, aber schließlich auf, da ich nicht viel zur Konversation beitrug, als hier und da mal ein gelegentliches *Hm* einzuwerfen, und mich ansonsten an meinem Whisky festhielt.

Jede Sekunde, jede verdammte Sekunde war ich mir Amys Gegenwart in meinem Rücken bewusst. Irgendwann warf ich beiläufig einen Blick über die Schulter in ihre Richtung und stellte überrascht fest, dass es sich irgendein fremder Kerl in einem *LAFD*-Uniform-Shirt bei ihr und Beth in der Sitzecke bequem gemacht hatte. Amy schien sich prächtig zu unterhalten, lachte immer wieder. Und wenn ich es nicht besser gewusst hätte, hätte ich behauptet, dass sie – die Beine in diesen unfassbar geilen High Heels übereinandergeschlagen – mit dem muskulösen Kerl neben sich heftig flirtete. Ihr Minirock war hochgerutscht und entblößte einen großen Teil ihres schlanken Oberschenkels. Der Feuerwehrtyp neben ihr konnte seine Finger nicht von ihr lassen. Immer wieder berührte er ihren Arm oder ihre Hand. Dieser Scheißkerl. Wenn er auch nur einen Finger, einen einzigen, an ihren Schenkel legte, war er ein toter Mann. Es brodelte in mir. Am liebsten wäre ich sofort aufgesprungen, um dem widerlichen Grapscher eine zu verpassen.

Warum ließ Amy sich seine Annäherungsversuche gefallen? Warum zum Teufel flirtete sie mit ihm? Sie würde sich doch nicht abschleppen lassen? Nicht von so einem! Alles in mir sträubte sich. Meine Nackenhaare stellten sich auf bei dem Gedanken, dass er womöglich derjenige heute Nacht sein würde, der seine Hände auf ihren süßen Arsch legte. Der sie flachlegte und ihre kleinen Schreie hörte, wenn sie kam. Mir wurde schlecht.

Die Erkenntnis traf mich wie ein Blitzschlag. Als hätte mir jemand eine Eisenfaust in den Magen gerammt. Ich fühlte die Wucht des Schlags fast körperlich. Tief drin in meinen Eingeweiden. Mein verfluchtes Herz setzte aus. Genau wie mein Verstand. Einen Moment saß ich nur da und fühlte mich von der Macht der Gefühle überrollt.

Von Verlangen. Sehnsucht.

Leidenschaft.

Und dem Bedürfnis, diese Frau zu beschützen. Vor allem Bösen dieser Welt. Und ganz besonders vor Muskelprotzen in Feuerwehroutfits, die ihre Finger nicht bei sich behalten konnten.

Ich war am Arsch. Mir war klar, dass diese Gefühle und dieses überwältigende Bedürfnis, dieses Mädchen zu besitzen, nicht einfach über Nacht verschwinden würden. Plötzlich wurde mir klar, dass sich etwas Tiefgreifendes verändert hatte. Zum Henker! Alle Flüche dieser Welt hätten in diesem Moment nicht ausgereicht, um meine Bestürzung auszudrücken. Es war nicht nur der Sex mit Amy, nach dem ich verrückt war. Nicht nur ihr süßer, kleiner Körper mit den verführerischen Kurven, nach dem ich mich so sehr verzehrte, dass ich bei dem Gedanken, sie nicht berühren zu können, wenn ich sie sah, halb verrückt wurde. Es war A-melia selbst. Ich sehnte mich nach ihr. Wollte dieses Mädchen haben. Sie besitzen. Ihren Körper. Ihre Seele. Ich liebte ihre Widerspenstigkeit. Das Anschmiegsame. Ihre Unschuld. Ihre Verletzlichkeit. Ich liebte ihre Grübchen. Diese kleinen Schreie, die sie im Bett ausstieß. Die Art, wie sie an ihrem Pferdeschwanz spielte, wenn sie nervös war. Dieses niedliche Leberfleckherz an ihrer Brust. Die Art, wie sich ihre Augen verdunkelten, wenn sie mich anblickte. Ich wollte alles von ihr. Alles. Ich hatte mich verliebt.

Wann zur Hölle war das passiert?

Nate Westbrook verliebte sich nicht. Niemals. Das war ein ungeschriebenes Gesetz.

Ich nahm einen ordentlichen Schluck von meinem Drink und knallte das Glas zurück auf den Tresen, sodass etwas von der goldfarbenen Flüssigkeit über den Rand schwappte. Benommen von dem, was ich soeben als Wahrheit erkannt hatte, starrte ich auf den blank gescheuerten Tresen. Und nahm mir vor, Amy vorerst in Ruhe zu lassen. Zumindest so lang, bis ich mich einigermaßen sortiert und wieder im Griff und darüber entschieden hatte, wie es weitergehen sollte.

20. Kapitel

Amelia

Dale, ein Bekannter von Beth und Officer des *L.A. Fire Department*, der sich auf einen Eiskaffee zu uns gesetzt hatte, erhob sich unvermittelt und ich riss meinen Blick von Nate los. »War nett mit euch Ladys zu plaudern. Ich muss dann mal wieder, meine Schicht fängt gleich an.« Er tauschte ein Wangenküsschen mit Beth und ich drückte seine kräftige, schwielige Hand, die er mir reichte, mit einem erzwungenen Lächeln.

Dale schien ohne Zweifel ein netter Kerl zu sein, aber die Sache mit Nate beschäftigte mich so sehr, dass ich kaum ein Wort erfasst hatte, das wir miteinander gewechselt hatten. Immer wenn ich dachte, dass es passte, hatte ich Dales Sätze mit einem Lachen oder einer kleinen nichtssagenden Bemerkung quittiert, in der Hoffnung, dass er nicht registrierte, dass ich mit meinen Gedanken ganz woanders war. Nämlich bei diesem Scheißkerl vorne an der Bar, der mir der Rücken zuwandte und so tat, als würde ich gar nicht existieren. Dem Scheißkerl, der mir das Herz gebrochen hatte. In diesem Augenblick wurde mir etwas mit erschreckender Gewissheit klar. Auch wenn ich es bisher nicht hatte wahrhaben wollen, ich war in Nathan Westbrook verliebt. Und nicht erst seit heute.

»Was war denn los?«, wollte Beth augenzwinkernd wissen, nachdem wir die Sitzecke wieder für uns hatten. »Der arme Dale hat sich echt viel Mühe gegeben, dich anzubaggern, aber ich glaube, da hätte er ebenso gut mit einem rostigen Nagel flirten können.«

»Ich kann einfach an nichts anderes mehr denken als daran, dass Nate mich benutzt hat. Immerzu muss ich ihn anstarren und das Gefühl niederkämpfen, ihn mit voller Wucht von diesem Hocker zu schubsen.« Eine Grimasse ziehend, kramte ich in meiner Tasche nach einer Tylenol. Die pochenden Kopfschmerzen, die sich auf dem Parkplatz angekündigt hatten, schienen es sich in meinem Kopf gemütlich gemacht zu haben.

»Schade«, meinte Beth. »Ich hatte gehofft, dass Dale, der nebenbei bemerkt echt heiß aussieht«, ein verschwörerisches Grinsen zuckte über ihre Lippen, »in der Lage wäre, dich ein wenig von deiner Misere abzulenken.«

Ich zog eine Braue in die Höhe. »Du hast ihn herbestellt?«

»Ach, weißt du, herbestellt ist etwas übertrieben. Aber«, Beth zuckte mit den Achseln, »bevor ich mich auf den Weg in den Pub begeben habe, habe ich ihm eine Nachricht geschickt und gefragt, ob er nicht Lust auf ein schnelles Bier hätte.«

»Du Teufelin.« Zärtlichkeit für Beth stieg in mir auf.

Sie seufzte theatralisch. »Ach, Süße, wenn ich nur wüsste, was ich tun könnte, damit du dir diese Sache nicht so sehr zu Herzen nimmst.«

»Keine Ahnung«, flüsterte ich. Plötzlich fühlte ich mich erschöpft und ausgelaugt, mit einer Leere in mir, von der ich wusste, dass nur Nate sie füllen könnte. Aber das würde nicht geschehen. Nie mehr. Egal, wie sehr ich es mir wünschte. Die Frauen standen sicher schon reihenweise Schlange, um in sein verdammtes Bett zu schlüpfen. Und ich war nicht gewillt, mich von ihm weiterhin benutzen zu lassen wie ein beliebiges Spielzeug. Er konnte mich noch so oft mit seinen schokoladenbraunen Augen anschauen und mich bitten, ihm zuzuhören. Wozu sollte das gut sein?

Es tat weh, dass ich für ihn nichts weiter gewesen war als eine praktische Gelegenheit, sich aus einer prekären Situation zu befreien. So unglaublich weh, dass es mich innerlich fast zerriss. Weil ich wusste, dass er nicht einmal ansatzweise dasselbe empfand wie ich für ihn. Kein noch so verzweifeltes Blinzeln half, um das plötzliche Brennen hinter meinen Lidern zu vertreiben.

»Nathan Westbrook ist einfach ein Arsch«, sagte ich, hob mein Glas Kirschsaft an die Lippen und ärgerte mich, weil meine Hand vor Wut und Enttäuschung so sehr zitterte, dass etwas von dem Saft auf meiner Tunika landete. Leise fluchend schnappte ich mir eine von den schmalen Servietten von der Tischmitte, um über den nassen Fleck zu tupfen.

»Apropos Arsch.« Beth stieß mich an und machte eine winzige Kinnbewegung. »Dort kommt unser hochgeschätzter Kollege Parker Rowe. Und so, wie es aussieht, hat er unseren Tisch als Adresse in sein persönliches Navi eingegeben.«

»Verdammt.« Ich warf einen raschen Blick über meine Schulter, bevor ich ein Kleenex aus meiner Tasche zog und mir rasch die Nase putzte. »Der Kerl hat mir noch gefehlt. In der letzten Zeit scheint er überall aufzutauchen, wo ich bin.«

Immerhin gelang es mir, ein Pokerface aufzusetzen, als Rowe an unseren Tisch trat. »Ladys.«

Ich würde ihm nicht die Genugtuung geben und ihn sehen lassen, wie miserabel es mir nach seiner Enthüllung ging. Nicht, dass er sich noch etwas darauf einbildete. Deshalb zeigte ich ihm ein strahlendes Lächeln, das so falsch war wie Tante Helens Zähne. »Parker.«

Er richtete seinen Blick hinüber zur Bar, wo Nate mir seine Kehrseite präsentierte, und zwinkerte mir vielsagend zu. »Darf ich euch Hübschen einen Drink spendieren?«

Der Mann hatte echt Nerven. Beth und ich verneinten, als sich Beth' Handy in ihrer pinkfarbenen Oversize-Tasche meldete.

Demonstrativ drehte ich mich von Rowe weg, um ihm zu signalisieren, dass er störte und fokussierte Beth, die das Gespräch angenommen hatte.

»Mom.« Sie biss auf ihre Unterlippe und nahm Blickkontakt mit mir auf, während sie der Stimme am anderen Ende lauschte.

»Okay. Rühr dich nicht von der Stelle, ich bin gleich da, ja?« Einen Augenblick war ich so abgelenkt, dass ich darüber Rowes Anwesenheit völlig ausblendete. Dann erinnerte ich mich daran, dass er noch immer an unserem Tisch stand. Als ich mich umwandte, steuerte er zu meiner Erleichterung Mark Sorensen aus der Buchhaltung an, der zwei Tische weiter in ein lebhaftes Gespräch mit einer Brünetten vertieft schien.

Ich richtete meine Aufmerksamkeit zurück auf Beth, die mit einem vernehmlichen Seufzen ihr Smartphone zurück in die Tasche stopfte. »Es tut mir total leid, Süße, aber Mom ist aus dem Rollstuhl gefallen. Es ist nichts Schlimmes, aber sie kommt allein nicht wieder hoch. Ich muss sofort los. « Sie schob einen Geldschein unter ihr Glas, erhob sich und legte mir eine Hand auf die Schulter. »Kommst du klar?«

»Natürlich, Beth. Ich drücke die Daumen, dass deine Mom sich nicht verletzt hat.« Während ich ihr hinterher sah, griff ich nach meinem Saft, um diesen blöden Kloß in meinem Hals zu vertreiben, und nippte nachdenklich am Glas. Arme Beth. Dieser Tag wurde definitiv nicht besser. Ich würde austrinken und dann von hier verschwinden. Zu Hause wartete ein Eimer *Ben & Jerry's* auf mich. Sicher lief auch irgendein grässlicher Schmachtfetzen im Fernsehen, bei dem ich meinen Tränen freien Lauf lassen konnte.

»Na, hübsche Lady, plötzlich allein?«

Eine Hand legte sich auf meine Schulter und ich schrak zusammen. Ich war so in meine Gedanken vertieft gewesen, dass ich nicht gemerkt hatte, dass sich jemand meinem Tisch genähert hatte. Ich stieß einen stummen Fluch aus, als ich bemerkte, dass es Rowe war, der mich angrinste.

»Was wollen Sie denn schon wieder? Ich möchte keinen Drink von Ihnen, hatte ich das nicht deutlich genug ausgedrückt?« Demonstrativ hob ich mein Getränk und leerte es. »Wenn Sie mich bitte entschuldigen.« Ich erhob mich und schloss für eine Sekunde die Augen, weil sich plötzlich alles um mich herum drehte. Der ganze verdammte Pub mutierte zu einem rasenden Karussell.

»Ist Ihnen nicht gut?« Vertraulich legte er seine Finger an meine Hüfte, um mich zu stabilisieren, aber ich schlug sie weg, weil er es war, der mich betatschte.

»Hände weg«, fauchte ich. »Ich würde Sie ungern wegen sexueller Belästigung anzeigen, aber Sie sind verdammt nah dran.« Die anzügliche Art und Weise, mit der er mich stets taxierte, störte mich schon lang. Es war höchste Zeit gewesen, dass ich ihn zurechtgewiesen hatte. Ich gab mir alle Mühe, dieses beunruhigende Schwindelgefühl abzuschütteln, als ich durch den Pub Richtung Ausgang stürmte.

»Keine Sorge, ich übernehme Ihre Rechnung!«, rief er mir hinterher.

Richtig, ja. Ich hatte vergessen zu bezahlen. Ich würde Brandi das Geld beim nächsten Mal zukommen lassen. Irgendwie war mir gerade gar nicht gut, deshalb beschloss ich, mir das Gesicht und die Unterarme mit kaltem Wasser zu waschen. In diesem Zustand konnte ich mich schlecht hinters Steuer setzen. Was in aller Welt war nur mit mir los? Die ganze Sache mit Nate musste mich mehr mitgenommen haben als gedacht.

Kurz darauf saß ich auf einem geschlossenen Klodeckel und versuchte, mir das Schwächegefühl in meinen Beinen zu erklären. Mir das Gesicht zu kühlen hatte ungefähr für drei Sekunden Wirkung gezeigt, dann wurde mir erneut schwummerig und ich hatte das dringende Bedürfnis verspürt, mich hinsetzen zu müssen. Vielleicht hatte ich etwas Falsches gegessen oder mir einen

Virus eingefangen? Das würde perfekt zu diesem verkorksten Tag passen. Keine Ahnung, wie lang ich in der Kabine in der Damentoilette gesessen und versucht hatte, meine Gedanken zu sortieren. Irgendwann riss ich eine Handvoll Klopapier ab und schnäuzte mich, als mir bewusst wurde, dass ich meine Clutch im Pub liegen gelassen hatte. So ein Mist! Ging denn heute einfach alles schief?

Komischerweise fiel es mir schwer, die Türklinke anzufassen, mehrmals schien sie mir zu entgleiten, aber schließlich schaffte ich es. Mir entschlüpfte ein Kichern, denn auf einmal fand ich das Ganze hier reichlich surreal. Ich hatte den Eindruck, auf Watte zu gehen, als ich in die Bar zurückkehrte, um meinen Sitzplatz aufzusuchen.

Der Teufel selbst, Parker Rowe, saß dort und hielt mir mit einem diabolischen Grinsen meine Tasche entgegen. »Ich habe mich schon gefragt, wann es Ihnen auffallen würde. Aber keine Sorge, ich wäre Ihnen jeden Augenblick gefolgt, um Ihnen das kleine Täschchen zu bringen.«

Himmel, war mir schlecht. Kotzübel. In einem Akt der Anstrengung streckte ich meinen Arm nach der Tasche aus, doch als ich sie ergreifen wollte, versagten meine Beine ihren Dienst.

Rowe sprang auf und bewahrte mich vor dem Fallen. »Vorsicht liebste Amelia. Ich bin ja da. Immer in deiner Nähe.« Sein Bart kitzelte an meinem Ohr, während seine Arme mich umklammert hielten, sodass ich nicht fiel. »Du ahnst ja nicht, wie sehr ich mich nach dir gesehnt habe.«

»Ja, das ist gut«, murmelte ich. Aber vielleicht bildete ich mir das auch nur ein. Und wenn es gut war, dass er mich hielt, warum überfiel mich dabei eine jähe, tiefe Angst? Verzweifelt bemühte ich mich seine Worte zuzuordnen, die mich an irgendetwas erinnerten. An irgendetwas …

»Hab keine Angst«, raunte er, als wüsste er, was gerade in mir vorging, während ich einen neuen vergeblichen Versuch startete, zu sprechen. »Vertrau mir. Ich bringe dich nach Hause, liebste Amelia.«

21. Kapitel

Nate

Anderthalb Whiskys später fühlte ich mich noch immer keinen Deut besser. Ich hatte Brandi in ein Gespräch über den neuen Shootingstar der *Lakers* verwickelt und eine ganze Tüte glasierter Erdnüsse verdrückt, nur um mich irgendwie zu beschäftigen. Damit ich nicht auf die Idee kam, mich immer wieder nach Amy umzudrehen. Doch egal, von welcher Seite aus ich es auch betrachtete, die Tatsache, dass ich mich verliebt hatte, war nicht zu leugnen. Ebenso wenig wie der Fakt, dass Amy stinksauer auf mich war. Mit Recht. Doch ich wollte die Sache so nicht stehen lassen. Konnte es nicht. Ich sehnte mich danach, sie zu berühren, mit ihr zu reden. Sie fehlte mir. Zu wissen, dass sie dort irgendwo hinter mir saß und vermutlich meinen Rücken mit wütenden Blicken bombardierte, machte mich fertig.

Ich signalisierte Brandi, dass sie mir die Drinks auf die Rechnung schreiben sollte, und stieg vom Hocker. Amy musste mich anhören, verdammt noch mal. Und es war mir sowas von egal, ob es ihr gerade passte oder nicht. Ob sie mit diesem bulligen Feuerwehrkerl flirtete oder nicht. Ich würde dieses Problem aus der Welt schaffen. Jetzt und hier. Und ich würde es nicht zulassen, dass mir Parker Rowe noch einmal dazwischenfunkte. Der Kerl sollte sich aus meinem Leben heraushalten. Entschlossen machte ich mich auf den Weg und blieb mitten im Raum stehen. Wo zum Teufel steckte sie? Der Platz, an dem sie mit Beth gesessen hatte, war von einem heftig miteinander turtelnden Pärchen in Beschlag genommen worden. Irritiert ging ich zurück zum Tresen.

»Brandi, Schatz, hast du zufällig mitbekommen, wann Beth und Amelia gegangen sind? Amelia ist diese hübsche Brünette ...«

»Die es dir angetan hat?« Brandi, die dabei war, Gläser zu polieren, lachte mich augenzwinkernd an. »Ich bin nicht blind, Süßer. Ich habe sehr wohl bemerkt, dass da irgendetwas zwischen euch läuft, als du ihr vorhin wie vom Hafer gestochen nachgestürmt bist. Und die zornigen Blicke, die sie dir immer wieder zugeworfen hat, während du dich an deinem Whisky festgehalten hast.« Sie grinste. »Eine Frau sieht einen Mann auf diese Weise nur an, wenn sie etwas von ihm will, glaub mir, das weiß ...«

»Brandi«, unterbrach ich sie ungeduldig und schob meine Hände in die hinteren Hosentaschen. Bitte komm zur Sache.«

»Schon gut.« Mit einem Grinsen stellte sie das Glas, das sie in den Händen gehalten hatte, auf der Arbeitsfläche ab und legte den Lappen beiseite, um sich in meine Richtung zu neigen.

»Also, hör zu. Beth ist vor Amelia gegangen. Ich glaube, es gab irgendeinen Notfall oder ein Problem. Ich habe sie jedenfalls telefonieren sehen und danach ist sie sofort aufgebrochen. Und deine Amelia hat den Pub soeben mit Parker Rowe zusammen verlassen, ist vielleicht gerade mal zwei, drei Minuten her. Es sah aus, als ob es ihr nicht gut ginge.«

Mein Magen vollführte einen Looping. Rowe war hier gewesen? Dieser verdammte Mistkerl war im *Gigi's* gewesen und ich hatte es verdammt noch mal nicht mitbekommen? Mich überkam das überwältigende Bedürfnis, etwas kaputt zu schlagen. Adrenalin schoss durch meine Venen wie glühende Lava. Rowe sollte besser sein Testament machen, wenn ich ihn in die Finger bekam. Weil er nicht zu seinem Wort gestanden und den verfluchten Film gelöscht hatte wie vereinbart. Und weil er damit Amelia verletzt hatte. Weshalb sollte sie die Bar in seiner Begleitung verlassen? Ausgerechnet mit ihm? Hier lief etwas gewaltig schief. Parker Rowe traute ich inzwischen fast alles zu.

Erneut wandte ich mich Brandi zu. »Hör zu, Brandi, ich ... « Die Kieferknochen aufeinanderpressend schlug ich mit der Faust auf den Tresen. »... muss los.« Ich wartete nicht auf ihre Antwort, sondern schlängelte mich zwischen den Gästen durch, mit nur einem einzigen Gedanken im Kopf und einem Ziel: Ich musste Amy finden. Danach würde ich mir Rowe, diesen Verräter, vorknöpfen. Als ich einen bulligen Zwei-Meter-Kerl im Vorbeigehen anrempelte, blitzte dieser mich zornig an.

»Pass auf, Idiot.«

»Kümmere dich um deinen eigenen Scheißkram«, schoss ich zurück. Normalerweise war ich nicht so ein Stinkstiefel. Aber meine Nerven waren zum Zerreißen gespannt und ich im Augenblick extrem gereizt. »Sorry

Mann!«, rief ich ihm zu, bevor ich die Pubtür aufstieß und ins Freie stürmte.

Ich hatte keine Ahnung, ob Amy mit ihrem eigenen Auto gekommen war, und wenn ja, wo sie geparkt hatte. Ebenso wenig konnte ich mir zusammenreimen, was in aller Welt sie mit Rowe zu schaffen hatte. *Es sah so aus, als ob es ihr nicht gut ginge.* Brandis Worte schwirrten in einer Endlosschleife durch mein Hirn. Sie hatten mich in höchste Alarmstufe versetzt und abermals überkam mich das Gefühl, dass irgendetwas im Busch war. Etwas, das mir ganz und gar nicht gefallen würde. Einem Instinkt folgend, rannte ich die Straße hinunter in Richtung des kleinen Parkplatzes gegenüber eines chinesischen Restaurants, wo ich normalerweise meinen Camaro abstellte, was ich heute Abend allerdings nicht getan hatte, da ich keinen freien Parkplatz gefunden hatte.

Als ich mein Ziel erreichte, schien es so, als wäre der Platz leer. Ich wollte gerade wieder umkehren, als ich eine Autotür schlagen hörte. Keine Ahnung, was mich dazu veranlasste, aber kurz entschlossen sprintete ich los. Rowe! Dieser Bastard. Er war es tatsächlich. Und er war nicht allein. Ich konnte eine Frau auf dem Beifahrersitz seines dunkelblauen Pick-ups ausmachen, die zusammengesunken dasaß. Amelia! Mit wenigen Schritten erreichte ich Rowes Wagen und hielt den Mann davon ab, einzusteigen, indem ich ihn grob an der Schulter packte.

»Hey Westbrook, sachte.« Mit einem Ruck löste er sich von mir.

Postwendend versetzte ich ihm einen derben Stoß, der ihn zurück an das Autoblech beförderte. »Was läuft hier, Rowe?« Ich warf einen Blick ins Wageninnere, wo Amelia seltsam regungslos verharrte. Sie hatte die Augen geschlossen und reagierte nicht. »Was zum Teufel geht hier ab?«, schrie ich ihm ins Gesicht, weil er nicht antwortete und mir unvermittelt klar wurde, dass sich Amelia in Gefahr befand.

Ein dämonisches Grinsen glitt über seine Züge. »Sieht so aus, also müsstest du mir deinen Kunden doch noch überlassen, Westbrook, denn zufällig ist mir eine Kopie dieser delikaten Aufnahme – du weißt schon, welche ich meine – über den Weg gelaufen.« In einer provozierenden Art leckte er sich über die Lippen. »Und die kleine Heart gehört jetzt mir.«

Ich krallte meine Finger in sein Hemd und riss ihn brutal vom Wagen weg. »Verfluchter Mistkerl, wenn du ihr auch nur ein Haar gekrümmt hast ...« Mein Puls hämmerte ein wildes Stakkato.

»Ganz ruhig, Mann.« Erneut riss er sich los. »Amelia schläft und jetzt verzieh dich. Sie ist mit dir fertig, du Arschloch.« Bevor ich reagieren konnte, rammte er mir seine Faust in den Magen.

Ich keuchte auf. Weniger vor Schmerz als vor der jähen Erkenntnis, dass dieser Bastard Amy vermutlich etwas verabreicht hatte. Vielleicht in den Drink getan hatte. Niemals würde sie freiwillig mit ihm mitgehen oder in seinem Wagen schlafen. Womöglich war sie sogar ohnmächtig. Unbändige, gleißende Wut ballte sich in meiner Mitte und ich holte aus. Etwas in Rowes Gesicht knackte hässlich, als meine Fingerknöchel seinen Wangenknochen trafen. Rowe ging mit einem Schrei zu Boden.

Ungeachtet des reißenden Schmerzes, der in meiner Hand tobte, lief ich um den Wagen herum und riss die Beifahrertür auf.

»Amelia! Amy, Süße, sag doch etwas!« Ich versetzte ihren Wangen einen sanften Klaps, um sie aufzuwecken. Ihre Haut war kalkweiß, ihre Atmung flach. Ihre Lider flatterten nach meiner Berührung, aber sie öffnete ihre Augen nicht. Ich stieß einen derben Fluch aus, als ich mich ins Wageninnere beugte, um sie herauszuziehen. Sie schien so leicht und zerbrechlich, als ich sie in meine Arme nahm. Ich musste sie wegbringen von diesem wahnsinnigen Kerl, der jetzt reglos am Boden lag, während Blut aus seiner Nase sickerte. Ich bedauerte es nicht, dass ich ihn verletzt hatte. Meine einzige Sorge galt Amy. Ich hatte schon einmal einen Menschen verloren, den ich liebte. Ein zweites Mal würde mir das nicht passieren. Mit plötzlicher Gewissheit erkannte ich, dass ich dieses Mädchen liebte. Wirklich liebte. Es war nicht nur Verliebtheit, es war ... echt.

»Amy!«, schrie ich. »Halte durch!« Ich durfte sie nicht verlieren. Nicht, nachdem ich sie gerade erst gefunden hatte. Sie musste erfahren, dass sie mir unter die Haut gegangen war. Warum nur hatte ich mir dies nicht eher eingestehen können?

Aufgewühlt vor Wut und Sorge gleichzeitig spürte ich meine Beine kaum, als ich mit Amy in meinen Armen vom Parkplatz rannte, doch dann stoppte ich abrupt. Vielleicht wäre es besser, ich würde den Rettungsdienst verständigen, als mich selbst auf den Weg ins nächste Krankenhaus zu begeben? Womöglich zählte jede Minute, wenn Amy in Lebensgefahr schwebte. Mit meinem Wagen könnte ich in einen Stau geraten und wertvolle Zeit verlieren, aber ein Rettungswagen mit Blaulicht hätte mit Sicherheit bessere Chancen, sich durch den lebhaften Abendverkehr zu kämpfen. Ich rannte die wenigen Schritte zurück zum Parkplatz, ließ Amy vorsichtig auf einem schmalen Streifen Rasen nieder und brachte sie in die stabile Seitenlage. Eine Art Mantra vor mich hin knurrend, checkte ich ihren Puls und ihre Atmung, bevor ich mein Smartphone aus der Hosentasche zog, um den Notruf zu verständigen, damit sie mir einen Rettungswagen und die Cops schickten. Ich hatte nicht vor, Rowe ungeschoren davonkommen zu lassen.

22. Kapitel

Nate

Bei der Untersuchung in der Notaufnahme des *Cedars-Sinai Medical Center* wurde bestätigt, dass Amy mithilfe eines Betäubungsmittels schachmatt gesetzt worden war. Der Grund, weshalb sie so heftig reagiert hatte, war laut des diensthabenden Arztes ein Schmerzmittel gewesen, das sie kurz zuvor eingenommen hatte.

»Bei der Substanz, die Ihrer Freundin verabreicht worden ist, in Kombination mit dem Schmerzmittel, zählte jeder Augenblick«, ließ er mich wissen. »Wie gut, dass Sie so schnell reagiert haben.«

Man hatte mir gestattet, im Rettungswagen mitzufahren, nachdem ich mich kurzerhand als Amelias Verlobter ausgegeben hatte. Nachdem der Arzt entschieden hatte, sie aufgrund ihres Zustands über Nacht dazubehalten, gönnte ich mir erst einmal einen Kaffee in der Krankenhauscafeteria, bevor ich Amelia in der Aufnahmestation aufsuchte.

Sie lag in einem schmalen Raum und schlief, als ich leise eintrat. Sie sah unglaublich jung und unschuldig aus mit ihren auf dem Kissen ausgebreiteten Locken und den vollen roten Lippen, die sie im Schlaf leicht geöffnet hielt. Und wunderschön. Aus einer Infusionsflasche an einem Ständer neben ihrem Bett tropfte Flüssigkeit in einen Schlauch, der über eine Kanüle mit ihrer Vene verbunden war. Grenzenlose Erleichterung schwappte über mich, als ich sie so friedlich daliegen sah. Ich war unendlich froh, dass sie diesen Wahnsinn überlebt hatte. Auf einmal von einer großen Müdigkeit erfüllt, ließ ich mich auf den harten Plastikstuhl neben ihrem Bett sinken.

Wäre ich Minuten später auf dem Parkplatz eingetroffen, wer weiß, wie die Sache geendet hätte. Ich dankte dem Universum, dem Schicksal oder wer zum Teufel auch immer dort oben dafür verantwortlich war, dass ich gerade noch rechtzeitig hatte eingreifen können. Dass es mir gelungen war, Amelia zu retten. Ich stützte meine Ellenbogen auf den Oberschenkeln ab und fuhr mir mit allen Fingern durch die Haare. Diesmal hatte ich nicht vergebens gekämpft. Diesmal nicht. So langsam hatte ich das Gefühl, dass ich bereit war, mich mit der Vergangenheit auszusöhnen. Vielleicht würden die Risse in meiner Seele langsam heilen. Die Dunkelheit verschwinden.

»Nate. Was machst du denn hier?« Amys kratzige und verschlafen klingende Stimme riss mich aus meinen Grübeleien. Sichtlich verwirrt blickte sie mich an. »Was ist passiert?«

Ich rückte meinen Stuhl näher an ihr Bett heran. Nur zu gern hätte ich nach ihrer Hand gegriffen, doch ich wusste nicht, wie sie reagieren würde, wenn sie wieder ganz bei klarem Verstand wäre. »Weißt du es nicht mehr?« Ich schluckte hart. »Du warst im *Gigi's*. Mit Beth. Sie ist vor dir gegangen und du hast den Pub dann zusammen mit Rowe verlassen. Dieser Mistkerl hat dir vermutlich etwas in deinen Drink getan, das dich außer Gefecht gesetzt hat.« Ich schwieg einen Moment, um ihre Reaktion zu testen und sie nicht zu überfordern. »Rowe hat dich zu seinem Wagen geschleppt, auf diesen kleinen Parkplatz, wo ich dich schließlich gefunden habe. Ich habe den Rettungsdienst und die Polizei verständigt, weil du bewusstlos warst, und sie haben dich hierhergebracht, ins *Cedars-Sinai*.«

Sie schluckte und ihre Augen weiteten sich. »Rowe hat mich entführt?«

»Sozusagen. Das hatte er wohl vor. Er hat dich betäubt und in seinen Wagen gesetzt.« Was er dann mit Amy vorgehabt hatte, wagte ich mir lieber nicht vorzustellen.

Es dauerte ein paar Sekunden, bis das Gesagte bei ihr sackte. Das Ticken der Uhr über der Tür dröhnte wie Hammerschläge in meinen Ohren.

Amy versuchte, sich aufzurichten, sank aber mit einem Stöhnen zurück auf das Kissen. »Mein Kopf, er tut weh.«

»Bleib liegen. Du musst dich ausruhen«, sagte ich sanft. »Soll ich dir etwas zu trinken holen?« Ich deutete auf die Glasablage über dem Waschbecken, auf der ein paar gestapelte Pappbecher bereitstanden.

Sie musterte mich einen Moment. »Ich will nichts trinken«, meinte sie dann. Der wütende Blick, den sie mir zuwarf, traf mich unvorbereitet. »Du hast mich benutzt. Ausgenutzt. Ich erinnere mich wieder.«

Ich verlagerte mein Gewicht auf diesem verdammt unbequemen Stuhl. »Ich habe dir wehgetan. Ich weiß.« Verflucht, das war gar nicht so einfach, wie ich gedacht hatte. Ich fühlte Schweiß an meiner Wirbelsäule hinabrinnen, während ich nach den richtigen Worten suchte. Vermutlich war es am besten, wenn ich sie mit der nackten Wahrheit konfrontierte. Da sie nicht antwortete, mich aber auch nicht fortschickte, erzählte ich ihr von meinem One-Night-Stand auf der Firmenfeier. Von Rowes Erpressung mit dem Video und dem Handel, den er mir vorschlug. Davon, dass mich der Gedanke, sie zu verführen, plötzlich gereizt hatte. Als ich bemerkte, wie Amys Züge versteinerten, presste ich meine Kieferknochen aufeinander. »Amy, ich weiß, das hört sich alles grausam an, und ich will überhaupt nicht bestreiten, dass es mies gewesen ist, dich in diese Sache reinzuziehen.« Ich beugte mich vor und stützte erneut meine Ellenbogen auf den Oberschenkeln ab, während ich sie fixierte. »Für all das kann ich dich nur um Entschuldigung bitten – aus tiefstem Herzen. Und ich hoffe, du nimmst sie an. Ich habe nicht geahnt, dass du mich so umhauen würdest«, fuhr ich leise fort. »Mit deiner Persönlichkeit, deiner Schlagfertigkeit. Deinem Lachen. Und deinem süßen Körper. Dass ich mich so sehr danach sehnen würde, dich in meinem Bett zu haben. Wieder und immer wieder, Amy.«

»Du bist so ein Arsch, Westbrook.« Sie brach den Blickkontakt und biss auf ihre Unterlippe, ihre Finger in die Decke gekrallt. »Ein Riesenarsch.«

Ich schätzte, damit konnte ich leben. Ja, ich war ein Arsch.

»Warum führst du das, was du mit Reese begonnen hast, nicht einfach fort?«

Die offensichtliche Verletzung in ihrer Miene brach mir das Herz. »Weil es nicht Reese ist, die ich will.« Ich schüttelte den Kopf. »Es ist dein süßes Gesicht, das ich nicht mehr aus dem Kopf kriege. Dein Lächeln, deine Warmherzigkeit. Ich bin verrückt nach deinen Grübchen, Amy. Nach diesem kleinen Leberfleckherz an deiner Brust. Ja, ich bin sogar vernarrt in deine Widerspenstigkeit. Den ganzen Tag lang kann ich an nichts anderes mehr denken als an dich.«

»Denkst du ernsthaft, du könntest unbekümmert von einem Bett ins nächste hüpfen? Einfach so, wie es dir passt?« Sie reckte das Kinn. »Erst Reese, dann ich. Und wenn du genug von mir ...«

»Ich will nichts von Reese. Das, was da auf der Firmenfeier passiert ist, was ich übrigens im Nachhinein zutiefst bedauere, war einer Laune geschuldet. Wir hatten alle zu viel getrunken, waren übermütig. Ich habe mich gehen lassen. Das war falsch, aber ich kann es im Nachhinein nicht mehr ändern. Ich wünsche mir aber, dass das mit uns weitergeht, Amy. Mit dir und mir.«

»Mit mir hast du auch nur geschlafen, weil du dieses Video haben wolltest.«

»Anfangs ja.« Ich fixierte die roten, leicht geschwollenen Knöchel meiner rechten Hand, die mit Rowes Wangenknochen Bekanntschaft gemacht hatte. »Aber jetzt ...«

»Und das war eine Sauerei, Nate. Eine ganz miese Tour.«

Dem war nichts entgegenzusetzen. Ich hatte einen Fehler gemacht. Aber ich konnte dafür sorgen, dass mir etwas Derartiges zukünftig nicht mehr passieren würde. Niemals wieder wollte ich Amelia wehtun.

Ich beugte mich vor und hob mit zwei Fingern ihr Kinn an, damit sie mich ansehen musste. »Ich will dich,

Amelia. Ich will dich in meinem Leben. So sehr, wie ich noch nie zuvor jemanden gewollt habe. Die Wahrheit ist, dass ich mich in dich verliebt habe.« Es fühlte sich unheimlich befreiend an, diese Worte auszusprechen. »Du bedeutest mir sehr viel. Mehr als ich je geahnt habe. Und ich weiß nicht, was ich getan hätte, wenn du durch Rowes Aktion ernsthaft verletzt worden wärst.«

Das Bernstein ihrer Augen verdunkelte sich und sie schnappte hörbar nach Luft. Keine Ahnung, ob es an dem Restpegel der Medikamente in ihrem Blut lag, dass sie es zuließ, dass ich mit meinen Lippen ihre berührte. Zärtlich nahm ich ihr Gesicht in meine Hände und küsste sie. Sie ließ es geschehen, ja sogar mehr als das. Ich fühlte ihren Widerstand brechen, als sie ihre Lippen teilte und meinen Kuss erwiderte.

»Amy«, murmelte ich, nachdem wir uns voneinander gelöst hatten. »Denkst du, du kannst mir verzeihen?«, fragte ich und schob ihr zärtlich eine Locke hinters Ohr. Noch nie hatte mein Herz so sehr in meiner Brust gewummert wie in diesem Augenblick, als ich auf ihre Antwort wartete.

In ihren Mundwinkeln tanzte ein winziges Lächeln. »Wie könnte ich meinem Retter nicht verzeihen?«

23. Kapitel

Nate

Es war Wochenende. Amelia und ich hatten es uns in meinem Bett bei mir zu Hause mit einem Karton Pizza gemütlich gemacht. Wir trugen nichts als Unterwäsche, auf dem Flatscreen gegenüber lief ein Spiel der *Lakers* und auf dem zotteligen Läufer zu unseren Füßen lag Sam eingerollt und selig schnarchend. Perfekter könnte ein Sonntagnachmittag gar nicht sein.

Amelia hatte sich mit mir versöhnt. Sie war nach vierundzwanzig Stunden aus dem Krankenhaus entlassen worden und schien zum Glück keine bleibenden Schäden davongetragen zu haben.

Bei einem Telefonat mit Nick Segarra, einem *LAPD* Officer, den ich von meiner Jugendarbeit mit den Kids her kannte, hatte ich erfahren, dass man in Parker Rowes Pick-up verdächtige Substanzen gefunden hatte – vermutlich das Mittel, mit dem er Amy ausgeknockt hatte. Er war festgenommen worden und saß jetzt in Untersuchungshaft, bis er in drei Tagen dem Haftrichter zu einer Anhörung vorgestellt werden würde. Rowe waren wir also erst einmal los. Zudem bezweifelte ich stark, dass er nach dieser Aktion bei *Greenwalt & Millard Solutions Inc.* beschäftigt bleiben würde. Der gute Mann hatte sich selbst ins Aus katapultiert. Inzwischen hatten Amelia und ich auch so eine Ahnung, woher der mysteriöse Brief in ihrem Postfach stammen könnte. Das Schreiben selbst lag inzwischen auch bei der Polizei. Dennoch spielte ich mit dem Gedanken, meinem Boss in einem vertraulichen Gespräch die ganze Sache offenzulegen. Es widerstrebte mir weiterhin dieses Geheimnis mit mir herumzutragen und immer die Sorge haben zu müssen, dass irgendwann doch einmal etwas von diesem verfluchten Video durchsickern könnte. Möglicherweise würde Greenwalt mich wegen meines Verhaltens bei der Feier zurechtstutzen, doch das nahm ich in Kauf. Mir war es wichtig, einen Strich unter die ganze Sache zu ziehen und mit freiem Kopf durchzustarten. Ich musste einfach darauf bauen, dass Simon Greenwalt mich als Mitarbeiter auf keinen Fall verlieren wollen würde. Da ich den bisher größten und wichtigsten Auftrag für die Firma an Land gezogen hatte, war ich der Meinung, dass meine Chancen gut standen.

»Ich bin sehr froh, dass du mir verziehen hast.« Die Augen auf das Spiel am Bildschirm vor uns gerichtet, knabberte ich an Amys Ohrläppchen.

»Trotzdem hast du eine Menge gutzumachen.«

»Ich weiß.« Ein breites Grinsen glitt über mein Gesicht. »Ich hätte da auch einen Vorschlag«, flüsterte ich und hinterließ mit der Zunge eine feuchte Spur an der Seite ihrer Kehle.

Amy wand sich unter meiner Liebkosung und kicherte leise.

»Ach ja?«

»Soll ich's dir zeigen?« Ich wandte den Blick vom Flatscreen. Mit einer Hand fegte ich den Pizzakarton beiseite und legte meine andere an ihre Hüfte, um sie an mich zu ziehen.

»Kann's kaum erwarten.« Das Lächeln, das sie mir schenkte, war verheißungsvoll und verführerisch.

Mein Privathandy auf dem dunklen Mahagoni-Nachttisch vibrierte.

Shit. Ausgerechnet jetzt. »Sorry Süße.« Ich streckte mich, damit ich das Telefon zu fassen bekam, und sah aufs Display.

»Joe. Das ist ja eine Überraschung! Was gibt's?«

Während ich mit Amy Blickkontakt hielt, lauschte ich seiner aufgeregten Stimme.

»Ich freue mich für euch, Joe«, sagte ich warm. »Das sind wundervolle Neuigkeiten. Herzlichen Glück-wunsch und einen lieben Gruß an Livvy und ... Serena. Jepp. Wunderschöner Name. Großartig. Bis dann.«

»Ein Freund von mir«, klärte ich Amy anschließend auf und legte das Handy zurück auf die Kommode. »Seine Frau hat gestern das Baby bekommen. Ein Mäd-chen.«

»Oh! Wie schön. Kenne ich diesen Joe?«

»Gut möglich. Üblicherweise sind wir die bestausse-hendsten Männer, die du an der Bar im *Gigi's* antreffen wirst.«

»Ah, du sprichst von diesem attraktiven, sexy Latino.« Amy warf mir einen koketten Blick zu. »Der ist mir tat-sächlich aufgefallen.«

Überrascht schnappte sie nach Luft, als ich unvermit-telt ihre Hüften packte, mich auf sie schob und sie mit meinem Gewicht auf die Matratze niederdrückte. »Vorsicht, süße Amy. Dieser wunderschöne Körper unter mir gehört mir und nur mir. Ist das klar?«

»Aber ansehen wird doch wohl erlaubt sein?«, wollte sie mit einem Zwinkern wissen.

»Darüber müssen wir noch diskutieren«, sagte ich streng.

»Das glaube ich allerdi...«

Ich verschloss ihre Lippen mit einem Kuss. Einem leidenschaftlichen Kuss, der sie atemlos zurückließ und tiefes Begehren in mir weckte.

»Ich habe übrigens auch einen interessanten Anruf erhalten«, ließ Amy mich mit einem vielsagenden Augenfunkeln wissen.

»Ach, tatsächlich?« Spielerisch ließ ich meine Hand an der Seite ihres Brustkorbs nach oben gleiten.

»Todd Millard. Er hat mir die zweite Stelle in der Webdesign-Abteilung angeboten. Eigentlich wollte ich in Kürze meine Bewerbung abgeben, aber Todd ist mir zuvorgekommen. Er meinte, eine fähige und kompetente Mitarbeiterin mit derart schneller Auffassungsgabe – O-Ton Todd – nicht in der Firma zu halten, wäre eine Sünde.«

Durch den dünnen Satinstoff ihres BHs zeichnete ich das winzige Herz an ihrer linken Brust nach und fühlte sie erschaudern. »Ich würde jetzt auch gerne etwas Sündhaftes mit dir anstellen«, raunte ich und ließ ein paar sanfte Küsse auf ihr Dekolleté regnen.

Amy kicherte. »Kannst du eigentlich auch einmal ernst sein?«

»Sicher.« Ich hielt inne, um ihr ins Gesicht zu sehen. »Ich gratuliere dir. Das ist wirklich toll, Süße. So, wie es aussieht, läuft deine Karriere wirklich gut an, oder?«

»Weißt du, ich habe immer versucht, meinen Dad zu beeindrucken. Aber vielleicht wird es nie geschehen, dass er mir die Anerkennung entgegenbringt, die ich mir wünsche. Und vielleicht ist das auch nicht länger wichtig. Irgendwie ist mir inzwischen klar geworden, dass ich mich von den Vorstellungen meiner Eltern lösen muss. Von dem, was sie von mir erwarten. Ich werde meinen eigenen Weg gehen und meinen Erfolg nicht von der Achtung und dem Respekt meiner Eltern abhängig machen.« Nachdenklich biss sie sich auf die Unterlippe.

»Du kannst stolz auf dich sein, Amy.« Ich legte einen Finger an ihre Wange und zwang sie sanft, mich anzusehen. »Warum auch immer dein Dad nicht sieht, was in dir steckt, lass dich davon nicht unterkriegen. Niemals.«

Sie lächelte. »Mache ich nicht. Versprochen.«

Wusste sie eigentlich, wie sehr ich sie liebte? Wie sehr ich sie begehrte? Hungrig suchten meine Lippen ihre.

Amy schlang die Arme um meinen Nacken und schmiegte ihren wunderbaren weichen Körper an meine Muskeln. Mein Schwanz reagierte sofort und wurde steinhart. Ursprüngliche, tiefe Lust jagte durch meinen Körper, erfasste jede einzelne Zelle. Mit der Hand umschloss ich eine ihrer Brüste und streichelte aufreizend mit dem Daumen über den sich gegen den Stoff drängenden Nippel, während ich ihren Mund eroberte. Stöhnend rieb sie sich an mir.

»Amy«, murmelte ich zwischen zwei Küssen. »Süße, bezaubernde Amy.«

»Nate ... Ich will dich so sehr«, brach es aus ihr heraus und eine Träne stahl sich aus ihrem Augenwinkel, als sie Anstalten machte, sich von ihrem winzigen Höschen zu befreien.

Ich half ihr, warf den Slip beiseite. »Lass dich fallen, Kleine.« Lächelnd schob ich meine Finger zwischen ihre Schenkel und sie öffnete sich für mich.

Sie seufzte laut auf, als ich meine Fingerspitzen durch ihre Scham gleiten ließ, die vor Erregung nass und geschwollen war. Sie seufzte noch lauter, als ich meinen Daumen zum Einsatz brachte und mit diesem ihren empfindlichen Punkt massierte.

»Bist du bereit für mich, Amy?«, fragte ich schließlich rau, nachdem ich mich auch meiner Boxershorts entledigt hatte.

»Willst du mich in dir spüren?«

»Lass mich nicht warten, Nate. Nimm mich jetzt.« Amy bog ihren Kopf nach hinten, als ich langsam in sie hinein- und wieder hinausglitt. Sie war so verflucht eng und sie glühte wie ein alles verzehrendes Feuer. Sie fühlte sich so unglaublich an, als wäre sie für mich gemacht. Jeder einzelne meiner Muskeln war bis zum Zerreißen gespannt, jede Zelle meines Körpers vibrierte vor Verlangen. Das hier wollte ich immer haben.

Verschwitzt und erschöpft lagen wir zwischen den zerwühlten Laken und bemühten uns, unseren Atem unter Kontrolle zu bekommen. Sanft streichelte ich über die Kurve ihrer Hüfte, während Amy sich an mich schmiegte und mit einem Finger gedankenverloren eine meiner Brustwarzen umrundete. Durch die Jalousien am Fenster drangen die funkelnden Lichter der Stadt, die bald den Nachthimmel über L.A. erhellen würden.

Dieser Abend, diese Nacht war einfach perfekt. Auch weil ich nicht länger das Gefühl in mir trug, als würde ich auf etwas warten. Ich hatte es gefunden. Hier bei Amy. Mit ihr zusammen. Überwältigt von dem Sturm der Emotionen in mir zog ich sie an mich. »Du duftest so gut, Kleine«, sagte ich, nachdem ich sie auf den Scheitel geküsst hatte. »Einfach himmlisch.« Ich würde niemals müde werden, diesen Duft zu lieben.

»Nach Sex und Schweiß«, sagte sie und lachte.

»Und es macht mich unheimlich an.«

Sie entgegnete nichts und ich suchte nach den richtigen Worten, während ich sie im Arm hielt.

»Amy.«

»Hm?«

»Ich liebe dich.« Mein Herz hämmerte wild und das Blut rauschte in meinen Ohren. Ich gab ihr in diesem Moment mehr, als ich je einem Menschen gegeben hatte. Und es machte mir eine Scheißangst. Aber sie hatte mir ebenfalls so viel gegeben und ich wusste, meine Worte entsprachen der Wahrheit. Und nach allem, was passiert war, hatte es Amy verdient, diese zu hören.

Es dauerte eine Weile, bis sie sich rührte. Sie drehte sich zu mir, stützte ihren Kopf in die Hand und ich hatte das Gefühl, als würde sie bis auf den Grund meiner Seele blicken. Sie zeigte mir ihre Grübchen und ihr Lächeln war voller Wärme und Zärtlichkeit. »Du bist kein Frosch.« Kaum merklich schüttelte sie den Kopf.

»Bin ich nicht?«

»Ganz sicher nicht.« Lächelnd neigte sie sich zu mir und berührte meine Lippen mit ihren. Ihre Zunge stupste gegen meinen Mund und ich öffnete ihn, schlang meine Arme um sie und presste sie an mich. Ich wollte sie spüren, so dicht wie möglich. Ihr Herz an meinem. Meine Brust an ihrer.

Einen flüchtigen Moment erwog ich nachzufragen, was es mit dieser Froschsache auf sich hatte. Ich war mir jedoch sicher, dass es ihre Art war, mir zu sagen, dass sie mich ebenfalls liebte.